楚辭要籍叢刊

屈原賦注

【清】戴震 撰

孫曉磊 點校

上海古籍出版社

本書爲「十三五」國家重點圖書出版規劃項目
本書爲二〇一一—二〇二〇年國家古籍整理出版規劃項目
本書爲浙江師範大學中國語言文學一流學科建設成果
本書爲教育部人文社會科學規劃基金項目成果

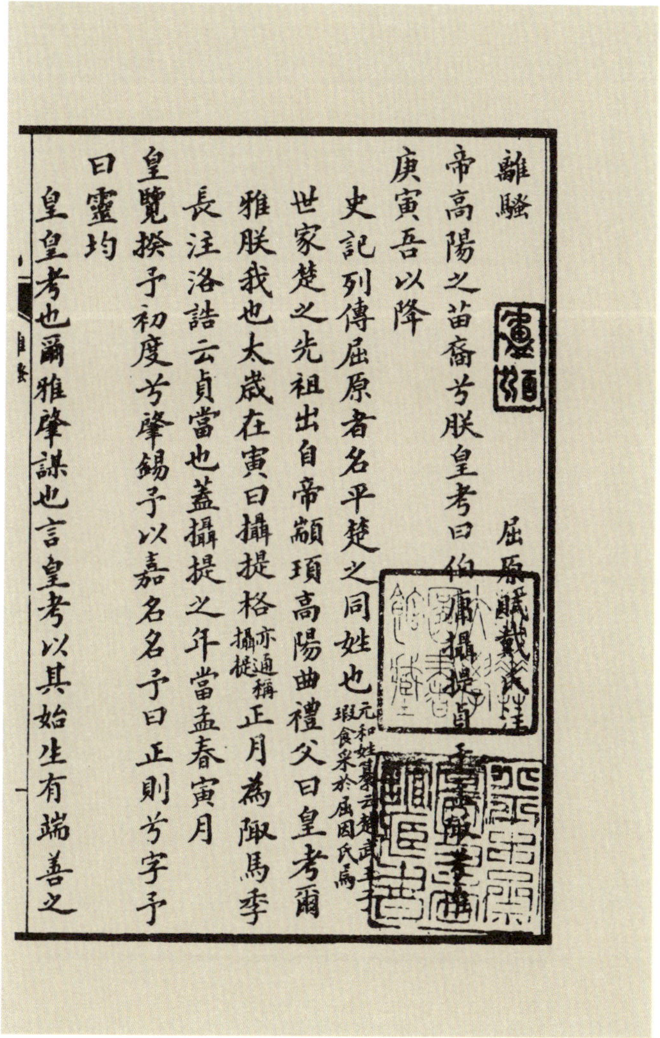

離騷　　屈原賦戴氏注

帝高陽之苗裔兮朕皇考曰伯庸攝提貞于

庚寅吾以降

史記列傳屈原者名平楚之同姓也元和姓纂云楚武王子瑕食采於屈因氏焉

世家楚之先祖出自帝顓頊高陽曲禮父曰皇考爾

雅朕我也太歲在寅曰攝提格亦通稱攝提正月為陬馬季

長注洛誥云貞當也蓋攝提之年當孟春寅月

皇覽揆予初度兮肇錫予以嘉名名予曰正則兮字予

曰靈均

皇皇考也爾雅肇謀也言皇考以其始生有端善之

沔陽盧氏慎始基齋據戴注精鈔本影印《屈原賦注》書影

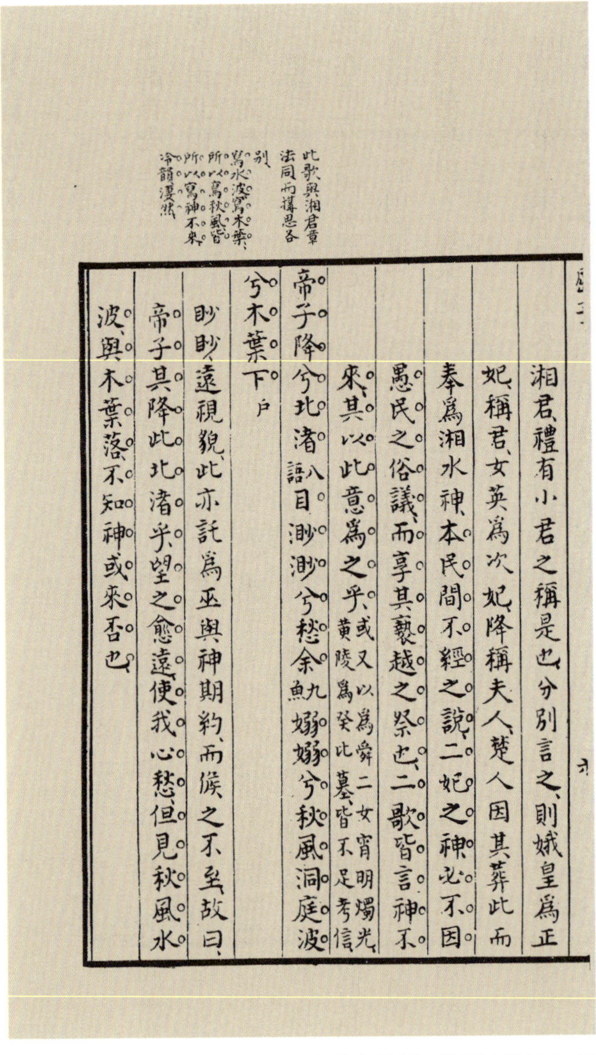

此歌與湘君章法同而構思各別寫水波寫木葉所以爲秋風皆所以寫神不來冷韻淒然

湘君禮有小君之稱是也分別言之則娥皇爲正妃稱君女英爲次妃降稱夫人楚人因其葬此而奉爲湘水神本民間不經之說二妃之神必不因愚民之俗議而享其褻越之祭也二歌皆言神不來其以此意爲之乎或又以爲舜二女宵明燭光黄陵爲癸比墓皆不足考信

帝子降兮北渚語八目眇眇兮愁余魚九嫋嫋兮秋風洞庭波兮木葉下戶

眇眇遠視貌此亦託爲巫與神期約而候之不至故曰帝子其降此北渚乎望之愈遠使我心愁但見秋風水波與木葉落不知神或來否也

《安徽叢書》第六期《戴東原先生全集》影印《屈原賦注初稿》書影

楚辭要籍叢刊導言

黄靈庚

楚辭首先是詩，與詩經是中國詩歌史上的兩大派系，好比是長江與大河，同發源於崑崙山，然後分南北兩大水系。大河奔出龍門，一瀉千里，蜿蜒於中原大地，孕育出帶上北國淳厚氣息的國風；而長江闖過三峽，九曲十灣，折衝於江漢平原，開創出富有南國絢麗色彩的楚辭。

「楚辭」這個名稱，始於漢代，是漢人對於戰國時期南方文學的總結。「楚辭」既指繼承詩經之後，在南方楚國發展起來的新體詩歌，標誌着中國文學又進入了一個輝煌的時代；又是中國詩歌由民間集體創作進入了詩人個性化創作的時代，而屈原無疑是創作這種新歌體的最傑出的代表，創造出了「驚采絶豔，難與並能」的離騷、九歌、天問、九章、遠遊、卜居、漁父等不朽的名作。

屈原的弟子宋玉、景差及入漢以後的辭賦作家，承傳屈原開創的詩風，相繼創作了九辯、招魂、大招、惜誓、招隱士、七諫、哀時命、九懷、九歎、九思等摹擬騷體之作，被後世稱之爲「騷體詩」。據説是西漢之末的劉向，將此類詩賦彙輯成一個詩歌總集，取名爲「楚辭」。再以後，東漢王逸爲劉向的這個總集做了注解，這就是至今還在流傳的王逸楚辭章句十七卷的本子，是現存的最早的楚辭文獻，也是我們今天學習楚辭最好的讀本。

「楚辭」之所以名「楚」，表明了所輯詩歌的地方特徵。宋黄伯思業已指出，「蓋屈、宋諸騷，皆書楚語，作楚聲，紀楚地，名楚物，故可謂之『楚詞』。若些、只、羌、誶、蹇、紛、侘傺者，楚語也；頓挫悲壯，或韻或否者，楚聲也；沅、湘、江、澧、修門、夏首者，楚地也；蘭、茝、荃、葯、蕙、若、蘋、蘅者，楚物也；他皆率若此，故以『楚』名之」。其雖然説出了「楚辭」所以名「楚」的緣由，而没有進一步指出名「辭」的來歷。辭，也可以寫作「詞」。楚辭詩句之中都有感歎詞「兮」字。這個「兮」字，古人統歸屬於「詞」，古音讀作「呵」，是最富於表達、抒發詩人的情感的感歎詞。這也是楚辭句式的顯著特點。「楚辭」之又所以稱「辭」，是與用了這個「兮」字有關係。

楚辭的句式比較靈活，四言、五言、六言、七言不等，參差變化，不限一格，一改詩經以四言爲主的呆板模式。詩經的篇章結構以短章重疊爲主，短則數十字，長則百餘字，内容相對單一，只截取生活中一個片斷，無法敘述比較複雜、曲折、完整的故事。楚辭突破了這個局限，像離騷這樣的宏篇巨製，洋洋灑灑，三百七十三句，二千四百九十字，至今仍是最偉大的浪漫主義抒情長詩，表現了詩人自幼至老、從參與時政到遭讒被疏，極其曲折的生命歷程；撫今思古，上天入地，抒瀉了在較大時空跨度中的複雜情感。從音樂結構分析，楚辭和詩經一樣，原本都是配上音樂的樂歌。詩經只是一遍又一遍的短章重複演奏，而楚辭有「倡曰」、「少歌曰」、「重曰」，表示樂章的變化，比詩經豐富得多。最後一章，必是衆樂齊鳴，五音繁會，氣勢宏大的「亂曰」。

楚辭的地方特徵，不僅僅是詩歌形式上的變化和突破，更重要的在於精神内容方面的因素。南國楚地三千里，風光秀麗，山川奇崛，楚人既沾濡南國風土的靈氣，又秉習其民族素有「剽輕」的遺風，陶鑄了楚人所特有的品格。楚辭更是「得江山之助」，在聲韻、風情、審美取向、精神氣質等方面，無不深深地烙上了南方特色的印記，染上了濃厚的「巫風」、神怪氣象，動輒駕龍驂鳳，驅役神鬼，遨遊天庭，無所不至。至其抒發情感，激越獷放，一瀉如注，較少淳厚平和的理性思辨，和中原文化所宣導的「不語怪力亂神」、「温柔敦厚」風氣比較，確實有些區别。

屈原是一位富於創造精神的文化巨匠，他置身於大河、長江的崑崙源頭，俯視於南北文化交融的臨界綫。一方面既保持着楚人特有民族性格，自强不息的精神面貌，富有想象的浪漫情調；另一方面又廣泛吸取，融會中原的理性思想，繼承詩經的道德傳統精神。故而在他的作品中，儘管有大江兩岸、南楚沅湘的旖旎風光、濃豔色彩，但幾乎不曾提到楚國的先王先賢，而連篇累牘的都是爲中原文化所公認的歷史人物：堯、舜、禹、湯、啓、后羿、澆、桀、紂、周文王、武王、皋陶、伊尹、傅説、比干、吕望、伯夷、叔齊、甯戚、伍子胥、百里奚等。在屈原的神話傳説中，除九歌中的湘君、湘夫人、山鬼三篇外，像太一、雲中君、東君、司命、河伯、女岐、望舒、雷師、屏翳、伏羲、女媧、虙妃等，都不是楚國固有的神靈，也没有一個是楚人所獨有的神話故事。離騷開頭稱自己是「帝高陽之苗裔」，高陽是黄帝的孫子，其發祥之地，在今河南省的濮陽，不也是中原人的先祖嗎？總之，楚辭是承接詩經之後的一種新詩體，二者同源於大中華文化，是不能割切開來的。更不能説，楚辭是獨立於中華文化以外的另一文化系統。如果片面强調楚辭的地域性、獨立性，也是不妥當的。

楚辭對於後世文學創作的影響是非常巨大的，像司馬遷、揚雄、張衡、曹植、阮籍、郭璞、陶淵明、李白、杜甫、李賀、李商隱、蘇軾、辛棄疾等各個歷史時期的名家巨子，沿波討源，循聲得實，都不同程度地從屈原的辭賦中汲取精華，吸收營養，形成了一個與詩經並峙的浪漫主義傳統的創作風格。在中國文學史上，後世習慣上説「風、騷並重」，指的是現實主義和浪漫主義的兩大傳統精神。由此想見，屈原對於中國文學的偉大貢獻是無與倫比的，屈騷傳統精神更是永恒不朽的。

正因如此，研究中國詩學，構建中國文學史及中國文化史，楚辭無論如何是繞不開的。而讀楚辭、研究楚辭，必須從其文獻起步。據相關書目文獻記載，自東漢王逸楚辭章句以來至晚清民初的兩千餘年間，各種不同的楚辭註本大約有二百十餘種。綜觀現存楚辭文獻，大抵以王逸章句與朱熹集注爲分界：在朱熹集注以前，基本上是承傳王逸章句，而明、清以後，基本上是承傳朱子集注。由我主編且於二〇一四年國家圖書館出版社出版的楚辭文獻叢刊，輯集了二百〇七種，應該蒐録的注本，基本上已彙輯於其中了。遺憾的是，由於這部叢書部帙巨大，發行量也極有限，普通讀者很難看到。且叢書爲據原書的影印本，没作校勘、標點，對於初學楚辭者，尤爲不便。

有鑑於此，我們與上海古籍出版社合作，從中遴選了二十五種，均在楚辭學史上具有影響，爲楚辭研究者必讀之作，分别予以整理出版，滿足當下學術研究的需要，而顔之曰楚辭要籍叢刊。其二十五種書是：漢王逸楚辭章句，宋洪興祖楚辭補注，宋朱熹楚辭集注，宋吴仁傑離騷草木疏，清祝德麟離騷草木疏辨證，宋錢杲之離騷集傳，明汪瑗楚辭集解，明陸時雍楚辭疏，明周拱辰離騷草木史，明陳第屈宋古音義，明黄文煥楚辭聽直，清林雲銘楚辭燈，清王夫之楚辭通釋，清丁晏楚辭天問箋，清蔣驥山帶閣注楚辭，清戴震屈原賦注附初稿本，清胡濬源楚辭新注求確，清陳本禮屈辭精義，清劉夢鵬屈子楚辭章句，清朱駿聲離騷賦補注，清王闓運楚辭釋，清馬其昶屈賦微附初稿本屈賦哲微，日本西村時彦楚辭纂説、屈原賦説，日本龜井昭陽楚辭玦等。參與點校者，皆多年從事中國古典文獻研究、尤其是楚辭文獻研究，是學養兼備的「行家裏手」，其對於所承擔整理的著作，從底本、參校本的選定，出校的原則及其前言的撰寫等，均一絲不苟，功力畢現，令人動容。但是，由於經驗、水平不足，受到各種條件限制（如個别參校本未能使用），且多數作品爲首次整理，頗有難度，因而存在各種問題，在所難免，其責任當然由我這個主編來承擔。敬請讀者批評指瑕，便於再版改正。

前言

清戴震（一七二三—一七七七），字東原，一字慎修，號杲溪，安徽休寧人。戴震一生著述甚夥，多達二十餘種，如考工記圖二卷、孟子字義疏證三卷、屈原賦注十二卷、方言疏證十三卷、文集十二卷等。屈原賦注爲戴震早年研究屈原的力作，乃清人楚辭學的代表作之一。

一、屈原賦注的版本

屈原賦注十二卷，包括注七卷、通釋二卷、音義三卷。注七卷：卷一離騷、卷二九歌、卷三天問、卷四九章、卷五遠遊、卷六卜居、卷七漁父。通釋又稱屈賦通釋，分爲上、下兩卷，卷上釋山川地名，卷下釋草木鳥獸蟲魚。音義又稱屈賦音義，分爲上、中、下三卷，主要是釋音、釋義、校勘及文字説明。最早刊刻屈原賦注者是汪梧鳳（一七二五—一七七一，字在湘，號松溪，安徽歙縣人）的不疏園，刊刻之前已有稿本和抄本，版本情況較爲複雜。現存世的各種版本，大致可分爲以下幾種：

（一）初稿（殘）

屈原賦注有一初稿，不標卷次，今只存離騷經、九歌、天問三篇，九章、遠遊、卜居、漁父四篇只存其目，正文已佚。安徽叢書第六期戴東原先生全集初收此稿，扉頁鐫「屈原賦注初稿三卷」，牌記題作「民國二十五年安徽叢書編印處印行」。書前僅有戴氏自序，書後有許承堯（一八七四—一九四六，字際唐，號疑庵，安徽歙縣人）跋。據許氏及胡樸安、褚斌傑、吴賢哲諸人研究（詳後），初稿乃一手抄本。初稿中通釋、音義尚未析出，對於研究戴震屈原賦注的早期形態價值極大[三]。

（二）精鈔本

民國十二年（一九二三）沔陽盧靖（一八五六—一九四八，字勉之，號木齋）慎始基齋湖北先正遺書據戴氏屈原賦注精鈔本影印（以下簡稱「精鈔本」），包括注七篇，計離騷、九歌、天問、九章、遠遊、卜居、漁父各一篇；通釋上、下兩篇；音義上、中、下三篇。不標卷。扉頁鐫「屈原賦」，背面牌記題作「沔陽盧氏慎始基齋據戴注精鈔本景印」。書前有盧文弨序及戴震自序，書後有汪梧鳳及盧弼跋。注及通釋各篇題下有「屈原賦戴氏注」六字，音義三篇則無。

（三）刻本

乾隆二十五年（庚辰，一七六〇）汪氏不疏園初刻屈原賦注，又稱乾隆刻本或庚辰刊本。注七篇、通釋兩篇、音義三篇。扉頁鐫「屈原賦戴氏注　注七卷　通釋二卷　音義三卷」，但目録與注文篇題下未標卷次。書前有盧文弨序及戴震自序，書後有汪梧鳳跋。注及通釋各篇題下有「屈原賦戴氏注」六字，音義三篇則無。汪氏不疏園刊版之後，尚有廣雅書局重刊本[二]、建德周氏校刊本[三]、安徽叢書第六期所收刊本[四]三種。屈原賦注最初只有汪氏不疏園一家刊版[五]，此版本乃後世諸本之祖本。

我們此次點校，以精鈔本爲底本，以乾隆庚辰初刊本（簡稱「乾隆本」）爲通校本，同時參校以廣雅書局重刊本（簡稱「廣雅本」）、建德周氏校刊本（簡稱「周氏校本」）、安徽叢書第六期所收屈原賦注初稿（簡稱「初稿」），分段標點并撰寫校勘記。

二、屈原賦注的成書

戴震長於考據，用類似注經的方法撰寫屈原賦注，學術價值自不待言。姜亮夫説：「本書以大義貫文旨，以訓詁明大義，不爲空疏皮傅破碎逃難之說。盧召弓所謂『指博而辭約，義勤而理確』，過明、清諸家遠矣。洪、朱而後，謹嚴篤實、博雅精約無過此書者。」[六]洪湛侯也說：「屈原賦注是戴震精心撰述，對後世有重要影響的學術著作，代表了乾嘉學派在楚辭研究方面的成果。」[七]因此，屈原賦注向來被學界視爲楚辭學要籍。惟余嘉錫（一八八四—一九五五，字季豫，號狷庵）認爲「屈原賦注只是取朱子楚辭集注改頭換面，略加點竄，以爲己作」[八]，判斷略嫌草率，可能是源於他未對屈原賦注的成書經過進行系統的考察。屈原賦注的成書，以下幾條線索至爲關鍵。

（一）戴氏原稿到初稿

屈原賦注初稿末附許承堯跋「右寫本戴東原先生屈原賦注一册，得之湖田草堂，疑原出西溪汪氏不疏園，惜至天問止，餘闕」云云。又經考附録一書，亦爲許承堯舊藏而同出湖田草堂者，該書末許承堯跋云：

> 承堯得此書時共三册，二巨册爲經考附録，一爲先生所撰屈賦注之首册，皆乾隆時寫本，皆湖田草堂舊藏，皆有墨印匡格，其匡格之尺寸大小亦同。屈賦注只有不疏園刊板，微

波榭未重刊，見年譜。此首册前無盧學士序，寫極精工，當爲不疏園初寫本無疑。則此附録二册亦出不疏園同時寫本無疑矣。盧序乃先生出避後所得，故初寫本無之。惜屈賦注只存首册，其他無可證明也。湖田草堂藏書皆咸豐亂後得之，其由不疏園流轉而出，揣之近理。[九]

胡樸安論初稿亦説：

此稿本亦汪氏不疏園寫本，爲歙縣許氏所藏。此書至天問止，其一卷，與現行之屈原賦注不同。其於每節釋義、釋詞、釋韻均極精核。[一〇]

許氏對初稿、經考附録兩書的流傳甚爲清楚。初稿被收入安徽叢書時，扉頁雖鐫「屈原賦注初稿三卷」，但此書實不止三卷[一一]，亦非戴氏原稿，許、胡兩人均認爲是汪氏不疏園寫本[一二]。今觀初稿抄寫工整，頁面清晰，字體排列井然有序，許、胡兩人之説可信。咸豐亂後，此書由汪氏不疏園流入吴得英（生卒不詳，字筱晴，安徽歙縣人）湖田草堂[一三]，後由許承堯收藏，收入安徽叢書第六期[一四]。初稿既然是不疏園寫本，且注、通釋、音義尚夾雜在一起，必是依據戴氏原稿抄寫，兩者在内容上當無甚差别或差别甚微。

(二) 戴氏原稿到壬申抄本再到庚辰刊本

戴氏原稿與初稿差别不大，但汪梧鳳壬申年見到的戴氏稿本已是九卷，此乃戴氏從原稿中析出通釋二卷，同時加以增訂，此稿(修改稿)與原稿已有較大差異。乾隆二十五年(庚辰，一七六〇)汪氏不疏園刊屈原賦注已是十二卷，包括注七卷(即離騷、九歌、天問、九章、遠遊、卜居、漁父七篇，每篇爲一卷)、通釋二卷、音義三卷。書末附有汪梧鳳跋「右據戴君注本爲音義三卷。自乾隆壬申秋，得屈原賦戴氏注九卷讀之」；「茲一一考訂，積時録之，記在上端，越今九載矣。爰就上端鈔出，删其繁碎，次成音義，體例略擬陸德明經典釋文也」云云。又楊應芹東原年譜訂補「(乾隆)十七年壬申，三十歲」條有云：

是年夏，始館於汪梧鳳家。程瑶田五友記曰：「壬申夏，松岑言於其從祖之弟在湘，在湘因延東原至其家，以教其子。」[一五]

許承堯戴東原先生全集序亦云：

考何達善守徽在乾隆己巳（十四年，一七四九），先生年二十七。明年庚午（一七五〇）方桑如應聘主講紫陽，定新安三子課藝。三子者，先生與鄭牧、汪梧鳳也。又二年壬申（一七五二）夏程讓堂姊婿汪松岑言於其從祖之弟在湘，在湘因延先生至其家，教其子。在湘，梧鳳字，歙之西溪人，家有園名不疏。[一六]

蔡錦芳也説：

乾隆十四年，「以文學起家」、被乾隆譽爲「此是好知府」的何達善來守徽，至乾隆二十二年，凡九年，此間他大興文教，大辦實事。乾隆十五年，他請來了「經史淹洽，以古文雄於東南」的淳安方桑如主徽州府紫陽書院講席。一時休、歙間英才俊士紛紛走出家門，聚集於此，師從方桑如學時文制義。其時，戴震二十八歲，汪梧鳳二十五歲，程瑤田二十六歲，方晞原二十二歲，金榜、吴蕙川均十六歲，鄭牧稍長一點，大概三十歲左右。……方桑如曾選定新安三子課藝，并爲之作序，三子者即戴震、鄭牧、汪梧鳳也，後劉大櫆定制義時將之刻入。[一七]

戴、汪兩人壬申年之前已相識，汪氏庚辰冬始刊屈原賦注[一八]，則壬申年（一七五二）因戴震客汪氏不疏園，汪氏得見戴氏屈原賦注九卷稿本，謄抄一份留爲己用（此乃謄抄本無疑，以下稱「壬申抄本」，稿本則在戴氏手中并帶往北京，詳後），并據以「爲音義三卷」。壬申抄本絶不是初稿[一九]：今觀刻本屈原賦注有注七卷，又有通釋二卷、音義三卷，但初稿中通釋、音義尚未析出，與注夾雜在一起（戴氏原稿當亦如此）。今殘存三卷，離騷經、九歌、天問每篇爲一卷，即使加上亡逸的九章、遠遊、卜居、漁父四篇，每篇爲一卷，亦僅七卷。篇幅較大的離騷、九歌、天問尚且每篇爲一卷，則篇幅較小的九章、遠遊、卜居、漁父更不可能再將每篇拆爲多卷，故知壬申抄本不是初稿。壬申抄本爲九卷，應是注七卷、通釋二卷[二〇]，此時通釋已從原稿中析出，析出者即戴震本人，而音義尚未單獨成篇，仍夾雜在注七卷之内。故汪氏跋云「右據戴君注本爲音義三卷」，是則遲至庚辰年刊刻屈原賦注之時，汪氏才將音義從戴氏注中完全析出。汪氏不疏園抄寫初稿所據底稿乃戴氏原稿，則原稿的完成時間更在壬申年之前。戴氏原稿到壬申抄本的最大變化便是全書在内容上分爲注七卷、通釋二卷，爲後來屈原賦注十二卷本的刻成奠定了基礎。戴氏原稿到壬申抄本已有較大的變動，但不僅僅是將通釋簡單析出，當有較大幅度的增訂。今觀刻本屈原賦注之通釋中的條目，有些爲初稿所無，有些遠比初稿詳細，即是其證。據汪跋可知庚辰刊本的直接源頭是壬申抄本，而壬申抄本到庚辰刊本的最大變化便是音義三卷的析出，屈原賦注也由九卷變爲十二卷。

（三）精鈔本到庚辰刊本

我們通校精鈔本與庚辰刊本，發現兩本在内容、文字上一致，僅個別文字存在異文，并無大的不同。精鈔本與庚辰刊本均不標卷次，書前均有盧文弨序及戴震自序，書後有汪梧鳳跋。注及通釋各篇題下均有「屈原賦戴氏注」六字，音義三篇則無。盧弼認爲精鈔本「決爲汪刻以前之舊鈔」，而戴氏屈原賦注最初只汪氏不疏園一家刊刻，故湯炳正認爲此精鈔本「當爲汪梧鳳氏刻本之底稿」[三二]，得到崔富章的認可[三三]。古人在正式刊刻古籍之前，多有一謄抄本據以爲刊刻底稿，湯氏之説很有道理[三三]。

（四）戴氏稿本的增訂

戴氏原稿與初稿在内容上的差異不大，原稿在壬申年之前已成，汪氏不疏園據以謄抄爲初稿。壬申年，汪氏所見戴氏稿本已是九卷，是知戴震從原稿中析出通釋的時間不晚於壬申年，壬申抄本即汪氏據戴氏九卷本稿本抄寫而成，稿本則留存在戴震身邊并由其攜帶入北京，且屢有修訂[三四]。壬申年之後，戴氏曾與方矩（晞原）討論楚辭，將方氏語採入，共有七處。甲戌年，戴氏入北京并隨身攜帶此稿本。戴氏居北京之後曾採入紀昀解離騷「美人」一語，同時盧文弨得見此稿本，并欲借抄，但只寫了一篇序。今據汪跋「自乾隆壬申秋，得屈原賦戴氏注九卷讀之，常置案頭，少有所疑」，出於「幼學之士，期在成誦」之目的，依據壬申抄本「一一考訂，積時録之，記在上端，越今九載」。刊刻前，「爰就上端鈔出，删其繁碎，次成音義」，而「體例略擬陸德明經典釋文」。汪氏不疏園在壬申抄本基礎上編纂音義三卷，并繼以刊刻屈原賦注爲十二卷，庚辰年刊刻屈原賦注的主要依據即汪氏「常置案頭」達九年之久的壬申抄本。我們發現庚辰刊本有壬申年之後，尤其是有戴震身在北京之時採入的材料。汪氏壬申抄本不曾離開過不疏園，當不會出現這些材料，這些材料乃是源自戴震去北京時隨身攜帶的稿本。汪跋所云壬申年所得戴注，只是戴氏稿本的一個謄抄本。我們亦是據此線索而判斷出不疏園壬申抄本之外，尚有一稿本在戴氏身邊并帶往北京。汪氏不疏園庚辰年刊刻屈原賦注時戴震尚健在，由於戴氏稿本自壬申年之後已有多次修訂，這些材料汪梧鳳尚未得見，故戴震回歙而將此稿交給汪氏，汪氏將此稿與壬申抄本一併作爲參考，據以刻成庚辰刊本之屈原賦注十二卷。

今辨析屈原賦注中的相關材料，同時考證戴震壬申年之後的行蹤，以證明我們的推斷不是毫無根據的臆測。壬申年以後，戴震又在其自存稿本的基礎上吸收了方矩、紀昀等人的觀點。

1. 方矩語

屈原賦注引方矩（一七二九—一七八九，字晞原，號以齋）之語共有七次，一見離騷，其餘皆見九章。

離騷：「湯禹嚴而祇敬兮，周論道而莫差。舉賢而授能兮，循繩墨而不頗。皇天無私阿兮，覽民德焉錯輔。夫惟聖哲以茂行兮，苟得用此下土。」戴注引方晞原云：

三代之興也如此，其亂亡也如彼。無他，祇敬、康娛之分也。就重華陳辭，故遂言其已後之治亂昭然者。

哀郢：「心不怡之長久兮，憂與憂之相接。惟郢路之遼遠兮，江與夏之不可涉。忽若去不信兮，至今九年而不復。慘鬱鬱而不開兮，蹇侘傺而含慼。」戴注引方晞原云：

卜居之既三年，當爲懷王時。此篇上言「淼南度之焉如」，則至今九年，蓋頃襄遷之江南，及是九年也。

抽思解題，戴注引方晞原云：

屈子始放，莫詳其地。以是篇考之，蓋在漢北，故以鳥自南來集爲比。「望南山而流涕」，其欲反郢也。曰「南指月與列星」，曰「狂顧南行」，篇次列涉江、哀郢之後者，九章不作於一時，雜得諸篇，合之有九耳。

懷沙：「進路北次兮，日昧昧其將莫。舒憂娛哀兮，限之以大故。」戴注引方晞原云：

據涉江篇，由沅入溆，乃至遷所，則沈羅淵當北行，故有「進路北次」之語。

思美人：「命則處幽吾將罷兮，願及白日之未莫也。獨煢煢而南行兮，思彭咸之故也。」戴注引方晞原云：

上云「覩南人之變態」，此云「煢煢而南行」，宜爲在漢北所言。

惜往日：「蔽晦君之聰明兮，虛惑誤又以欺。弗參驗以考實兮，遠遷臣而弗思。信讒諛之溷濁兮，盛氣志而過之。」戴注引方晞原云：

上言懷王時，此言頃襄時。

惜往日：「乘騏驥而馳騁兮，無轡銜而自載。乘氾泭以下流兮，無舟楫而自備。背法度而心治兮，辟與此其無異。」戴注引方晞原云：

此蓋有見於頃襄之行事而云然，故下言「恐禍殃之有再」。

以上所舉屈原賦注引方矩之語七條，初稿皆無。方矩於乾隆十八年癸酉（一七五三）得拜江永爲師[二五]，與戴震多有學術交流[二六]，兩人必有探討楚辭者，戴氏便將方氏之語採入自己的書稿。戴震在乾隆甲戌年（一七五四）入北京，可知他們探討楚辭當在戴震入北京之前。汪氏抄寫初稿所據戴氏原稿在壬申年之前已成；壬申年，汪梧鳳得九卷本屈原賦注；癸酉至甲戌間，戴氏家居，與方矩多有學術交流；甲戌年，戴震入北京。據此，屈原賦注採入方矩之語，時間當在癸酉年之後，故初稿無之；壬申抄本常置不疏園，時間在癸酉前，亦當無方氏語。

2. 紀昀語

屈原賦注引紀昀（一七二四——一八〇五，字曉嵐，謚文達）之語僅有一次，離騷「惟草木之零落兮，恐美人之遲莫」戴氏注云：

紀編修曉嵐曰：「美人，以謂盛壯之年耳。」

段氏年譜「二十年乙亥，三十三歲」條云：「是年，假館紀尚書家，作句股割圜記。」[二七]引紀昀考工記圖序云：「乾隆乙亥夏，余初識戴君，奇其書。」[二八]乙亥年戴震居北京之時曾館紀氏家，兩人相識。紀氏與余存吾太史書有云：「東原與昀交二十餘年，主昀家前後幾十年。凡所撰録，不以昀爲弇陋，頗相質證，無不犂然有當於心者。」[二九]紀曉嵐年譜「乾隆丁丑」條云：「是年，散館，授編修，旋辦院事。」[三〇]紀氏「授編修」在乾隆丁丑（一七五七）[三一]，戴、紀兩人已相識甚久，且戴氏常館紀家得以交流學術心得，故屈原賦注所引紀語，當即丁丑年或其後與紀氏論學之語。

汪氏不疏園庚辰刊本屈原賦注前所載盧文弨序，可證明戴震入北京之時曾隨身攜帶一稿本。盧序不見於初稿，戴震屈原賦注只有汪氏不疏園初刻本，盧氏所謂「余得觀是書，欲借鈔，既聞將有爲之梓者」云云，即指汪梧鳳而言[三二]。盧序出現在汪氏不疏園庚辰刊本書首即是其證。盧氏「聞將有爲之梓者」句，可證盧氏得觀並欲借鈔者，非汪梧鳳手中的壬申抄本，故盧氏不曾道出刊刻者姓氏，此亦間接證明壬申抄本爲汪梧鳳「常置案頭」且達九年之久，并據以編撰音義的説法爲確，外人無從得見此本。盧氏所得觀並欲借鈔者，正是戴震隨身攜帶入北京的稿本。盧氏序中所引文字與刻本同，而與初稿異，則此時盧氏所見戴氏稿本已與抄寫初稿之時所據原稿不同，此稿乃壬申抄本所據底稿，壬申抄本是汪氏庚辰刊本的直接來源，常置不疏園，其底稿則由戴氏攜帶入北京。盧氏抱經堂文集卷六繫此序於乾隆丁丑年（一七五七）〔三三〕，其時盧、戴兩人均在北京〔三四〕，故盧文弨得觀戴氏此稿。我們亦是據此而判斷初稿、壬申抄本之外，戴氏身邊尚且另有一稿本存在。汪氏庚辰年刊刻屈原賦注之時，參考了戴氏此稿，故而盧序亦出現在汪氏刊本書首，但需指出的是盧序乃爲戴震所作，而非出於汪氏的請託。

戴震入北京的時間，段玉裁年譜〔三五〕、洪榜行狀〔三六〕在乙亥歲，王昶墓志銘〔三七〕則在甲戌歲。錢穆據錢大昕手編自題竹汀居士年譜辨「東原入都」曰：

> 東原以乾隆甲戌入都。時東原年三十二歲。據錢竹汀自編年譜：「乾隆十九年甲戌，年二十七歲，移寓横街。無錫秦文恭公邀予商訂五禮通考。休寧戴東原初入都，造寓談竟日，歎其學精博。明日，言於文恭公。公即欣然同車出親訪之，因爲延譽。自是知名海内。」按：竹汀年譜始編在五十七歲，上距甲戌僅三十年，事屬親歷，不致遽誤。又王昶爲東原墓志銘，謂：「余之獲交東原，蓋在乾隆甲戌之春，維時秦文恭公蕙田方纂五禮通考，延致於味經軒，偕余同輯『時享』一類，凡五閱月而别。」此亦親歷之事，不容誤也。而洪榜爲東原行狀，誤謂東原以乙亥歲北上，實不足據。懋堂爲戴譜，則距其事已逾六十年，又非親歷，更不能得其詳，亦定入都在乙亥，而云：「蓋是年入都。冬，紀文達公刻考工記圖注

成。」下一「蓋」字，正見其無確據。因是年戴館紀家，又紀刻戴書，故疑在是年，而上年甲戌，段譜不能著一字，不知東原正以是年入都也。[三八]

錢氏結論已爲學界普遍接受。楊應芹亦據王昶墓志銘、錢大昕自編竹汀居士年譜定戴震入都在甲戌年[三九]，并駁斥了段氏之誤[四〇]，與錢穆之説基本相同。戴震於乾隆甲戌年(一七五四)入北京，丁丑年(一七五七)離北京南下揚州。戴震丁丑年離北京之後的行蹤，使得汪梧鳳在庚辰冬刊刻屈原賦注之時有機會見到戴震入北京時隨身攜帶的稿本。

段玉裁年譜「二十年乙亥，三十三歲」條云：「丁丑南下。」[四一]又「二十二年丁丑，三十五歲」條，曾詳細介紹了南下以後的具體行蹤：

> 是年識惠先生棟於揚之都轉運使盧君雅雨署内。文集内題惠定宇先生授經圖所云「自京師南還，始覿先生於揚之都轉運使司署内」者也。是年孟夏，有大戴禮記目録後語，内云：「今春正月，盧編修紹弓以其校本示予，又得改正數字。」又與王鳳喈書，書後曰：「丁丑仲秋，錢太史曉徵爲余舉尚書『横被』一證，見後漢書馮異傳。」此皆先生是年在都門之證也。而沈學子文集序云：「彊梧赤奮若之歲，余始得交於華亭沈沃田先生，既而同處一室者更裘葛。」似先生是年冬日出都，在揚州交沈沃田。沃田名大成，華亭名士，老客揚

州，以是知之。[四二]

據此，戴震當於丁丑冬離開北京，南下揚州。年譜「二十三年戊寅，三十六歲」條有云：「是年蓋客揚州，上年冬至是年夏，皆在揚也。故沈學子文集序曰裘葛一更。」[四三]即丁丑冬至戊寅夏，戴氏始終在揚州。年譜「二十四年己卯，三十七歲」條云：「秋九月，爲王蘭泉舍人作鄭學齋記。是年先生北闈鄉試，相傳考官欲令出門下，而以不知避忌置之。」[四四]辛巳年戴震再與盧侍講書有云：「兹敝友程君亦田，名瑶田，上年秋闈後，同震到揚。今復往，特取道江陰，願摳謁大君子。」[四五]辛巳年之上年指己卯年[四六]，戴氏所謂「上年秋闈」即段譜「北闈鄉試」事，時在乾隆己卯年秋。清稱北京順天鄉試爲北闈，江南鄉試爲南闈。戴震己卯年秋曾參加北京鄉試，但没有考中，而與程瑶田一起來到揚州。庚辰年，戴震仍在揚州，但第二年（辛巳）已不在揚州。段譜「二十五年庚辰，三十八歲」條有云：

是年客揚州，夏，有沈處士戴笠圖題咏序。是年冬，有與盧侍講紹弓書，論校大戴禮事云：「大戴禮記刻後印校，俗字太多，恐傷板，所有誤字，鼒未覈出，姑正其甚者。」玉裁按：校刻大戴禮蓋即揚州運使盧公見曾雅雨堂本也。盧學士文弨先爲校訂，刻既成矣，先生復細校之，故有庚辰冬、辛巳夏兩與學士之書，臚舉應改之字。今考雅雨堂刻本，凡庚辰札内

所舉者，已皆剜板改之，皆先生所爲也。其辛巳札内所舉，皆未之改，則先生已離揚之故也。用此知先生庚辰歲館於揚矣。[四七]

綜合上述材料，可以將戴震丁丑至辛巳年的行蹤總結如下：丁丑年（一七五七）盧文弨在北京得觀戴氏稿本并爲之作序，同時，戴震又採入紀曉嵐解楚辭「美人」一語，此年冬，戴震離北京，南下揚州；戊寅年（一七五八）夏戴震尚在揚州；己卯年（一七五九）秋曾參加北京鄉試，落第之後與程瑶田回揚州；庚辰年（一七六〇）戴震尚在揚州；辛巳年（一七六一）卻早已離揚，身在他處。

戴震離開揚州的具體時間及最終去向，對於庚辰刊本的形成具有關鍵性的影響。楊應芹東原年譜訂補「二十五年庚辰，三十八歲」條有云：

是年在揚州與沈大成同校何焯校本水經注。楊希閔（一八〇八—一八八二，字鐵傭，號卧雲——引者注）過録沈大成校水經注，有沈大成記曰：「庚辰初夏，從吾友吴中朱文斿（奂）借何義門校本，復校於廣陵。同觀者休寧戴東原震，亦嗜古之士也。」該水經注今藏中國社會科學院考古研究所，有戴震親筆校批九十七條，並圈定出經文，基本爲殿本水經注所採用。[四八]

楊紹和（一八三〇—一八七五，字彦合，號勰卿）曾過録此水經注沈大成跋，共四則，卷首三則，卷末一則。卷首三則依次爲：

乾隆己卯莫春，從吾友金陵陶蘅圃（湘）借季滄葦校本，寫於蕪郡客舍，帀月而竟。長谷沈大成記。

庚辰初夏，從吾友吴中朱文斿（奂）借何義門先生校本，復校於廣陵。同觀者休寧戴東原（震），亦嗜古之士也。大成又記。

是書初與戴君同校於廣陵，甫數卷而余病中輟。今幸不死，竣事，而東原聞爲人譖，拂衣歸歙。余淹留，卧病在家。别未半載，事變如是！未知何日再與吾友商榷也。嗟嗟，客子畏人，羣邪醜正，吾兩人所謂背影而馳者，宜其然耳。大雪後一日，大成又記。

卷末一則云：

余比年來外傷棘枳，内困米鹽，有人世所不能堪者。而惟借善本書校之，丹墨矻矻，逆旅不輟，此多生結習，未能破除，翻借以解我愁耳。是書小春少閒，復校。病餘體弱，舉筆即昏然思睡，日盡一卷，幾不能支，越月始竟。既以原本歸吴門朱氏，復記於此云。庚辰十

一月朔，沈大成。[四九]

由此四跋可知，庚辰年初夏，戴震尚在揚州與沈大成校水經注。至庚辰年十一月初一，二人分別已近半載[五〇]，可知戴震離開揚州當在本年夏初。沈大成卷首第三跋的重要之處還在於明確指出戴震的去向——「拂衣歸歙」，爲我們瞭解戴震離開揚州以後的行蹤提供了確切的證據。正是因爲戴震於庚辰年夏初離開揚州，回到歙縣，才使得本年冬歙縣不疏園主人汪梧鳳刊刻屈原賦注之前，能够與戴氏相見，并得以將戴氏隨身稿本中自壬申年之後所增訂的内容，如方矩、紀昀語以及盧文弨序，一併採入自己的刻本中成爲可能。

現存世者只有初稿（殘）本、精鈔本、（乾隆）庚辰刊本，缺掉了戴氏稿本、壬申抄本。汪氏不疏園抄寫初稿所依據的戴氏原稿在壬申年之前已成。壬申年，戴震客汪氏不疏園，汪梧鳳得見戴氏九卷本的修改稿，謄抄一過，留存手中，常置不疏園，即壬申抄本，則修改稿的完成時間不晚於壬申年。九卷的戴氏修改稿，包括注七卷、通釋二卷，根據這一體例，我們推測戴震此時恐已有將稿本中的音義析出的計劃，只是没有來得及實施。汪氏將壬申抄本常置案頭，留存不疏園，而其所據的戴氏修改稿則仍留在戴震身邊，帶入北京，并屢有修訂，成爲定稿。庚辰夏，戴氏離揚回歙，冬，歙縣汪氏不疏園刊刻屈原賦注，遂將戴氏定稿中自壬申年之後所增訂的内容採入他的刊本。

三、屈賦音義作者之争始末

音義三卷的材料來源和作者歸屬問題曾給學界帶來巨大的困擾，除了因屈原賦注的版本和成書過程較爲複雜以外，還有一重要原因——汪梧鳳和段玉裁的記載相互齟齬。屈原賦注汪跋，已將其創作音義的起因、時間、目的、過程皆予以詳細説明，據此，音義三卷乃汪梧鳳作。然而，段玉裁（一七三五—一八一五，字若膺，號懋堂）戴東原先生年譜「（乾隆）十七年壬申，三十歲」條卻説：

是年注屈原賦成。歙汪君梧鳳庚辰仲春跋云：「自壬申秋，得屈原賦戴氏注九卷讀之。」可證也。先生嘗語玉裁云：「其年家中乏食，與麵鋪相約，日取麵爲饔飧，閉户成屈原賦注。」蓋先生之處困而亨如此。此書音義三卷，亦先生所自爲，假名汪君。句股割圜記以西法爲之，注亦先生所自爲，假名吴君思孝，皆如左太冲三都賦注假名張載、劉逵也。[五一]

段玉裁明確指出，音義三卷乃戴震所撰，而假名汪梧鳳。因段氏曾親炙戴震多年，爲戴震的得意門生，當詳知戴氏著述經過，故段氏此説一出，影響頗大。廣雅書局重刊本屈原賦注，深受段氏年譜影響，認爲音義爲戴震作，遂將書末汪跋删去。又認爲戴震本人不可能爲自序及通釋再作音義，故又删去音義中涉及戴氏自序和通釋的内容，企圖將汪氏撰寫音義的證據全部抹殺。

近世以來，多位學者曾探討了音義三卷的作者問題：或力主戴震作，如盧弼、許承堯、姜亮夫、蔣立甫、陸忠發、徐道彬、蔡錦芳等人；或力主汪梧鳳作，如汪中、胡紹煐、張舜徽、湯炳正等人；或摇擺于戴氏、汪氏之間而不能自決，如游國恩、洪湛侯等人；或以爲戴氏、汪氏兩人合作，如褚斌傑、吴賢哲、崔富章等人。現將諸家之説略述如下。

（一）力主戴震説

戴震屈原賦注精鈔本附盧弼第二跋「頃閲段玉裁所編戴氏年譜云『此書音義三卷，亦先生所自爲，假名汪君』云云。余前跋方爲汪氏申辯，然東原極貧，汪爲歙巨族，嫁名於彼，刻書以傳，或亦意中事」，可見盧氏初以音義三卷爲汪梧鳳作，後受到段玉裁年譜影響而改變了這一觀點。屈原賦注初稿末附許承堯跋「音義三卷，段氏謂先生所自爲，託名汪君。此本音義、通釋尚未析出，知段説不謬。汪跋殆亦先生自作，檢松溪文集無之也」云云，許氏不僅否定了音義三卷爲汪梧鳳作，即使汪跋的真實性亦予以否定。姜亮夫依據段氏年譜、盧弼及許承堯兩人跋語，亦信音義三卷乃「戴震撰，託名汪梧鳳」[五二]。可見段氏之説自産生之日起，其影響之大。

（二）力主汪梧鳳説

汪中（一七四四—一七九四）所撰汪梧鳳墓志銘明確指出音義三卷爲汪梧鳳撰，其文曰：

國初以來，學士陋有明之習，潛心大業，通於六藝者數家，故于儒學爲盛。迨乾隆初紀，老師略盡，而處士江慎修崛起於婺源，休寧戴東原繼之，經籍之道復明。始此兩人自奮於末流，常爲鄉俗所怪，又孤介少所合，而地僻陋無從得書。是時歙西溪汪君獨禮而致諸其家，飲食供具惟所欲，又斥千金置書，益招好學之士日夜誦習講貫其中，久者十數年，近者七八年、四五年，業成散去。其後江君没，大興朱學士來視學，遂盡取其書上於朝，又使配食於朱子。戴君遊京師，當世推爲儒宗，後數歲，天子修四庫全書，徵領局事。是時天下之士益彬彬然嚮於學矣，蓋自二人始也，抑左右而成之者，君信有力焉，而君不幸死矣。然君亦以是自力于學，所著文二百餘篇，咸清暢有法，著楚詞音義三卷，又治毛詩義編未成。以乾隆三十八年（此汪中偶誤，當作「三十六年」——引者注）十二月卒，年四十七，明年某月葬於縣之某原。君諱梧鳳，字在湘，曾祖某、祖某、父某，其先與中同出唐越國公後。子四：煇、灼、炘、照。灼好學，世其家。銘曰：「有曦其鳴，天下文明，其道大光。西溪濔濔，實爲丹穴。我銘載之，表君幽域。」[五三]

墓志銘明言汪梧鳳曾作楚辭音義三卷，當指屈賦音義三卷無疑。持同一看法的還有胡紹煐（一七九二—一八六〇），胡氏所撰文選箋證離騷「不撫壯而棄穢兮」條曰：

汪氏梧鳳離騷音義曰：「俗本作『不撫壯』。王逸曰：『言願君務及年德盛壯之時。』又五臣注云：『撫，持也。言持盛壯之年。』此漢、唐相傳舊本無『不』字之證。」紹煐按：逸注云云，是「何不改此度」句解義，汪氏誤會。此言君不及壯盛之時棄遠讒佞，故下云「何不改此度」，意本融貫；五臣無「不」字，蓋不顧文義而删之，不可從。[五四]

又「九疑繽其並迎」條曰：

楚辭本作「並迓」，戴氏震曰：「迓，迎也。」汪氏離騷音義云：「古音御。或譌作『迎』，因九歌湘夫人文誤。」紹煐按：「迓」與下「故」韻，作「迎」則失其韻矣。[五五]

胡氏箋證所引汪梧鳳離騷音義完全見於屈賦音義卷上離騷「撫壯」條、「迓」條，胡氏亦將音義的撰寫歸於汪梧鳳。此一説法亦頗有影響。游國恩論戴震屈原賦注云：

> 戴氏書通釋之後別有音義三卷，乃歙縣汪梧鳳所作。汪字在湘，與戴震同學，著有松溪文集，又撰詩學汝爲二十六卷。據建德周氏刻本屈原賦注，音義後有汪氏自記（今按：汪氏不疏園刊本已有此記——引者注），謂據戴君注本爲音義三卷，體例略擬陸德明經典釋文。今通行本删去汪氏自記，讀者遂不知音義非戴氏所作。今觀其書，音讀詳明，校勘精審，考證文義故實時有可取。如離騷「不撫壯而棄穢兮」句，汪氏以「不」字爲衍文，説：「按王逸云：『言願君務及年德盛壯之時。』又文選注云：『撫，持也。言持盛壯之年。』此漢、唐相傳舊本無『不』字之證。洪興祖作補注，不詳核此字爲後人所加，而云『謂其君不肯當年德盛壯之時，棄遠讒佞也』，宋以來遂無異説。蓋由『美人』二字失解，故改古書以就其謬，而不顧失立言之體。」按：胡紹煐文選箋證引此條，正作汪梧鳳離騷音義，亦可證音義確爲汪氏所著無疑。[五六]

游氏依據胡紹煐文選箋證引稱汪梧鳳離騷音義，使其更加確定音義三卷爲汪梧鳳作。張舜徽[五七]、湯炳正同持此説。湯氏特撰關於楚辭學史上的一起疑案——論屈原賦音義的撰者問題一文，從版本和内容兩方面作出判斷，認爲：「音義的撰者確爲汪梧鳳，而不是戴震。」[五八]并反駁段玉裁將音義三卷歸於戴震：「段説并不可靠，此或係傳聞之誤，或係推測之詞，則未可知矣。」[五九]然湯氏之説并未得到學界的一致認可，其後仍有學者撰文指出音義三卷乃戴震所作[六〇]。於此可見力主戴氏或汪氏撰作音義之説的影響力，亦可見此兩説在學界論争的持久性。

（三）搖擺不定説

游國恩雖然在楚辭注本十種提要中明確稱「音義確爲汪氏所著無疑」，但在其主編的離騷纂義之「不撫壯而棄穢兮，何不改此度」條中卻説：

戴震曰：「俗本作『不撫壯』。按王逸云：『言願君務及年德盛壯之時。』又文選注云：『撫，持也。言持盛壯之年。』此漢、唐相傳舊本無『不』字之證。洪興祖作補注，不詳核此字爲後人所加，而云『謂其君不肯當年德盛壯之時棄遠讒佞也』，宋以來遂無異説。蓋由『美人』二字失解，故改古書以就其謬，而不顧失立言之體。」[六一]

此段話直接冠以「戴震曰」三字，將音義之作歸於戴震，而非汪梧鳳，接著又以按語形式説：

「撫」上各本及文選皆有「不」字，惟洪氏所見文選無之。汪梧鳳離騷音義據章句言「願君務及年德盛壯之時」及五臣「持盛壯之年」，以爲漢、唐舊本無「不」字之證。汪書未見。戴震屈原賦音義「撫壯」下云云，蓋即汪説也。[六二]

今推知其意，乃謂戴震音義亦是轉引汪梧鳳之説而已。離騷纂義「本編選輯舊説總目」之「戴震」名下列有屈原賦注、屈原賦音義兩種，注明所據爲「清乾隆二十五年歙汪氏刊本」[六三]，又在「汪梧鳳」名下寫「戴震屈原賦音義引」[六四]，是知離騷纂義乃將音義之作歸於戴震，又認爲戴氏實多引汪梧鳳之説。再後，其主編的天問纂義之「勤子屠母」條，則云：

戴震曰：「一説勤子，勤勞生子也。謂啓母化石之事，石破北方而啓生，見淮南子。」[六五]

所引戴震之説不見於注七卷，僅見於屈賦音義卷中天問「屠母」條，將音義歸爲戴震之作。天問纂義「本編選輯舊説總目」之「戴震」名下列出屈原賦音義、屈原賦注兩種，所據仍爲「清乾隆二十五年汪氏刊本」[六六]，不再列有汪梧鳳名字。游國恩或認爲音義三卷乃汪梧鳳作，或又認爲戴震作，而汪書實未見，後人——如胡紹煐文選箋證——所稱汪説，乃戴氏音義引。隨後，洪湛侯有楚辭要籍解題一書，在介紹屈原賦注時，僅依據汪梧鳳跋而説「音義三卷似爲汪氏所作」，緊接著又引段氏年譜而説「玉裁爲戴氏弟子，所言或有所本，此則又一説也。附以存參」[六七]，不能決斷。

(四)戴、汪二人合撰説

褚斌傑和吴賢哲合力點校屈原賦注(中華書局一九九九年版)前言有云：

我們認爲戴震屈原賦注的成書，大概經歷了這樣一個過程：乾隆十七年(一七五二)以前，戴震寫成了初稿，至乾隆十七年，戴震已對初稿作了一番修訂，成注七卷，並將初稿中的名物考證析出，作爲通釋二卷附於注七卷之後，是年此書便爲汪梧鳳收藏。據屈原賦注七卷、通釋二卷的體例，大概戴震也曾有過將初稿中的音義析出的計劃，或戴震也曾做過一些音義的撰寫工作，後來汪梧鳳便根據戴震的意圖，經他之手，最後完成了音義三卷，並由汪梧鳳出資，於乾隆二十五年(一七六〇)冬，首次將戴震的屈原賦注七卷、通釋二卷及最後由他完成的音義三卷合並刊行於世。[六八]

此觀點頗爲新穎，但没有得到學界的重視。徐道彬隨後發表了戴震屈原賦注音義析疑一文，堅持認爲：「屈原賦注音義不是汪梧鳳所作，而是戴震自作而托名汪梧鳳。」[六九]不久，蔡錦芳和崔富章發表了戴震屈原賦注後所附音義撰者考一文，亦認爲音義三卷：「基本上可以斷定全部出自戴震之手。」「音義三卷，實爲戴震自作，而不是由汪梧鳳所作。」[七〇]再後，崔富章又有楚辭書録解題一書，著録「屈原賦注七卷、通釋二卷」爲「清戴震撰」[七一]，著録「屈原賦注音義三卷」爲「清戴震、汪梧鳳撰」[七二]，並説：

> 音義三卷所涉及的主要學術見解，大多可在戴氏聲類表、方言疏證暨其致秦蕙田、盧文弨書等著作中找到出處，特别是給韻腳字注古音各條，爲戴震研究創獲，汪梧鳳的學術儲備不足以勝任（詳閲蔡錦芳戴震屈原賦注後所附音義撰者考，載文史二〇〇二年第二輯）。段氏年譜所論，應有所憑依。然全盤推翻汪跋所述，證據尚嫌不足。要之，音義創于東原，而汪梧鳳補苴之功亦未可抹殺。[七三]

至此，崔氏的觀點得以明確，認爲音義乃戴震、汪梧鳳合力之作，與褚斌傑、吴賢哲觀點類似。

四、屈賦音義的材料來源

我們在論述屈原賦注成書過程時已經提到，汪氏按照陸德明經典釋文的體例，在戴氏早期注本（即壬申抄本）的基礎上將戴氏撰作的材料析出，同時略加自己的增訂形成了今天見到的音義三卷。屈賦音義體例仿照經典釋文，故不僅爲屈原賦作音義，亦爲戴氏自序、注、通釋再作音義。屈賦音義中的材料，既有出於戴震之手者，亦有出於汪梧鳳之手者。凡是從初稿中析出的材料，無疑乃戴震所作；凡是爲戴氏自序、注、通釋注音釋義者，以及其説與戴氏初稿、注均不同，甚至完全相反者，則是汪梧鳳所作。

今舉若干例，以明音義有爲屈原賦而作者。離騷：「紛吾既有此内美兮，又重之以脩能。」音義曰：「紛，王云：『盛貌。』重，池用切。脩，潔治。能，古音奴異切。」離騷：「朝搴阰之木蘭兮，夕攬洲之宿莽。日月忽其不淹兮，春與秋其代序。惟草木之零落兮，恐美人之遲莫。」音義曰：「搴，音蹇。攬，一作『攬』。洲，一作『中洲』。莽，古音莫補切。忽，一作『曶』。莫，俗作『暮』。」湘夫人：「登白薠兮騁望，與佳期兮夕張。」音義曰：「登白薠，一作『蘋』，非。一無『登』字。佳，一作『佳人』，非。張，音帳。」涉江：「乘鄂渚而反顧兮，欸秋冬之緒風。步予馬兮山皋，邸予車兮方林。」音義曰：「欵，烏開切。風，古音甫歆切。方林，王云：『地名。』」音義中此類材料最爲繁富，今舉上述若干例以賅其餘。

（一）戴震撰寫的材料

音義中的材料，有的是直接從初稿中析出，甚至與戴氏注或通釋簡單相加就是初稿的内容，這部分文字必定出於戴震之手。

1. 離騷：「百神翳其備降兮，九疑繽其並迓。」戴氏初稿曰：

迓：古讀若御。或譌作「迎」，因九歌文誤。

戴氏注曰：

迓，迎也。

音義曰：

迓：古音御。或譌作「迎」，因九歌湘夫人文誤。

2. 天問：「何馮弓挾矢，殊能將之？既驚帝切激，何逢長之？」戴氏初稿曰：

馮執弓矢，將以殊能，疑謂周家得賜弓矢作伯也。西伯戡黎，祖伊奔告，所謂「驚帝切激」也。猶遲之數年，始加兵于殷，故曰「何逢長之」。

音義曰：

馮弓挾矢：馮執弓矢，將以殊能，疑謂周家得賜弓矢作伯也。西伯戡黎，祖伊奔告，所謂「驚帝切激」也。猶遲之數年，始加兵于殷，故曰「何逢長之」。

3. 天問：「勳闔夢生，少離散亡；何壯武厲，能流厥嚴？」戴氏初稿曰：

此非韻。江先生曰：「此似因殷武詩『下民有嚴』而誤，今審之詩本以『監』、『嚴』、『濫』三字爲韻，而『不敢怠遑』爲閒句，非韻也。」

音義曰：

嚴：古韻標準云：「此似因殷武詩『下民有嚴』而誤，詩本以『監』、『嚴』、『濫』三字爲韻，而『不敢怠遑』爲閒句，非韻也。」

4. 天問：「中央共牧，后何怒？」戴氏初稿曰：

言居地之中，共牧斯民，列后何以相怒而争乎？

音義曰：

牧：王云：「草名也，有實。言中央之州有歧首之蛇，争共食牧草之實，自相啄嚙。」

按：王説不可通。今考之，蓋言居地之中，共牧斯民，列后何以相怒而争乎？

5. 離騷：「雜申椒與箘桂兮，豈惟紉夫蕙茝？」戴氏初稿曰：

箘桂，或謂之筒桂，或謂之小桂。箘，讀如禹貢「箘簵」之「箘」。以其似箘竹，故名。或作「菌」，誤。

戴氏通釋曰：

箘桂，或謂之筒桂，或謂之小桂。箘，如禹貢「箘簵」之「箘」。

音義曰：

箘桂，以其似箘竹，故名。譌作「菌」，非。

6. 離騷：「畦留夷與揭車兮，雜杜衡與芳芷。」戴氏初稿曰：

留夷：詩謂之勺藥，廣雅謂之攣夷，或謂之餘容。郭璞注山海經，以勺藥爲辛夷。辛夷乃本草之辛矧，俗呼木筆。郭蓋因留夷誤之爾。張揖注上林賦，以留夷爲辛夷，顔師古已辨其非。近世閻百詩又疑江離爲勺藥。古今注：「勺藥，一名可離。」因之而傅會。余謂留夷、𦌾夷一聲之轉，而可離之名，未必出於古也。

杜衡：似細辛，爾雅謂之土鹵，廣雅謂之楚衡。爾雅單言杜，相如賦單言衡，俗呼馬蹏香。博物志：「杜衡亂細辛。」

戴氏通釋曰：

留夷：詩謂之勺藥。廣雅謂之𦌾夷。留、𦌾，語之轉。世俗音譌，殊字異稱，大致然矣。

杜衡：似細辛，俗所呼馬蹏香者也。蓋以其狀類名之。爾雅謂之土鹵，廣雅謂之楚衡。

音義曰：

留夷：又名餘容。郭景純注山海經，以勺藥爲辛夷。辛夷俗呼木筆。郭因留夷誤之耳。張揖注上林賦，以辛夷爲留夷，顔師古已辨其非。近世閻百詩又疑江離爲勺藥。古今注：「勺藥，一名可離。」因之傅會。可離之名，起於鄙近，非古也。

杜衡：爾雅單言杜，相如賦單言衡。博物志曰：「杜衡亂細辛。」

7. 東皇太一解題，戴氏初稿曰：

東皇太一，凡三章一韻。天官書：「中宫天極星，其一明者，太一常居也。」吕向注：「祀在楚東，故曰東皇。」震按：古未有祀太一者，以太一爲神名，特起于周末，至漢武帝時，因方士之言（亳人謬忌奏），立其祠長安東南郊，即甘泉泰畤，唐、宋祀之尤重。唐謂之太清紫極宫，宋謂之太一宫。太宗建東太一于東南郊，仁宗建西太一于西南郊，神宗建中太一于集福宫。蓋自戰國之時即奉以爲祈福之神，其祀甚隆，故屈子就當時祀典賦之，非祠神所歌也。

戴氏注曰：

東皇太一三章。古未有祀太一者，以太一爲神名，殆起於周末，漢武帝因方士之言，立其祠長安東南郊。唐、宋祀之尤重。蓋自戰國時奉爲祈福神，其祀最隆，故屈原就當時祀典賦之，非祠神所歌也。天官書：「中宫天極星，其一明者，太一常居也。」吕向曰：「祠在楚東，故云東皇。」未聞其審。

音義曰：長安東南郊：即甘泉太畤。唐謂之太清紫極宫。宋謂之太一宫。太宗建東太一於東南郊，仁宗建西太一於西南郊，神宗建中太一於集福宫。

稿曰：

8. 湘夫人：「合百草兮實庭，建芳馨兮廡門。九疑繽兮並迎，靈之來兮如雲。」戴氏初稿曰：此章言欲築室如是，而舜又使九疑之神來迎之去也。堂下至門謂之庭，簷所覆謂之廡。漢已後始以堂下周屋爲廡。

戴氏注曰：堂下至門謂之庭，檐所覆謂之廡。言築室既成，而舜又使九疑之神來迎之以去也。

音義曰：

廡，漢已後始以堂已下周屋爲廡。

我們發現，音義中爲戴震所撰的材料呈現出如下特點：其一、直接照搬初稿原文，如第一、二兩條；其二、將初稿文句析出而爲音義，如第三、四兩條；其三、將音義與通釋相加即爲初稿，如第五、六兩條；其四、將音義與注相加即爲初稿，如第七、八兩條，尤其是第七條，初稿中的「震按」兩字，更能説明此部分文字出於戴震之手。

（二）汪梧鳳撰寫的材料

音義中存在很多專門爲戴氏自序、注、通釋注音釋義的材料。音義之説亦有與戴氏初稿、注均不同，甚至完全相反者。這兩部分材料應是汪梧鳳所撰。

1. 屈原賦注戴氏自序「又稱其作賦以風，有惻隱古詩之義」、「且顯失其所以著書之指」、「不受後人皮傅」云云，今見音義以「序」字標目，特爲戴震自序作音義，共三處：

以風，方仲切。顯，俗作「彇」。皮傅，方言云：「皮傅，强也。秦、晉言非其事謂之皮傅。」後漢書張衡傳：「後人皮傅。」注云：「傅音附，謂不深得其情核，皮膚淺近，强相附會也。」

2. 離騷：「帝高陽之苗裔兮，朕皇考曰伯庸。」戴氏注曰：

史記列傳曰：「屈原者，名平，楚之同姓也。」世家曰：「楚之先祖，出自帝顓頊高陽。」

音義曰：

頊，許玉切。

3. 離騷：「朝搴阰之木蘭兮，夕攬洲之宿莽。」戴氏注曰：

小阜曰阰，大阜曰阰。宿莽，猶禮記之稱宿草，謂陳根始復萌芽者。

音義曰：

阰，頻脂切。復，扶又切，再也。

4. 離騷：「攬茹蕙以掩涕兮，霑予襟之浪浪。」戴氏注曰：

茹，柔也。爾雅：「衣眥謂之襟。」

音義曰：

衣眥，謂交領，才細切。

5. 天問：「焉有石林？何獸能言？」戴氏注曰：

曲禮曰：「狌狌能言，不離走獸。」

音義曰：

走獸，曲禮今本作「禽獸」。陸德明經典釋文云：「盧本作『走獸』。」

6. 天問：「何條放致罰，而黎服大說？」戴氏注曰：

黎服，徧畿服之黎庶也。洪興祖云：「史記：『桀敗於有娀之墟，犇於鳴條。』此言『條放』者，自鳴條放之也。」

音義曰：

犇，古「奔」字。

7. 遠遊：「玉色頩以脕顏兮，精醇粹而始壯。」戴氏注曰：

氣上充於色曰頩。脕，柔澤也。庭謂之顏，說文云：「眉目之閒也。」蓋兼闕與下極矣。

音義曰：

庭，髮際前曰額，額之中曰庭。闕，眉間曰闕。下極，闕下曰下極，目間也。

8. 天問：「何闔而晦？何開而明？」戴氏注曰：

周官大司徒曰：「土圭之法，地中景正。東方已過午後，而爲景夕；西方尚在午前，而爲景朝。」

音義曰：

景，後人別作「影」。

9. 天問篇題，戴氏注解曰：

問，難也。天地之大，有非恒情所可測者，設難疑之。而曲學異端，往往騖爲閎大不經之語，及夫好詭異而善野言，以鑿空爲道古。設難詰之，皆遇事稱文，不以類次，聊舒憤懣也。篇内解其近正，闕所不必知。雖舊書雅記，其事概不取也。

音義曰：

難，乃旦切。雅，常也。方言曰「舊書雅記故俗語」，謂常記載故俗之語耳。郭讀「舊書雅記」爲句，云：「雅，小雅也。」非是。

10. 涉江：「朝發枉渚兮，夕宿辰陽。」戴氏通釋曰：

枉渚：在今常德府武陵縣南。水經注云：「沅水東逕臨沅縣南，又東歷小灣，謂之枉渚。」是也。……漢志：「義陵鄜梁山，序水所出，西入沅。」

音義曰：

鄜梁山，今呼頓家山。

11. 漁父：「滄浪之水清兮，可以濯我纓；滄浪之水濁兮，可以濯我足。」戴氏通釋曰：

漢水過武當東北，其故城在今湖北襄陽府均州北，漢屬南陽。水經注云：「縣西北四十里，漢水中有洲名滄浪洲。」

音義曰：

均州，楚之均陵。

12. 離騷：「扈江離與辟芷兮，紉秋蘭以爲佩。」戴氏通釋曰：

秋蘭，今之澤蘭也。廣雅謂之虎蘭，或謂之虎蒲。

音義曰：

澤蘭，又名龍棗，又名風藥，其根名地筍。

13. 離騷：「雄鳩之鳴逝兮，予猶惡其佻巧。」戴氏通釋曰：

雄鳩，謂食桑葚之鳩，似仙鵲而短尾、多聲。小雅謂之鳴鳩，魯頌、陳風謂之鴞。司馬彪云「鴞，小鳩可炙者」是也。春秋傳謂之鶻鳩，爾雅謂之鶻鵃，或謂之鸒鳩。

音義曰：

鴞，音嘲，與「鴟鴞」之「鴞」，聲義有別。世俗誤溷。

上舉諸例皆是音義爲戴氏自序、注、通釋注音釋義者，第一條爲戴氏自序而作，第二至九條爲戴氏注而作，兼有校勘和文字説明，第十至十三條爲戴氏通釋而作。這些材料應出於汪梧鳳手。戴氏注屈原賦力求精核，他曾在自序中批評「説楚辭者，既碎義逃難，未能考識精核」，主張注屈子書要「不受後人皮傅」。但音義中爲戴氏自序、注、通釋注音釋義，多有淺近易曉者，與戴震的主張背道而馳，卻與汪梧鳳跋語中所説的「幼學之士，期在成誦，未喻理要，雖鄙淺膚末，無妨俾按文通曉」暗合。戴氏注屈原賦與汪氏作音義目的相異，所關注的內容自亦不同。

14. 離騷：「羌內恕己以量人兮，各興心而嫉妒。」戴氏初稿曰：

廣雅曰：「羌，乃也。」

戴氏注曰：

吕延濟云：「羌，乃也。」

音義則曰：

王逸云：「羌，楚人語辭也。猶言卿何爲也。」

15. 離騷：「老冉冉其將至兮，恐脩名之不立。」戴氏初稿曰：

吕向曰：「冉冉，漸漸也。」

戴氏注曰：

冉冉，吕向云：「漸漸也。」脩名，猶賢名。

音義則曰：

王曰：「冉冉，行貌。」洪云：「脩名，脩潔之名。」

16. 離騷：「朝發軔于天津兮，夕予至乎西極。」戴氏初稿曰：

天津，天潢也，九星，在虛、危北。

戴氏注曰：

天津，天潢也。

音義則曰：

王逸云：「天津，東極（箕、斗之間，漢津也）。」

17. 湘夫人：「目眇眇兮愁予。」戴氏初稿曰：

眇眇，遠視貌。

戴氏注曰：

眇眇，遠視貌。

音義則曰：

眇眇，王云：「好貌。」

18. 離騷：「夏康娛以自縱。」戴氏初稿曰：

康娛，安樂也。舊說以「夏康」句絶，爲太康，于文不可通。篇內「康娛」字凡三見。

戴氏注曰：

康娛自縱，以致喪亂。「康娛」二字連文，篇内凡三見。

音義則曰：

康，王云：「夏康，啓子太康也。」

19. 大司命：「導帝之兮九阬。」戴氏初稿曰：

九阬，九門也。説文：「阬，閬也。」「閬，門高也。」考工記匠人：「營國，旁三門。」四面凡九門。淮南俶真訓：「道出一原，通九門，散六衢。」高誘注：「九門，天之門。」之九門以治寰宇，即尚書「闢四門」之意。

戴氏注曰：

九阬，義未聞。

音義則曰：

九阬，蓋猶九野。

20. 天問：「何所冬煖？何所夏寒？」戴氏初稿曰：

冬煖夏寒，周髀所謂「北極左右，夏有不釋之冰。中衡左右，冬有不死之草」。蓋日下之地與幽背之地，寒煖頓殊。

戴氏注曰：

日發斂於赤道外內四十餘度之間。虞夏書以璿璣、玉衡寫天，遺製猶見於周髀。赤道者，中衡也。日自北發南，冬至當外衡。自南斂北，夏至當內衡。春秋分當中衡。中土在內衡之下已北，其外衡之下已南，寒暑與中土互易。中衡之下，兩暑而無寒，暑漸退，如春秋分，乃復。南北極下，凝陰常寒矣。周髀謂：「北極左右，夏有不釋之冰。中衡左右，冬有不死之草。」舉其概云耳。地爲大氣所舉，日之正照，氣直下行，故暑。非正照之方，氣不易到則寒。寒暑之候，因地而殊，固其宜也。

音義則曰：

冬煖夏寒，洪氏引素問曰：「至高之地，冬氣常在；至下之地，春氣常在。」注云：「高山之巔，盛夏冰雪，污下川澤，嚴冬草生，常在之義足明矣。」

上舉諸例皆是音義之説與戴氏初稿、注不同，甚至完全相反者。這些材料亦應出於汪梧鳳手。該部分材料呈現出以下特點：其一、音義多引王逸、洪興祖舊注，而捨棄戴震初稿和注中的内容，如第十四、十五、十六、十七四條。舊注中有許多與戴説完全相反的材料，且戴震明確駁斥了舊注，但音義仍照引舊注，如第十八條。其二、音義另立新説，如第十九條，戴震自覺初稿中對「九阬」的解釋不妥，故在注中删去此説，僅云「九阬，義未聞」。音義則另立新説，曰：「九阬，蓋猶九野。」再如第二十條，戴氏初稿及注均引周髀用中衡、外衡、内衡解釋「冬煖夏寒」，而音義直接以洪興祖引素問用至高之地（高山之巔）、至下之地（污下川澤）立説，與戴震的看法自是不同。

我們通過考察屈原賦注的成書過程，發現庚辰刊本的直接來源是汪氏常置不疏園的壬申抄本，但參照戴氏攜帶至北京的稿本進行了增訂。屈賦音義三卷的材料是由戴震和汪梧鳳兩人分别撰寫，兩人撰寫的材料在音義中夾雜在一起，若要嚴格區分，已比較困難。今可辨明者，音義中的材料凡是從初稿中析出者，應是戴震所撰。但汪氏也對音義的成書做了大量的工作。具體而言，屈賦音義是汪梧鳳在壬申抄本的基礎上，按照陸德明經典釋文的體例，將戴注中的相關材料析出，并略加自己搜集的材料而成。音義的體例仿經典釋文，摘字作注，不僅爲屈原賦，亦爲戴氏自序、注、通釋注音釋義。汪氏撰寫的材料主要集中在兩方面，一是爲戴氏自序、注、通釋作音義者，一是與戴氏初稿、注之説相異，甚至完全相反者。汪氏編撰的材料多直接引用王逸、洪興祖等人的舊説，自己發揮較少，但也可以展現戴、汪二人對同一問題的不同理解。應該説，屈賦音義的成書，汪梧鳳功不可没，他不僅析出了音義三卷，並按照經典釋文的體例進行了精心編排，還依據戴震入北京時隨身攜帶的稿本作了最後的修訂，最終促成了屈原賦注十二卷本的刊行。

丙申仲冬，孫曉磊識於浙江師範大學寓所

【校勘記】

［一］安徽叢書第六期收録初稿，自許承堯始，學者無不認定是戴震所作。唯陳勝長發表讀戴震屈原賦注一文，認爲此初稿乃僞書（香港中文大學中國文化研究所學報卷二二，一九九一年，第二四

九—二六五頁）。陳氏僞書説没有得到學界的認同，陸忠發有屈原賦注初稿考辨——與陳勝長先生商榷一文，力主初稿乃戴震作（古籍整理研究學刊，一九九六年第五期，第一三—一五頁）。其後，許子濱發表戴震屈原賦注成書考一文，亦堅定認爲初稿非僞書（古典文獻研究第一六輯，鳳凰出版社，二〇一三年，第三〇九—三三四頁）。我們對比初稿與刻本屈原賦注的内容，可以發現初稿注釋更爲繁蕪，刻本屈原賦注的注、通釋、音義在初稿中尚夾雜在一起。刻本屈原賦注中的文字很多與初稿完全一致。另有部分文字與初稿不完全一致，如刻本中的通釋就有若干條目遠比初稿詳細，此乃戴震在初稿的基礎上有所增訂而成。另，初稿有多處眉批，不見於刻本。我們認爲初稿乃戴氏之作，當無疑義。

[二]光緒十七年（辛卯，一八九一）廣雅書局刊，標卷次，扉頁鐫「屈原賦戴氏注十二卷」，背面牌記題作「光緒辛卯秋七月廣雅書局刊」，書前有盧文弨序及戴震自序。注、通釋及音義各篇題下皆有「休寧戴震撰」五字。廣雅書局本最大特點是將書末汪梧鳳跋及音義中涉及戴氏自序和通釋的内容一併删去。

[三]民國十三年（一九二四）建德周氏（周叔弢，一八九一—一九八四，名暹，字叔弢）校刻，不標卷，扉頁鐫「屈原賦注」，背面牌記題作「甲子十一月建德周氏校刊」，書前有盧文弨序及戴震自序，書後有汪梧鳳跋。注與通釋每篇標題下有「屈原賦戴氏注」六字，音義三篇則無。

[四]民國二十五年（一九三六）安徽叢書第六期戴東原先生全集收録屈原賦注，扉頁鐫「屈原賦注十二卷」，牌記題作「民國二十五年安徽叢書編印處印行」，書前有盧文弨序及戴氏自序，書後有汪

梧鳳及藏書主人城南居士跋。城南居士跋云：「吾郡僻陋，士之欲通經學道者，不但無從得師，即書亦難得。江慎修崛起於婺源，休寧戴東原繼之，天下推爲儒宗。然成之者，實爲歙汪梧鳳氏，先後禮致二人，斥千金購書，招士之好學者，相與講貫其中，業成散去。此書爲汪氏所刻，流傳不多。因其關繫徽州雅故，遂什襲藏之。甲子臘月，城南居士。」據此可知，城南居士所收藏者，即汪氏不疏園刊本，故安徽叢書第六期所收刊本顯係影印汪氏刊本而成。

[五]段玉裁戴東原先生年譜「（乾隆）二十五年庚辰，（戴震）三十八歲」條有云：「是冬，屈原賦注刻成。戴氏遺書皆孔户部繼涵刊板，雖已刻者皆重刊，獨此書但有歙汪氏刊板而已。願好古者廣其傳焉。」（清段玉裁，戴東原先生年譜，趙玉新點校，戴震文集附録，中華書局，一九八〇年，第二二四—二二五頁）

[六]姜亮夫，楚辭書目五種，中華書局，一九六一年，第二〇二頁。

[七]洪湛侯，楚辭要籍解題，湖北人民出版社，一九八四年，第一八三頁。

[八]戴震屈原賦注，學者多視爲楚辭學要籍，余嘉錫論及戴校水經注乃偷竊趙一清書，連累而及屈原賦注，其言曰：「蓋戴氏雖經學極精，而其爲人專己自信，觀其作孟子字義疏證以詆朱子，及其著屈原賦注只是取朱子楚辭集注改頭換面，略加點竄，以爲己作。」（余嘉錫，四庫提要辨證卷七「水經注」條，雲南人民出版社，二〇〇四年，第三六五頁）陳勝長針對余氏此論，說：「竊以爲未得其實。戴氏序屈原賦注，稱『屈子之言至純』，同時撰毛詩補傳，斷之以『思無邪』以通詩人之志，命意一貫，豈與朱子同哉？余氏徒見屈原賦注有同於楚辭集注者，固未嘗細考其所以

異。夫戴、朱雖均以屈賦方經，或（即戴震——引者注）目爲『至純』、『亦經之亞』；或（即朱熹——引者注）以爲『行過中庸而不可以爲法』、『馳騁於變風、變雅之末流』。是二人之注屈賦也，亦豈能無異乎？」（陳勝長，考證與反思——從周官到魯迅，臺北東大圖書公司，一九九五年，第七六—七七頁）汪大白特撰文來駁斥余嘉錫的「攘取」説，汪氏認爲，學術文化有繼承性和連續性，前人的終極是後人的起點，有所傳承，有所擇取，有所改訂，學術始得以發展。汪氏詳細分析屈原賦注與楚辭集注的異同，認爲戴氏屈原賦注借鑒者非集注一家，他是在借鑒集注等書的基礎上而前進，并最終有所超越。同時，汪氏舉出實例來證明屈原賦注對集注的錯誤多有訂正（汪大白，戴震屈原賦注對朱熹楚辭集注的借鑒與超越——兼評余嘉錫的攘取説，阜陽師院學報，一九九三年第三期，第六八—七五頁）。我們認爲，戴氏屈原賦注確實有陰本舊注而無明言者，但古代優秀的學術成果，人人得以援引，比如朱熹注楚辭引用王逸、洪興祖之説，注孟子引用趙岐之説，亦多無明言。古人著作權意識不如今人嚴謹，不可過於以今律古。

[九] 經考附録許跋，安徽叢書第六期戴東原先生全集，民國二十五年（一九三六）安徽叢書編印處印行。

[一〇] 胡樸安，戴先生所著書考「屈賦注初稿上卷」條，安徽叢書第六期戴東原先生全集附録，民國二十五年安徽叢書編印處印行。

[一一] 初稿殘存離騷經、九歌、天問三篇，每篇爲一卷，凡三卷，而九章、遠遊、卜居、漁父四篇僅有其目，正文全佚。

[一二] 褚斌傑、吴賢哲兩人亦指出初稿乃「一手抄之殘本」，但仍有可參考的價值。「清」戴震撰，褚斌傑、吴賢哲點校，屈原賦注前言，中華書局，一九九九年，第四頁。

[一三] 湖田草堂主人姓名吴得英，上揭陳勝長、許子濱兩文均有説，可參。

[一四] 安徽叢書第六期屈原賦注初稿許跋有云：「附印此本于刻本（即安徽叢書第六期所收屈原賦注刊本——引者注）後，俾覽者得參證焉。丙子（民國二十五年，一九三六——引者注）冬許承堯記。」

[一五] 楊應芹，東原年譜訂補，張岱年主編，戴震全書第六册，黄山書社，一九九五年，第六六三頁。

[一六] 許承堯，戴東原先生全集序，民國二十五年安徽叢書編印處印行。

[一七] 蔡錦芳，戴震生平與作品考論，廣西師範大學出版社，二〇〇六年，第二九—三〇頁。

[一八] 段玉裁年譜「（乾隆）二十五年庚辰，（戴震）三十八歲」條有云：「是冬，屈原賦注刻成。辛巳夏，再與盧侍講書云『去冬刻就屈原賦注，屬舍弟印送』是也。按：屈原賦注，盧學士爲之序。注七卷、通釋二卷、音義三卷，凡十二卷。」趙玉新點校，戴震文集附録，第二二四頁。

[一九] 壬申抄本不是初稿，許子濱已指出。上揭許文雖考證了屈原賦注的成書，但我們對屈原賦注成書過程的考察與許氏有衆多相異之處，讀者對比閱讀，自可採擇。許氏認爲初稿的寫成在壬申年之前，盧文弨得見刻本前三年，即丁丑年的修訂稿本，所説甚是。許氏又認爲精鈔本在庚辰刊本之後，又壬申抄本是直接從初稿析出通釋加以增補而成，庚辰刊本直接由壬申抄本析出

音義加以增補而成。我們認爲精鈔本在刻本之前且爲底稿，壬申年戴震客汪梧鳳家，此時戴震已將通釋從原稿中析出，戴氏稿本之九卷本已成，汪氏只是謄抄此稿而已。汪氏謄寫初稿時所據戴氏稿本的完成則更在壬申年之前。庚辰刊本的形成有兩條線索，一是汪氏手中的壬申抄本，一是戴氏前往北京而常置身邊的稿本。許氏之文只有壬申抄本一條線索，似欠細密。

[二〇] 胡樸安說：「段玉裁戴氏年譜云，歙縣汪君梧鳳庚辰仲春跋云，自壬申秋得屈原賦注九卷讀之，是九卷也。按：九卷者，合通釋二卷言之，賦注仍七卷。」（胡樸安，戴先生所著書考「屈原賦注十二卷」條，安徽叢書第六期戴東原先生全集附録，民國二十五年安徽叢書編印處印行）湯炳正說：「注七卷，通釋分上、下二卷，共九卷……汪梧鳳跋語，謂『右據戴君注本爲音義三卷。自乾隆壬申秋得屈原賦戴氏注九卷讀之』云云，汪氏所見戴注只有上述『九卷』。」（湯炳正，關於楚辭學史上的一起疑案——論屈原賦音義的撰者問題，收入氏著楚辭類稿，巴蜀書社，一九八八年，第一〇八頁）

[二一] 湯炳正，楚辭類稿，第一〇八頁。

[二二] 崔富章，楚辭書録解題，高等教育出版社，二〇一〇年，第一六五頁。

[二三] 蔣立甫說：「筆者以抄本與汪本對校，發現凡汪本誤處，抄本無不誤，而汪本不誤，抄本或偶誤。如離騷『哀高丘之無女』，戴釋『淑女以比賢士，自視孤特，無賢士與己爲侶』，汪本不誤，而抄本則誤『孤』爲『狐』，顯係寫誤。其尤著者，如音義下『仇也』，注云『俗本删去四「也」字』，此

處汪本『四』、『也』二字互乙，抄本誤亦同。汪本刻於戴震生前，絕不可能襲抄本之誤，只能是抄本沿汪本之誤。抄本由不疏園本出無疑。」（蔣立甫，關於屈原賦注的三個問題，古籍整理研究學刊，一九九四年第一期，第一頁）蔣氏以爲精鈔本抄自庚辰刊本。我們的結論正與蔣氏相反，因爲精鈔本爲汪氏庚辰刊本底稿，庚辰刊本是在精鈔本基礎上略加校勘而成，但總有校勘未盡之處，故「汪本誤處，抄本無不誤，而汪本不誤，抄本或偶誤」，汪氏不疏園刻本已出，後人殊無必要再費力費時另據汪本單獨抄寫一份。精鈔本校勘未盡，致使刻本仍存誤字，此點戴震已明知，并非像蔣氏所謂「刻於戴震生前，絕不可能襲抄本之誤」。戴氏辛巳年再與盧侍講書稱：「去冬刻就屈原賦注，屬舍弟印送，諒已呈覽，尚有誤字。」（趙玉新點校，戴震文集卷三，第五四頁）

[二四] 戴震入北京之後，盧文弨曾看到過戴氏此稿，并欲借抄，後來只爲之寫了一篇序。盧序所云，其釋「『宓妃之所在』及有娀、有虞，皆因其人，思其地，冀往遇今之淑女，用輸寫其哀無賢士與己爲侶之意」。初稿作「虙妃」，只注曰：「虙妃之所在，謂産虙妃之地，今或更産淑女也。」刊本作「宓妃」，且注曰：「淑女以比賢士，自視孤特，哀無賢士與己爲侶，此原求女之意也。所在，謂其地也。念古者，思來者，故求其地而往，以冀遇今之淑女。」序又説，其釋「『薜荔拍兮蕙綢』，王逸釋『拍』爲『搏壁』，近代多不知此爲何物，乃引釋名『搏壁，以席搏著壁』增成其義」。初稿止注曰：「拍，所以縣櫂，方言謂之緝。」刊本則曰：「拍，王注云：『搏壁也。』劉成國釋名云：『搏

壁，以席搏著壁也。』此謂舟之閤閭搏壁矣。」經過對比，我們發現盧序引文與庚辰刊本的文字相同，而與初稿異。由此亦可證定戴震攜至北京的稿本，當是汪氏所藏壬申抄本的底稿，而壬申抄本是庚辰刊本的直接來源。

［二五］江慎修先生年譜「（乾隆）十八年癸酉，七十三歲」條有云：「館歙邑西溪，歙門人方矩、金榜、汪梧鳳、吴紹澤從學。休寧鄭牧、戴震、歙汪肇龍、程瑶田，前已拜門下問業。是年，殷勤問難，必候口講指畫，數日而後去。」［清］江錦波、汪世重：江慎修先生年譜，北圖社古籍影印編輯室輯乾嘉名儒年譜第一册，北京圖書館出版社，二〇〇六年，第三九八頁。

［二六］王昶戴東原先生墓志銘云：「東原家居，同郡鄭牧、汪肇龍、程瑶田、方矩、金榜皆從問業。至京師，光禄寺卿王君鳴盛、學士錢君大昕、朱君筠、紀君昀、盧君文弨皆折節定交焉。」趙玉新點校，戴震文集附録，第二六二—二六三頁。

［二七］趙玉新點校，戴震文集附録，第二二〇頁。

［二八］趙玉新點校，戴震文集附録，第二二一頁。

［二九］［清］紀昀撰，孫致中等校點，紀曉嵐文集第一册，卷一二，河北教育出版社，一九九一年，第二七四頁。

［三〇］［清］紀昀撰，孫致中等校點，紀曉嵐文集第三册，第三〇二頁。

［三一］賀治起、吴慶榮編紀曉嵐年譜「乾隆二十二年，丁丑，一七五七年，三十四歲」條引清國史紀昀

傳亦云：「是年，散館，授編修。」並引李宗昉紀文達公傳略云：「散館一等授編修，辦翰林院兼撰文。」（賀治起、吴慶榮，紀曉嵐年譜，書目文獻出版社，一九九三年，第二五頁）紀昀評傳説：「乾隆二十二年，一七五七年，紀昀學習期滿，散館考試列一等授編修，擢詹事府左春坊左庶子，充日講起居注官。」（周積明，紀昀評傳，南京大學出版社，一九九四年，第二一頁）

[三二] 段玉裁年譜「（乾隆）二十五年庚辰，（戴震）三十八歲」條有云：「是冬，屈原賦注刻成。戴氏遺書皆孔户部繼涵刊板，雖已刻者皆重刊，獨此書但有歙汪氏刊板而已。願好古者廣其傳焉。」（趙玉新點校，戴震文集附録，第二二四—二二五頁）屈原賦注最初只有汪氏不疏園一家刊刻，故盧弼指出：「抱經序亦言有爲之梓行者，當係指汪氏而言。」所説甚是。

[三三] [清]盧文弨，抱經堂文集卷六，續修四庫全書第一四三二册，上海古籍出版社，二〇〇二年，第五九八頁。

[三四] 上揭王昶戴東原先生墓志銘云：「（戴震）至京師，光禄寺卿王君鳴盛、學士錢君大昕、朱君筠、紀君昀、盧君文弨皆折節定交焉。」又考洪榜戴先生行狀云：「先生之始至京師，當時館閣諸公，今光禄卿嘉定王君鳴盛，今學士嘉定錢君大昕，大興朱君筠，河間紀君昀，餘姚盧君文弨，今大理卿青浦王君昶，皆折節交先生。」（趙玉新點校，戴震文集附録，第二五五頁）

[三五] 趙玉新點校，戴震文集附録，第二二〇頁。

[三六] 趙玉新點校，戴震文集附録，第二五五頁。

〔三七〕趙玉新點校，戴震文集附録，第二六〇頁。

〔三八〕錢穆，中國近三百年學術史，商務印書館，一九九七年，第三四九頁。

〔三九〕楊應芹，東原年譜訂補「十九年甲戌，三十二歲」條，張岱年主編，戴震全書第六册，第六六五頁。

〔四〇〕楊應芹，東原年譜訂補「二十年乙亥，三十三歲」條，張岱年主編，戴震全書第六册，第六六八頁。

〔四一〕趙玉新點校，戴震文集附録，第二二〇頁。

〔四二〕趙玉新點校，戴震文集附録，第二二三頁。

〔四三〕趙玉新點校，戴震文集附録，第二二四頁。

〔四四〕趙玉新點校，戴震文集附録，第二二四頁。

〔四五〕趙玉新點校，戴震文集卷三，第六一頁。

〔四六〕今觀汪梧鳳庚辰年刊刻屈原賦注，再與盧侍講書稱：「去冬刻就屈原賦注，屬舍弟印送。」（趙玉新點校，戴震文集卷三，第五四頁）則知戴氏此書稱去年冬爲「去冬」，而記載已卯年北闈鄉試事稱「上年」，則是以前年爲上年。

〔四七〕趙玉新點校，戴震文集附録，第二二四頁。

〔四八〕楊應芹，東原年譜訂補，張岱年主編，戴震全書第六册，第六七二頁。

〔四九〕〔清〕楊紹和，楹書隅録卷二，續修四庫全書第九二六册，第六二七—六二八頁。

〔五〇〕經查萬年曆，庚辰年（一七六〇）大雪爲農曆十月二十九，該月爲小月，無三十日，故「大雪後一日」即十一月初一。據此可知沈大成三、四兩跋作於同時。

〔五一〕趙玉新點校，戴震文集附録，第二三〇頁。

〔五二〕姜亮夫，楚辭書目五種，第三〇二頁。

〔五三〕〔清〕汪中撰、田漢雲點校，新編汪中集，「文集」第八，廣陵書社，二〇〇五年，第四八三頁。

〔五四〕〔清〕胡紹煐撰，蔣立甫校點，文選箋證卷二四，黄山書社，二〇〇七年，第六四一頁。

〔五五〕〔清〕胡紹煐撰、蔣立甫校點，文選箋證卷二四，第六五一頁。

〔五六〕游國恩，楚辭注本十種提要，收入氏著屈原附録，中華書局，一九六三年，第九四頁。

〔五七〕張舜徽，清人文集别録卷七，中華書局，一九六三年，第一九〇頁。

〔五八〕湯炳正，楚辭類稿，第一一〇頁。

〔五九〕湯炳正，楚辭類稿，第一二〇頁。

〔六〇〕如蔣立甫僅僅依據許承堯跋而認定音義乃「戴震自撰」（蔣立甫，關於屈原賦注的三個問題，古籍整理研究學刊，一九九四年，第一期，第二頁）。陸忠發經過一番討論以後仍堅持認爲「音義三卷爲戴震作，假名汪梧鳳」（陸忠發，屈賦音義考——兼以此就正於湯炳正先生，荊州師專學報一九九五年第四期，第三九頁）。

〔六一〕游國恩主編，離騷纂義，中華書局，一九八〇年，第四六頁。
〔六二〕游國恩主編，離騷纂義，第四七頁。
〔六三〕游國恩主編，離騷纂義，第八頁。
〔六四〕游國恩主編，離騷纂義，第八頁。
〔六五〕游國恩主編，天問纂義，中華書局，一九八二年，第二〇七頁。
〔六六〕游國恩主編，天問纂義，第四頁。
〔六七〕洪湛侯，楚辭要籍解題，第一八〇頁。
〔六八〕〔清〕戴震撰，褚斌傑、吴賢哲點校，屈原賦注前言，第四頁。
〔六九〕徐道彬，戴震「屈原賦注音義」析疑，文獻，二〇〇一年第三期，第二一一頁。
〔七〇〕蔡錦芳、崔富章，戴震「屈原賦注」後所附「音義」撰者考，文史，二〇〇二年第二輯，第二一一二頁。引文有删節。
〔七一〕崔富章，楚辭書録解題，第一五七頁。
〔七二〕崔富章，楚辭書録解題，第一六四頁。
〔七三〕崔富章，楚辭書録解題，第一六五頁。

總目

屈原賦注初稿三卷

編按：總目中標＊者，爲編者所擬，以便檢索，正文中不再出現。

屈原賦注

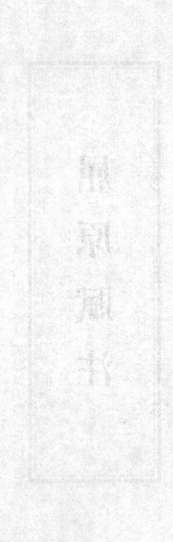

吾友戴君東原，自其少時，通聲音文字之學，以是而求之遺經，遂能探古人之心於千載之上。既著詩補傳、考工記圖、句股割圜記、七經小記諸書，又以餘力爲屈原賦二十五篇作注。微言奥指，具見疏抉，其本顯者，不復贅焉。指博而辭約，義刱而理確。其釋「三后」、「純粹」，謂指楚之先君。「夏康娛以自縱」，謂「康娛」連文，篇中凡三見，不應以爲夏太康。「宓妃之所在」及有娀、有虞，皆因其人，思其地，冀往遇今之淑女，用輸寫其哀無賢士與己爲侶之意。九歌東皇等篇，皆就當時祀典賦之，非祠神所歌。九章無次第，不盡作於頃襄王時。懷沙一篇，則以史記之文相參定。「薜荔拍兮蕙綢」，王逸釋「拍」爲「搏壁」，近代多不知此爲何物，乃引釋名「搏壁，以席搏著壁」增成其義。其典確舉類此。夫屈子之志昭乎日月，而後世讀其辭，疑若放恣怪譎，不盡軌於正，良由炫其文辭而昧其指趣，以説之者之過，遂謂其辭之未盡善。戴君則曰：「屈子辭無有不醇者。」此其識不亦遠過於班孟堅、顔介、劉季和諸人之所云乎！余得觀是書，欲借鈔，既聞將有爲之梓者，乃歸其書而爲序以詒之，且慫恿其成云。姚江盧文弨。

漢藝文志：「屈原賦二十五篇。」自離騷迄漁父，屈原所著書是也。漢初傳其書，不名楚辭，故志列之賦首，又稱其「作賦以風，有惻隱古詩之義」。至如宋玉已下，則不免爲辭人之賦，非詩人之賦矣。予讀屈子書，久乃得其梗槩，私以謂其心至純，其學至純，其立言指要歸於至純。二十五篇之書，蓋經之亞。說楚辭者，既碎義逃難，未能考識精核，且彌失其所以著書之指。今取屈子書注之，觸事廣類，俾與遺經雅記合致同趣，然後瞻涉之士，諷誦乎章句，可明其學，覩其心，不受後人皮傅，用相眩疑。書既藁就，名曰屈原賦，從漢志也。休寧戴震。

離騷

屈原賦　戴氏注

帝高陽之苗裔兮，朕皇考曰伯庸。攝提貞于孟陬兮，惟庚寅吾以降。

史記列傳：「屈原者，名平，楚之同姓也。」元和姓纂云：「楚武王子瑕，食采於屈，因氏焉。」世家：「楚之先祖，出自帝顓頊高陽。」曲禮：「父曰皇考。」爾雅：「朕，我也。」「太歲在寅曰攝提格。」亦通稱攝提。「正月爲陬。」馬季長注洛誥云：「貞，當也。」蓋攝提之年，當孟春寅月。

皇覽揆予初度兮，肇錫予以嘉名。名予曰正則兮，字予曰靈均。

皇，皇考也。爾雅：「肇，謀也。」言皇考以其始生有端善之度，爰以立名。鄭康成箋毛詩云：「靈，善也。」正則者，平之謂。靈均者，原之謂。

紛吾既有此内美兮，又重之以脩能。扈江離與辟芷兮，紉秋蘭以爲佩。

内美，生而質性容度之粹美。重，猶加也。脩能，好脩而賢能。扈者，掩襲不散之稱。紉，猶貫也。此以芳草比嘉言懿行。

汩予若將不及兮，恐年歲之不吾與。朝搴阰之木蘭兮，夕擥洲之宿莽。日月忽其不淹兮，春與秋其代序。惟草木之零落兮，恐美人之遲莫。

承上而言及時好脩。汩，方言云：「疾行也。南楚之外曰汩。」搴，説文云：「拔取也。南楚語。」小阜曰[一]𠂤比，大阜曰阰。擥，説文云：「撮持也。」宿莽，猶禮記之稱宿草，謂陳根始復萌芽者。方言云：「莽，草也。」「南楚曰莽。」爾雅：「淹，久也。」「惟，思也。」草木零落，美人遲莫，皆過時之慨，即論語所云「四十、五十而無聞，斯亦不足畏」是也。紀編脩曉嵐曰：「美人，以謂盛壯之年耳。」

撫壯而棄穢兮，何不改乎此度也。乘騏驥以馳騁兮，來吾導夫先路也。昔三后之純粹兮，固衆芳之所在。雜申椒與菌桂兮，豈惟紉夫蕙茝？

又言以身先國士也。撫壯棄穢，承及時好脩言之。所以不改此度者，且導後來之賢士以先路也。國之所恃賴，非一賢可以成治，前王可鑒。三后，謂楚之先君賢而昭顯者，故徑省其辭，以國人共知之也。今未聞。在楚言楚，其熊繹、若敖、蚡冒三君乎？猶下武言「三后在天」，共知爲太王、王季、文王。

彼堯舜之耿介兮，既遵道而得路。何桀紂之昌披兮，夫惟捷徑以窘步。惟黨人之婾樂兮，路幽昧以險隘。豈予身之憚殃兮，恐皇輿之敗績。

道之盛，舉堯、舜。失道，舉桀、紂，以明黨人亂政危國也。君之疏己由黨人，故先及之。昌披，王注云：「衣不帶之貌。」「皇，君也。」車覆曰敗績。禮記檀弓篇：「馬驚敗績。」春秋傳：「敗績厭覆是懼。」是其證。

忽奔走以先後兮，及前王之踵武。荃不察予之中情兮，反信讒而齊怒。

武，迹也。荃、靈脩，相謂之美稱，篇内借以言君也。齊，讀如「天之方懠」之「懠」。

第一段，自敍生平大略，而終於君之信讒。後四段乃反復推明之。

予固知謇謇之爲患兮，忍而不能舍也。指九天以爲正兮，夫惟靈脩之故也。初既與予成言兮，後悔遁而有他。予既不難夫離别兮，傷靈脩之數化。

承上見怒於君，而自明事君之心，因追言君之曾任己，獨惜其變操不常，無任賢圖治之略。九天，天問篇所謂「圜則九重」是也。説文：「遁，遷也。」

予既滋蘭之九畹兮，又樹蕙之百畝。畦留夷與揭車兮，雜杜衡與芳芷。冀枝葉之峻茂兮，願竢時乎吾將刈。雖萎絶其亦何傷兮，哀衆芳之蕪穢。

此以衆芳比賢才。畹，説文云：「三十畝也。」司馬法：「六尺爲步，步百爲畝。」畦，猶隴也。萎絶，黄落也。蕪穢，如後所云「蘭芷變而不芳」之屬是也。非誠好脩，有不隨世遇轉移乎？是屈原之所哀矣。

衆皆競進而貪婪兮，憑不厭乎求索。羌内恕己以量人兮，各興心而嫉妒。

憑，王注云：「滿也。楚人名滿曰憑。」羌，呂延濟云：「乃也。」黨人推己之心度人，而目竭忠進賢者以爲與己相傾。此讒之所由起與？

忽馳騖以追逐兮，非予心之所急。老冉冉其將至兮，恐脩名之不立。朝飲木蘭之墜露兮，夕餐秋菊之落英。苟予情其信姱以練要兮，長顑頷亦何傷？掔木根以結茝兮，貫薜荔之落蘂。矯菌桂以紉蕙兮，索胡繩之纚纚。謇吾法夫前脩兮，非世俗之所服。雖不周于今之人兮，願依彭咸之遺則。

冉冉，呂向云：「漸漸也。」脩名，猶賢名。信，猶洵也。練要，精練要約也。顑頷，説文云：「飯不飽，面黄起行也。」掔，引也。矯，舉也，語之轉。周，合也。彭咸，未聞，蓋前脩之足爲師法者，書闕不可考矣。

第二段，申言被讒之故，而因自明其志如此。

長太息以掩涕兮，哀民生之多艱。予雖好脩姱以鞿羈兮，謇朝誶而夕替。既替予以蕙纕兮，又申之以攬茝。亦予心之所善兮，雖九死其猶未悔。

槩言民生多艱，所以自慨也。鞿羈，繫制馬者。誶，告也。韓詩云：「諫也。」替，廢也。言朝告君而夕見廢。纕，王注云：「佩帶也。」蕙纕、攬茝，喻所陳告之事，言己之進於君者，雖屢擯而必以善道，不改所操也。

怨靈脩之浩蕩兮，終不察夫民心。衆女嫉予之蛾眉兮，謠諑謂予以善淫。

浩蕩，漫散無檢柙也。原以正道事亂世之君，固易致疏遠矣。泛云不察民心，以謂君之不己察，而毁譖得行也。「諑，愬也。楚已南謂之諑」，方言云。

固時俗之工巧兮，偭規矩而改錯。背繩墨以追曲兮，競周容以爲度。忳鬱邑予侘傺兮，吾獨窮困乎此時也。寧溘死而流亡兮，予不忍爲此態也。鷙鳥之不羣兮，自前世而固然。何方圜之能周兮，夫孰異道而相安？屈心而抑志兮，忍尤而攘詬。伏清白以死直兮，固前聖之所厚。

偭，說文云：「鄉也。」侘傺，王注云：「失志貌。」溘，忽也。攘，讀爲「讓」。言不忍爲時俗工巧，誠如鷙鳥不羣，方圜異道，寧受一時之尤詬，而爲前聖所取也。

第三段，言君信讒之故，而已終不隨流俗，以申前意也。

悔相道之不察兮，延佇乎吾將反。回朕車以復路兮，及行迷之未遠。

前皆言爲世所尤，則固行迷之當悔者。此下猶言焉往而不得吾之好脩哉，何必遵迷途而不反也！

步予馬於蘭皋兮，馳椒丘且焉止息。進不入以離尤兮，退將復〔二〕脩吾初服。

承上「回車復路」言也。鑒前之進而遭尤，今固可復〔三〕脩初服以隱退矣。王注：「澤曲曰皋。」

製芰荷以爲衣兮，集芙蓉以爲裳。不吾知其亦已兮，苟予情其信芳。高予冠之岌岌兮，長予佩之陸離。芳與澤其雜糅兮，惟昭質其猶未虧。忽反顧而遊目兮，將往觀乎四荒。佩繽紛其繁飾兮，芳菲菲其彌章。

言服退隱之服，但以自芳，不必求人知。高冠、長佩，即涉江篇所云「予幼好此奇服，年既老而不衰」也，以寓從吾所好之意。惟，辭也。昭質，謂明潔之質。反顧，自視也。往觀四荒，猶言無往不自得也。

民生各有所樂兮，予獨好脩以爲常。雖體解吾猶未變兮，豈予心之可懲。

進而事君，退而隱遯，要不變其好脩，故曰「好脩以爲常」。

第四段，設爲退隱之思，言事君雖不得，而好脩不變，亦以申前意。

女嬃之嬋媛兮，申申其詈予。曰：「鮌婞直以亡身兮，終然夭乎羽之野。女何博謇而好脩兮，紛獨有此姱節？薋菉葹以盈室兮，判獨離而不服。衆不可户説兮，孰云察予之中情？世並舉而好朋兮，夫何煢獨而不予聽？」

女嬃，賈侍中説「楚人謂姊爲嬃」是也。博謇，博古而有謇謇之行。薋菉葹，喻衆之所尚，原獨判然捨棄之。「察予」之「予」，予，屈原也。「予聽」之「予」，女嬃自予也。

依前聖以節中兮，喟憑心而歷兹。濟沅湘以南征兮，就重華而陳辭。

此下陳辭，以自明其所學之正。歷兹，猶言至此也。重華，舜號也。

啓九辯與九歌兮，夏康娱以自縱。不顧難以圖後兮，五子用失乎家巷。羿淫遊以佚田兮，又好射夫封狐。固亂流其鮮終兮，浞又貪夫厥家。澆身被服强圉兮，縱欲而不忍。日康娱而自忘兮，厥首用夫顛隕。夏桀之常違兮，乃遂焉而逢殃。后辛之菹醢兮，殷宗用之不長。

啓，夏后啓也。九辯，未聞。九歌，周官大司樂所謂「九德之歌」。春秋傳引夏書「勸之以九歌」是也。言啓作九辯、九歌，示法後王，而夏之失德也，康娛自縱，以致喪亂。「康娛」二字連文，篇内凡三見。封，大也。羿淫于原獸，浞殺羿而取其室，是生澆。不忍，謂不能自止其欲也。事見春秋傳襄四年及哀元年。

湯禹儼而祇敬兮，周論道而莫差。舉賢而授能兮，循繩墨而不頗。皇天無私阿兮，覽民德焉錯輔。夫惟聖哲以茂行兮，苟得用此下土。

覽民德錯[四]輔，言德可以君天下，天爲之篤生賢哲佐之。爾雅：「茂，勉也。」方晞原云：「三代之興也如此，其亂亡也如彼。無他，祇敬、康娛之分也。就重華陳辭，故遂言其已後之治亂昭然者。」

瞻前而顧後兮，相觀民之計極。夫孰非義而可用兮，孰非善而可服？阽予身而危死兮，覽予初其猶未悔。不量鑿而正枘兮，固前脩以菹醢。

阽，説文云：「壁危也。」言人情計變所極，已周詳審視，知其未有踰乎義與善而可行者，故雖危死不悔，猶之不量鑿而徒正枘以納之，固前脩所以至菹醢者也。明守正以死，君子之常，又何怪乎！史記曰：「持方枘欲内圜鑿，其能入乎？」「不量鑿而正枘」之謂也。此伯夷、孔子、孟軻之道矣。

曾歔欷予鬱邑兮，哀朕時之不當。攬茹蕙以掩涕兮，霑予襟之浪浪。

當，猶遇也。茹，柔也。爾雅：「衣眥謂之襟。」

第五段，借女嬃之言而因之陳辭。言熟觀古今治亂，得其中正之道如是，此所以與世不合之端，已必不可變者也。申前未盡之義。

跪敷衽以陳辭兮，耿吾既得此中正。駟玉虬以乘鷖兮，溘埃風予上征。

衽，謂衣裳旁幅交裂者。耿，猶昭也。

朝發軔于蒼梧兮，夕予至乎縣圃。欲少留此靈瑣兮，日忽忽其將莫。吾令羲和弭節兮，望崦嵫而勿迫。路曼曼其脩遠兮，吾將上下而求索。飲予馬于咸池兮，總予轡乎扶桑。折若木以拂日兮，聊須臾以相羊。前望舒使先驅兮，後飛廉使奔屬。鸞皇爲予先戒兮，雷師告予以未具。

軔，礙輪木也，車行則去之。瑣，琅當也。户邊青鏤爲瑣文，謂之青瑣。漢舊儀：「黄門令，日莫，入對青瑣、丹墀，拜，名曰夕郎。」是也。弭，止也。弭節，謂止其行節。脩，長也。上下，猶云登降。天官書：「西宫咸池，曰天五潢。」

吾令鳳鳥飛騰兮，繼之以日夜。飄風屯其相離兮，率雲蜺而來御。紛總總其離合兮，斑陸離其上下。吾令帝閽開關兮，倚閶闔[五]而望予。時曖曖其將罷兮，結幽蘭而延佇。世溷濁而不分兮，好蔽美而嫉妒。

爾雅：「回風爲飄。」飄風、雲蜺，言其沮隔也。説文：「閽，常以昏閉門隸也。」「關，以木横持門户也。」「楚人名門曰閶闔。」

第六段，託言往見古先哲王之在天者以自廣，卒沮隔於飄風、雲蜺，欲進不遂，因以歎溷濁之世，大致如斯。

朝吾將濟于白水兮，登閬風而緤馬。忽反[六]顧以流涕兮，哀高丘之無女。

淑女以比賢士。自視孤[七]特，哀無賢士與己爲侶，此原求女之意也。

溘吾遊此春宫兮，折瓊枝以繼佩。及榮華之未落兮，相下女之可詒。

春宫，王注云：「東方青帝舍也。」瓊，玉色美也，因以爲凡潔美之通稱。爾雅：「草謂之榮，木謂之華。」下女，侍女也。所折瓊枝，當及其榮華未落以詒下女，使通己之志於淑女也。

吾令豐隆乘雲兮，求宓妃之所在。解佩纕以結言兮，吾令蹇脩以爲理。紛總總其離合兮，忽緯繣其難遷。夕歸次于窮石兮，朝濯髮乎洧槃。保厥美以驕敖兮，日康娱以淫遊。雖信美而無禮兮，來違棄而改求。

所在，謂其地也。念古昔，思來者，故求其地而往，以冀遇今之淑女。蹇脩，媒之美稱，蹇蹇而脩治，不阿曲也。理，猶治也，主治事者之稱。緯繣，結礙也。次，舍止也。求之不得而夕歸，因言所遇者大致驕敖、淫遊，不崇禮敬，是以棄之而來，更求諸他處也。

覽觀于四極兮，周流乎天予乃下。望瑤臺之偃蹇兮，見有娀之佚女。吾令鴆爲媒兮，鴆告予以不好。雄鳩之鳴逝兮，予猶惡其佻巧。心猶豫而狐疑兮，欲自適而不可。鳳皇既受詒兮，恐高辛之先我。

佚女，若詩「遊女」也。言望瑤臺舊迹，見有佚豫之女。鳩、鴆，比讒佞小人也。詒，謂所致之物以聘者。鳩、鴆不足徵信，自適則又非禮，故更使鳳皇受詒而去。然前我者，既有高辛得簡狄之事矣，恐是地無遺賢，嘉遇之不有再也。

欲遠集而無所止兮，聊浮游以逍遥。及少康之未家兮，留有虞之二姚。理弱而媒拙兮，恐導言之不固。世溷濁而嫉賢兮，好蔽美而稱惡。

方少康未家之時，若留此有虞之二姚以待之，故思往事而冀今之所遇亦然。因言爲理者弱而不堪治事，爲媒者拙而無善辭，恐終不可求也。虞思妻少康事，見春秋傳哀元年。

第七段，託言欲求淑女以自廣，故歷往賢妃所產之地，冀或一遇於今日，而無良媒以通己志，因言世之溷濁，無所往而可者。

閨中既以邃遠兮，哲王又不寤。懷朕情而不發兮，予焉能忍與此終古。

承上而言，欲求淑女則閨中深遠，欲見哲王則哲王不遇，安能與溷濁之世久居乎？爾雅：「宮中之門謂之闈，其小者謂之閨。」寤，猶逜也。鄭康成注考工記曰：「齊人之言終古，猶言常也。」

索瓊茅以筳篿兮，命靈氛爲予占之。曰：「兩美其必合兮，孰信脩而慕之？思九州之博大兮，豈惟是其有女？」曰：「勉遠逝而無疑兮，孰求美而釋女？何所獨無芳草兮，爾何懷乎故宇？」世幽昧以昡曜兮，孰云察予之善惡？民好惡其不同兮，惟此黨人其獨異。户服艾以盈要兮，謂幽蘭其不可佩。覽察草木其猶未得兮，豈珵［八］美之能當？蘇糞壤以充幃兮，謂申椒其不芳。

以，猶與也，語之轉。小斷竹謂之筳。篿，王注云「楚人名結草折竹以卜曰篿」是也。靈氛，卜師之稱，謂善望氣氛。信脩，洵能好脩者也。上既思遠逝以聊發其情，此更設爲命占之辭，言兩美必合，理之常也。苟同德相慕，孰爲信脩而慕己之美者乎？惟是謂宓妃之所在，及有娀、有虞也。承前求女，徒拘於是數地，而更言九州之廣，何地無賢，卜其往有所遇否也。靈氛以吉占決之，勸以遠逝勿疑，原乃自念處此濁世，無有能知己者。珵，玉笏之首不杼者也，凡六寸，通下玉笏共長三尺。鄭康成注禮引相玉書曰「珽玉六寸，明自炤」是也。不能當珵美，言對之而茫然莫辨。蘇，索也，語之轉。王注：「幃謂之幐。幐，香囊也。」

第八段，命靈氛爲卜其行，而因念世之棄賢如此。

欲從靈氛之吉占兮，心猶豫而狐疑。巫咸將夕降兮，懷椒糈而要之。百神翳其備降兮，九疑繽其並迓。皇剡剡其揚靈兮，告予以吉故。

巫咸，殷之傳天數者。䊠謂之糈。迓，迎也。靈氛之吉占，本問之於神者，此更因巫咸以致百神，而神則告以吉之故也。

曰：「勉升降以上下兮，求榘矱之所同。湯禹嚴而求合兮，摯咎繇而能調。苟中情其好脩兮，何必用夫行媒？說操築于傅巖兮，武丁用而不疑。呂望之鼓刀兮，遭周文而得舉。甯戚之謳歌兮，齊桓聞以該輔。」

巫咸致百神之言，證明所以宜遠逝而已。此之謂吉故。王注：「矱，度也。」「合，匹也。」「該，備也。」

及年歲之未晏兮，時亦猶其未央。恐鵜鴂之先鳴兮，使夫百草爲之不芳。

此屈原自念及時當去，下乃反覆以明不可不去。年歲，謂人壽。央，中也。時將中，則衆芳欲謝。鵜鴂以五月鳴，適其候。

何瓊佩之偃蹇兮，衆薆然而蔽之。惟此黨人之不諒兮，恐嫉妒而折之。

瓊佩、偃蹇，比己之好脩以爲常，言恐重見疾害也。

時繽紛其變易兮，又何可以淹留？蘭芷變而不芳兮，荃蕙化而爲茅。何昔日之芳草兮，今直爲此蕭艾也？豈其有他故兮，莫好脩之害也！予以蘭爲可恃兮，羌無實而容長。委厥美以從俗兮，苟得列乎衆芳。椒專佞以慢慆兮，樧又欲充夫佩幃。既干進而務入兮，又何芳之能祗？固時俗之流從兮，又孰能無變化？覽椒蘭其若兹兮，又況揭車與江離。

衆芳變化，比人之隨世遇轉移，何能淹留視此乎？「委厥美以從俗」，自棄其美也。能祗者，敬而不失之謂。

惟兹佩其可貴兮，委厥美而歷兹。芳菲菲而難虧兮，芬至今猶未沫。

「委厥美而歷茲」，言人棄其美，所謂「衆薆然蔽之」也。沬，猶微[九]也。香將已而微曰沬。

第九段，既又聞吉占之故，而復審之於己。言不獨世棄賢，鄉所稱賢者，亦往往因之自棄，惟己則不隨流俗遷改，計有去此而已。

和調度以自娛兮，聊浮游而求女。及予飾之方壯兮，周流觀乎上下。靈氛既告予以吉占兮，歷吉日乎吾將行。折瓊枝以爲羞兮，精瓊爢以爲粻。爲予駕飛龍兮，雜瑤象以爲車。何離心之可同兮，吾將遠逝以自疏。

仍託之求女，承前求淑女未遂爲辭。其命占亦曰「豈惟是其有女」，蓋不忍言絶君以去也。聊浮游求之，意主乎遠逝自疏耳。爢，糁也。瑤，玉之次。象，象齒。

邅吾道夫昆侖兮，路脩遠以周流。揚雲蜺之晻藹兮，鳴玉鸞之啾啾。朝發軔于天津兮，夕予至乎西極。鳳皇翼其承旂兮，高翺翔之翼翼。忽吾行此流沙兮，遵赤水而容與。麾蛟龍使梁津兮，詔西皇使涉予。路脩遠以多艱兮，騰衆車使徑待。路不周以左轉兮，指西海以爲期。

戰國時，言仙者託之昆侖，故多不經之説。篇内寓言及之，不必深求也。韓詩云：「鸞在衡，和在軾。」天津，天潢也。周官司常曰：「交龍爲旂。」爾雅：「有鈴曰旂。」西皇，據月令，帝少皞也。

屯予車其千乘兮，齊玉軑而並馳。駕八龍之婉婉兮，載雲旗之委移。抑志而弭節兮，神高馳之邈邈。奏九歌而舞韶兮，聊假日以媮樂。

軑，轂端錔也。方言：「關之東西曰輨，南楚曰軑，趙、魏之間曰鍊鏅。」「齊玉軑」，言並轂而馳。周官司常曰：「熊虎爲旗。」爾雅：「邈邈，悶也。」蓋神馳而無所終極，踰增煩惱。顏師古云：「此言遭遇幽厄，中心〔一〇〕愁悶，假延日月，苟爲娛樂耳。」

升皇之赫戲兮，忽臨睨夫舊鄉。僕夫悲予馬懷兮，蜷局顧而不行。

皇，毛詩云：「天也。」

第十段，託言遠逝所至，憂思不解，志在睠顧楚國終焉。

亂曰：已矣哉！國無人莫我知兮，又何懷乎故都？既莫足與爲美政兮，吾將從彭咸之所居。

韋昭注國語云：「凡作篇章，篇義既成，撮其大要爲亂辭。」

【校勘記】

［一］曰，原脱，據乾隆本、廣雅本補。

［二］復，原脱，據初稿補。

［三］復，原脱，據楚辭集注補。

［四］錯，原作「置」，據乾隆本、廣雅本改。

［五］閶闔，原作「閶閤」，據乾隆本、廣雅本改。

〔六〕反，原作「及」，據乾隆本、廣雅本改。

〔七〕孤，原作「狐」，據乾隆本改。

〔八〕理，原作「理」，據乾隆本、廣雅本改。

〔九〕微，原作「徵」，據乾隆本、廣雅本改。

〔一〇〕中心，乾隆本、廣雅本作「心中」。

九歌

屈原賦戴氏注

九歌，遷於江南所作也。昭誠敬，作東皇太一；懷幽思，作雲中君；蓋以況事君精忠也。致怨慕，作湘君、湘夫人，以己之棄於人世，猶巫之致神而神不顧也。正於天，作大司命、少司命，皆言神之正直，而惓惓欲親之也。懷王入秦不反〔一〕，而頃襄繼世，作東君，末言狼、弧〔二〕，秦之占星也，其辭有報秦之心焉。從河伯水遊，作河伯；與魑魅爲羣，作山鬼；閔戰争之不已，作國殤；恐常祀之或絶，作禮魂。

吉日兮辰良，穆將愉兮上皇。撫長劍兮玉珥，璆鏘鳴兮琳琅。

言卜日齋肅劒佩以禮神也。日，十日。辰，十二子。穆，猶穆穆。爾雅：「穆穆，敬也。」「愉，樂也。」禮事上皇，敬以將其和樂。玉珥，王注云：「謂劒鐔也。」璆鏘，玉聲。琳，即禹貢「球琳」，美玉也。琅，即琅玕，或謂之珠樹，或謂之碧樹，其赤者爲珊瑚，或謂之火樹。

瑶席兮玉鎮，盍將把兮瓊芳。蕙肴烝兮蘭藉，奠桂酒兮椒漿。揚枹兮拊鼓，疏緩節兮安歌，陳竽瑟兮浩倡。

盍，爾雅云：「合也。」將，猶持也。把，秉也，語之轉。肴烝，禮之折俎也。骨折謂之肴，俎實曰烝。漿，禮注謂之「截漿」，酢漿也。枹，鼓杖。鄭仲師注周官笙師云：「竽，三十六簧。」

靈偃蹇兮姣服，芳菲菲兮滿堂。五音紛兮繁會，君欣欣兮樂康。

上章陳所以享神者，此章則言神降於巫而享其芬香音樂也。方言：「凡好而輕者謂之姣。」

東皇太一三章

古未有祀太一者，以太一爲神名，殆起於周末。漢武帝因方士之言，立其祠長安東南郊。唐、宋祀之尤重。蓋自戰國時奉爲祈福神，其祀最隆，故屈原就當時祀典賦之，非祠神所歌也。天官書：「中宮天極星，其一明者，太一常居也。」呂向曰：「祠在楚東，故云東皇。」未聞其審。

浴蘭湯兮沐芳，華采衣兮若英。靈連蜷兮既留，爛昭昭兮未央。

言巫之潔以致神，故神留之，光爛方盛。

蹇將澹兮壽宮，與日月兮齊光。龍駕兮帝服，聊翺遊兮周章。

壽宮，薛瓚漢書集注云：「奉神之宮。」帝服，謂所服皆帝者之飾。此章言欲神安於壽宮，而神乃翺遊將去。

靈皇皇兮既降，猋遠舉兮雲中。覽冀州兮有餘，橫四海兮焉窮。思夫君兮太息，極勞心兮慅慅。

爾雅：「皇皇，美也。」承上而言，神之既降于是，忽猋然遠舉，極中國、四海，在其覽觀橫被之内，令人思之鰯勞也。鄭康成注禮記云：「橫，充也。」

雲中君三章

雲師也。周官大宗伯「以槱燎祀飌師、雨師」，而不及雲師，殆戰國時有增入祀典者，故屈原得舉其事賦之。漢郊祀志：「晉巫祠五帝、東君、雲中君之屬。」是漢初猶承舊俗，其後不入秩祀。唐天寶五年始祀雷師，至明乃復增雲師之祀。

君不行兮夷猶，蹇誰留兮中洲？美要眇兮宜脩，沛吾乘兮桂舟。令沅湘兮無波，使江水兮安流。望夫君兮未來，吹參差兮誰思？

周官：「凡以神仕者，在男曰覡，在女曰巫。」巫，亦通稱也。男巫事陽神，女巫事陰神。湘君、湘夫人並陰神，用女巫明矣。二歌不陳享神之物及主祭者之辭，以神不來但使巫致之也。

其非祠神所歌，於斯可決。此章託爲巫與神期約，而俟之不至，故曰湘君猶豫不行，爲誰留於中洲乎？我脩飾美好，乘舟往迎，則願無波濤之險。且行且望，以君之未來，吹參差思之，當復誰思也。應仲遠風俗通義記簫云：「其形參差，像鳳之翼。」

駕飛龍兮北征，邅吾道兮洞庭。薜荔拍兮蕙綢，荃橈兮蘭旌。望涔陽兮極浦，橫大江兮揚靈。

此章承上往迎神而言。飛龍，舟名。自沅、湘以望涔陽，故曰北征。洞庭在其中，道所邅回也。拍，王注云：「搏壁也。」劉成國釋名云：「搏壁，以席搏著壁也。」此謂舟之閤閭搏壁矣。綢，韜也。方言：「楫謂之橈，或謂之櫂。」周官司常曰：「析羽爲旌。」爾雅注：「旄首曰旌。」何休注公羊春秋云：「水北曰陽。」風土記：「大水有小口別通曰浦。」揚靈，巫自謂揚己之靈，欲以通於神也。

揚靈兮未極，女嬋媛兮爲予太息。橫流涕兮潺湲，隱思君兮陫側。

言揚己之靈，未至神所，恍若神之侍女爲己大息也。隱，痛也。

桂櫂兮蘭枻，斲冰兮積雪。采薜荔兮水中，搴芙蓉兮木末。心不同兮媒勞，恩不甚兮輕絶。

舷謂之枻，或謂之舥。斲冰積雪，王注云「舉其櫂楫，斲斫冰凍，紛然如積雪」是也。

石瀨兮淺淺，飛龍兮翩翩。交不忠兮怨長，期不信兮告予以不閒。

瀨，説文云：「水流沙上也。」水淺則龍不居，情薄則望不至。

朝騁鶩兮江皋，夕弭節兮北渚。鳥次兮屋上，水周兮堂下。

前三章皆離憂之辭，此章承上「横大江」言之，故曰騁鶩江皋也。終朝往來，至夕而止於北渚，但見鳥與水而已。皋，春秋傳所謂「隰皋」，杜元凱注云「水崖下溼」是也。北渚，洞庭之北。

韓詩云：「一溢一否曰渚。」

捐予玦兮江中，遺予佩兮澧浦。采芳洲兮杜若，將以遺兮下女。時不可兮再得，聊逍遥兮容與。

玦，如環而闕不連。

湘君七章

史記：始皇問博士曰：『湘君何神？』博士對曰：『聞之，堯女，舜之妻，而葬此。』蓋統言之，但曰湘君，分别言之，正妃稱君，次妃降稱夫[三]人。楚人因二妃之葬在黄陵，奉以爲湘水神，本民閒不經之説。二妃固不隨愚民俗議，而享其褻越之祭矣。屈原爲歌辭，託意於神既不來，巫猶竭誠盡忠思之，用輸寫其事君之幽思如是也。

帝子降兮北渚，目眇眇兮愁予。嫋嫋兮秋風，洞庭波兮木葉下。

眇眇，遠視貌。此亦託爲巫與神期約，而俟之不至，故曰「帝子降此北渚」矣。意之之辭也。繼曰望之踰遠，使我心愁，但見秋風水波及木葉落，不與神遇也。

登白薠[四]兮騁望，與佳期兮夕張。鳥何萃兮蘋中？罾何爲兮木上？

佳，説文云：「善也。」佳期，猶吉期。言步白薠[五]之上以縱望之，本與神爲吉期，故前夕張設，待其來降。罾，橑罟也。又因所見而言鳥與罾之處非其宜，蓋疑此地不足以待神矣。

沅有茝兮澧有蘭，思公子兮未敢言。荒忽兮遠望，觀流水兮潺湲。

公子，猶帝子。此章言思望之甚，但見流水潺湲，不見神之來也。

麋何食兮庭中？蛟何爲兮水裔？朝馳予馬兮江皋，夕濟兮西澨。聞佳人兮召予，將騰駕兮偕逝。築室兮水中，葺之兮荷蓋。

裔，邊也。見物之失其居，疑事多反側。澨，説文云：「埤增水邊土，人所止者。」葺，茨也。言馳江皐、濟西澨以求之，恍若聞神之使者召己，欲與偕往，更依邇神之所在，集衆芳以成室，庶幾神留止也。

荃壁兮紫壇，播芳椒兮成堂。桂棟兮蘭橑，辛夷楣兮葯房。罔薜荔兮爲帷，擗蕙櫋兮既張。白玉兮爲鎮，疏石蘭兮爲芳。芷葺兮荷屋，繚之兮杜衡。

紫，紫貝。壇，高誘云「楚人謂中庭爲壇」是也。棟，儀禮謂之阿，或謂之極。複屋棟謂之棼。橑，周謂之榱，秦謂之椽，齊、魯之閒謂之桷。楣，或謂之梁。古者堂室，南北五架，正中曰棟，次棟曰楣，北楣已北爲室與房。櫋，屋櫋聯也，或謂之檐，或謂之屋梠，禮注謂之承壁材。

合百草兮實庭，建芳馨兮廡門。九疑繽兮並迎，靈之來兮如雲。

堂下至門謂之庭，檐所覆謂之廡。言築室既成，而舜又使九疑之神來迎之以去也。

捐予袂兮江中，遺予褋兮澧浦。搴汀洲兮杜若，將以遺兮遠者。時不可兮驟得，聊逍遥兮容與。

褎謂之袂。方言：「襌衣，江、淮、南楚之閒謂之褋，關之東西謂之襌衣。」汀，説文云：「平也。」遠者，即下女，以其從之遠去言耳。

湘夫人七章

廣開兮天門，紛吾乘兮玄雲。令飄風兮先驅，使湅雨兮灑塵。

言神乘玄雲而行也。爾雅：「暴雨謂之湅。」

君回翔兮以下，踰空桑兮從女。紛總總兮九州，何壽夭兮在予。

言神來而已往從，因又言司命主生人壽夭，其權徧統九州。

高飛兮安翔，乘清氣兮御陰陽。吾與君兮齊速，導帝之兮九阬。

言己從神以佐天帝也。禮記玉藻篇曰：「見所尊者齊遬。」鄭康成注云：「謙慤貌也。遬，猶蹙蹙也。」九阬，義未聞。

靈衣兮披披，玉佩兮陸離。壹陰兮壹陽，衆莫知兮予所爲。

此又言陰陽循環，司命所爲，衆人莫知也。已上得與司命相從，是其先之合。

折疏麻兮瑶華，將以遺兮離居。老冉冉兮既極，不寖近兮踰疏。

離居，謂前相從而今離隔也。

乘龍兮轔轔，高馳兮沖天。結桂枝兮延竚，羌踰思兮愁人。愁人兮奈何，願若今兮無虧。固人命兮有當，孰離合兮可爲？

言今雖與神離隔，尚未至有虧道相絶也。願若今之無虧，則離而未必不可合耳。皆欲親之之辭。因又言即此離合之不偶，固命有當然，非人所得爲，以結前得相從而後離居之意。

大司命七章

三台，上台曰司命，主壽夭，九歌之大司命也。文昌宮四曰司命，主災祥，九歌之少司命也。周官大宗伯：「以槱燎祀司中、司命。」雖在祀典，然二歌皆非祭辭也。論語曰：「道之將行，命也；道之將廢，命也。」懷王初甚任屈原，後乃以讒疏黜之。故二歌並託於與司命離合爲辭。天之「司命」，亦猶下之居位大臣，所以有「與君齊速」及「宜爲民正」之語。

秋蘭兮蘼蕪，羅生兮堂下。緑葉兮素枝，芳菲菲兮襲予。夫人兮自有美子，荃何以兮愁苦？

秋蘭兮青青，緑葉兮紫莖。滿堂兮美人，忽獨與予兮目成。

二章皆詩之興體。從今之離憂，而追其始之嘗相得。先設爲人詰己之辭，言此人自有所美之子，意屬彼，不屬此矣。爾何以思之愁苦乎？因畣是問，言嘗於美人集會之中，獨親己也。成者，結好之謂。

入不言兮出不辭，乘回風兮載雲旗。悲莫悲兮生別離，樂莫樂兮新相知。

荷衣兮蕙帶，儵而來兮忽而逝。夕宿兮帝郊，君誰須兮雲之際？

與汝沐兮咸池，晞女髮兮陽之阿。望美人兮未來，臨風怳兮浩歌。

言欲與神共沐於咸池，晞髮於陽阿，望之未來，怳然長歌，以寄其思。爾雅：「大陵曰阿。」毛詩云：「曲陵曰阿。」陽阿，猶書之暘谷，以日出之方名之也。

孔蓋兮翠旍，登九天兮撫慧星。竦長劒兮擁幼艾，荃獨宜兮爲民正。

孔蓋，以孔雀尾飾車蓋也。旍，旌垂鈴也。慧星，或謂之埽星，妖星也。按撫之，使不爲災害。幼艾，少艾也，以比善人，欲爲扞禦而擁護之。此章言己之愁苦思神而爲離合之感者，非有私意干之，特望其爲民正耳。

少司命六章

暾將出兮東方，照吾檻兮扶桑。撫予馬兮安驅，夜皎皎兮既明。駕龍輈兮乘雷，載雲旗兮委移。長太息兮將上，心低回兮顧懷。羌聲色兮娛人，觀者憺兮忘歸。

一章言日之初出，其神自下而上，于是作樂舞以迎之，而音聲容色之盛，令人忘歸。輈，輿下任正者也。大車謂之轅。

緪瑟兮交鼓，簫鍾兮瑶簴。鳴篪兮吹竽，思靈保兮賢姱。翾飛兮翠曾，展詩兮會舞。應律兮合節，靈之來兮蔽日。

緪，絃急也。簫，擊也。樂器所縣，橫曰栒，植曰簴。篪，以竹爲之，八空。靈保，謂巫也。翠曾，言靈保之舞輕若翠舉也。

青雲衣兮白蜺裳，舉長矢兮射天狼。操予弧兮反淪降，援北斗兮酌桂漿。撰予轡兮高馳翔，杳冥冥兮以東行。

青、白，以東、西方色爲飾。天狼一星，弧九星，皆在西宫。北斗七星，在中宫。天官書：「秦之疆［六］也，占於狼、弧。」此章有報秦之心，故舉秦分野之星言之。用是知九歌之作，在懷王入秦不反之後，歌此以見頃襄之當復讎，而不可安於聲色之娱也。援北斗以酌桂漿，則施德布澤之喻。撰者，理而總之也。

東君四章

日也。禮記祭義篇曰：「祭日於壇。」又曰：「祭日於東。」祭法篇曰：「王宮，祭日也。」此歌備陳樂舞之事，蓋舉迎日典禮賦之。

與女遊兮九河，衝風起兮橫波。乘水車兮荷蓋，駕兩[七]龍兮驂螭。登崑崙兮四望，心飛揚兮浩蕩。日將莫兮悵忘歸，惟極浦兮寤懷。

九河，河之委。崑崙，河之源。浦，則別通之口。言徧遊之也。

魚鱗屋兮龍堂，紫貝闕兮朱宮，靈何爲兮水中？

此言至河伯所居。

乘白黿兮逐文魚，與汝遊兮河之渚，流澌紛兮將來下。

澌，冰解散也。言至洲側觀流冰，將與河伯別也。

子〔八〕交手兮東行，送美人兮南浦。波滔滔兮來迎，魚鄰鄰兮媵予。

言河伯執手送已，將由南浦以歸也。河在楚之北。媵之，言送也，從也。

河伯五章

河神也。春秋傳：「楚昭王有疾，卜曰：『河爲祟。』王弗祭，曰：『三代命祀，祭不越望。江、漢、睢、漳，楚之望也。不穀雖不德，河非所獲罪也。』」孔子許爲知天道。楚人不祭河，昭王之事是其證。屈原之歌河伯，歌辭但言相與遊而已。蓋投汨羅之意已決，故曰「靈何爲兮水中」，亦以自謂也。又曰「波來迎」、「魚媵予」，自傷也。

若有人兮山之阿，被薜荔兮帶女蘿。既含睇兮又宜笑，子慕予兮善窈窕。

擬山鬼之狀而因代其語。睇，説文云：「目小視也。」窈窕，容也。

乘赤豹兮從文貍，辛夷車兮結桂旗。被石蘭兮帶杜衡，折芳馨兮遺所思。予處幽篁兮終不見天，路險難兮獨後來。

言山鬼之出而因代其語。上章，山鬼謂人慕己，此章則山鬼親人。篁，竹藂也。

表獨立兮山之上，雲容容兮而在下。杳冥冥兮羌晝晦，東風飄兮神靈雨。留靈脩兮澹忘歸，歲既晏兮孰華予？

此言人至山鬼之所而留之。已下三章，則所留之人既去，而爲離憂之辭也。

采三秀兮於山閒，石磊磊兮葛蔓蔓。怨公子兮悵忘歸，君思我兮不得閒。

山中人兮芳杜若，飲石泉兮蔭松柏，君思我兮然疑作。雷填填兮雨冥冥，猨啾啾兮狖夜鳴。風颯颯兮木蕭蕭，思公子兮徒離憂。

三章之次：始望其來，曰意者君思我而不得閒乎？繼望之不來，則莫必其思我，而疑信交作也；終望之甚，曰徒我思君，如此離憂耳。

山鬼六章

通篇皆爲山鬼與己相親之辭，亦可以假山鬼自喻。蓋自弔其與山鬼爲伍，又自悲其同乎山鬼也。歌辭反側讀之，皆其寄意所在。此歌與涉江篇相表裏，以此知九歌之作，在頃襄復遷之江南時也。

操吳戈兮被犀甲，車錯轂兮短兵接。旌蔽日兮敵若雲，矢交墜兮士爭先。

此章言其戰。戈，句孑戟也，或謂之雞鳴，或謂之擁頸。考工記：「犀甲壽百年。」

陵予陳兮躐予行，左驂殪兮右刃傷。霾兩輪兮縶四馬，援玉枹兮擊鳴鼓。天時懟兮威靈怒，嚴殺盡兮棄原野。

此章言其陳亡。

出不入兮往不反，平原忽兮路超遠。帶長劒兮挾秦弓，首雖離兮心不懲。誠既勇兮又以武，終剛强兮不可陵。身既死兮神以靈，子魂魄兮爲鬼雄。

此章閔其情，壯其志。方言：「超，遠也。東齊曰超。」

國殤三章

殤之義二：男女未冠笄而死者謂之殤；在外而死者謂之殤。殤之言傷也。

國殤，死國事，則所以别於二者之殤也。歌此以弔之。通篇直賦其事。

成禮兮會鼓，傳芭兮代舞，姱女倡兮容與。春蘭兮秋菊，長無絶兮終古。

華之初秀曰芭。

禮魂一章

槩言人鬼之有常祀者，亦直賦其事。歌辭反側讀之，可以知其寄意矣。

【校勘記】

[一] 反，原作「及」，據乾隆本、廣雅本改。

[二] 弧，原作「狐」，據初稿改。

〔三〕夫，原作「大」，據乾隆本、廣雅本改。

〔四〕蘋，原作「蘋」，據乾隆本、廣雅本改。

〔五〕蘋，同〔四〕。

〔六〕彊，原作「彊」，據史記天官書改。

〔七〕兩，原作「雨」，據乾隆本、廣雅本改。

〔八〕子，原作「予」，據初稿改。

天問

屈原賦戴氏注

問，難也。天地之大，有非恒情所可測者，設難疑之。而曲學異端，往往騖爲閎大不經之語，及夫好詭異而善野言，以鑿空爲道古。設難詰之，皆遇事稱文，不以類次，聊舒憤懣也。篇内解其近正，闕所不必知，雖舊書雅記，其事槩不取也。

曰遂古之初，誰傳道之？上下未形，何由考之？

冥昭瞢闇，誰能極之？馮翼惟象，何以識之？

馮，滿也。翼之言盛也。謂氣化充滿盛作。

明明闇闇，惟時何爲？陰陽三合，何本何化？

爾雅：「時，是也。」春秋傳曰：「獨陰不生，獨陽不生，獨天不生，三合然後生。」

圜則九重，孰營度之？惟兹何功，孰初作之？

圜則，天也。步算家測日、月、星，高下不同，自下而上數之，月一、辰星二、太白三、日四、熒惑五、歲星六、鎮星七、恒星八，然則大氣左旋而九與？

斡維焉繫？天極焉加？八柱何當？東南何虧？

斡，以制旋轉也。持於側者曰維。天極，論語所謂「北辰」，周髀所謂「正北極」，步算家所謂「不動處」，亦曰「赤道極」，是爲左旋之樞。賈逵、張衡、蔡邕、王蕃、陸績，皆以紐星爲不動處。梁祖暅測紐星離不動處一度奇，及元郭守敬測離三度奇矣。日月五步，各有一極。日曰黄道極，周髀所謂「北極」，璿璣環繞正北極者也。月與五步之極，又環繞璿璣者也。是皆爲右旋之樞。日之發斂，以赤道爲中；月五步之出入，以黄道爲中。此天所以有寒暑進退，成生物之功也。地在天之中央，素問謂「大氣舉之」是也。水埘於地而行，循地之衇理，以爲源委高下。中庸所云「振河海而不洩」，水埘地之謂也。

九天之際，安放安屬？隅隈多有，誰知其數？

放，至也。隩謂之隈。爾雅：「厓内爲隩，外爲鞫。」

天何所沓？十二焉分？日月安屬？列星安陳？

沓，猶疊也。十二次之名，出於二十八宿。壽星，角、亢也。大火，氐、房、心也。析本之津，尾、箕也。星紀，斗、牽牛也。玄枵，婺女、虚、危也。娵訾之口，營室、東壁也。降婁，奎、婁也。大梁，胃、昴也。實沈，畢、觜觿、參也。鶉首，東井、輿鬼也。鶉火[一]，柳、七星、張也。鶉尾，翼、軫也。玄枵，一曰天黿，一曰顓頊之虚。娵訾之口，一曰豕韋。斗或以建星，觜觿以罰，東井、輿鬼以狼、弧。此假恒星識日月之躔逡。恒星右旋二萬五千餘年而後一周，其東移甚微，以是爲星，當黄道之差數，謂之歲差。日發斂一終而成歲，差數生於恒星，不生於黄道。是故歲功終古不忒，而堯典、夏小正、月令之中，星隨時爲書以示民，正十二次之名屬恒星，正中氣、節氣屬黄道，斯不繆乎兩者之名實矣。春秋傳：「玄枵，虚中也。」又：「婺女爲玄枵維首。」十[二]二次，當據此遞之。唐虞冬至日在虚，玄枵次也。今冬至日在箕，析木之津次也。

出自湯谷，次于蒙汜。自明及晦，所行幾里？

湯谷，虞夏書曰「暘谷」。汜，水厓也。爾雅：「窮瀆，汜。」言窮瀆之厓名汜。蒙汜，爾雅：四極「西至日所入爲大蒙」，謂此也。晝夜永短，南北以漸而差。日隨大氣左旋之迹，二分最大，二至最小，亦以漸而差。日之在天，又非平行，其高下隨時不同。以是言之，凡計所行里數者，誕也。

夜光何德，死則又育？厥利惟何，而顧兔在腹？

夜光，月也。德，常德也。如剛德不變其剛，柔德不變其柔之謂。疑月何德，而死乃復育，如是終古乎？死，即所謂死霸也。育，生也，所謂生霸也。月之行下於日，其渾圜之體，常以半圜鄉日而有光。人自地視之，惟於望得見其鄉日之半，故光盛滿。晦朔則光全在上而下闇，餘皆側見而闕。謂之死、謂之生者，據人目所見云然。利，宜也。「厥利惟何」，猶言何所宜也。

女歧無合，夫焉取九子？伯强何處？惠氣安在？

合，匹也。王注：「伯强，大厲疫鬼也。」爾雅：「惠，順也。」

何闔而晦？何開而明？角宿未旦，曜靈安臧？

天之運行，循環不已。人所居，坿於地，有見日不見日之時，於是有晝夜。日循黄道右旋，斜絡乎赤道而南北者，寒暑之故也。其隨大氣左旋，準赤道而爲出没者，晝夜之故也。周官大司徒：「土圭之灋，地中景正。東方已過午後而爲景夕，西方尚在午前而爲景朝。」周髀立晝夜異處加四時相及之算，謂地中與東西相距四分圜周之一，則地中午；東方酉，西方卯，自卯至午，自午至酉，皆四時也。晝夜東西之大較如是。角宿，東陸蒼龍角也，假以言東方之位耳。日出地上曰旦。曜靈，日也。

不任汩鴻，師何以尚之？僉曰何憂，何不課而行之？

力之所堪曰任。汩，説文云：「治水也。」韋昭注國語云：「通也。」鴻，洪水。爾雅：「師，衆也。」僉，皆也。王注：「尚，舉也。」

鴟龜曳銜，鯀何聽焉？順欲成功，帝何刑焉？

永遏在羽山，夫何三年不施？伯禹腹鯀，夫何以變化？

鄭康成箋毛詩云：「腹，懷抱也。」腹鯀，言鯀所懷抱。

纂就前緒，遂成考功。何續初繼業，而厥謀不同？

爾雅：「纂，繼也。」「緒，事也。」「父爲考。」

洪淵極深，何以窴之？地方九則，何以墳之？

說文：「窴，塞也。」方言：「墳，地大也。」

應龍何畫？河海何歷？

鯀何所營？禹何所成？康回馮怒，地何故以東南傾？

九州安錯？川谷何洿？東流不溢，孰知其故？

錯，置也。說文：「洿，窊下也。」

東西南北，其脩孰多？南北順橢，其衍幾何？

太傅禮曰：「凡地，東西爲緯，南北爲經。」步算家測北極高下，及月食之闇虛，得地體周九萬里。南行二百餘里而北極低一度，北行二百餘里而北極高一度。南至赤道下，南北極與地適平，晝夜漏齊無永短；北至極下，赤道與地適平，半年爲晝，半年爲夜。凡氣朔之時刻，漸東則氣朔早，漸西則氣朔遲。月遇闇虛而虧食，東見食早，西見食遲。此地與天相應之大較也。地之廣輪，隨其方所，皆可假天度以測之矣。圜長曰橢。衍，猶延也，羨也。

昆侖縣圃，其尻安在？增城九重，其高幾里？

尻，猶尾也。脊椎之末節曰尻骨，亦曰尾骶。

四方之門，其誰從焉？西北闢〔三〕啓，何氣通焉？日安不到？燭龍何照？羲和之未揚，若華何光？何所冬煖？何所夏寒？焉有石林？何獸能言？

日發斂於赤〔四〕道外内四十餘度之間。虞夏書以璿璣、玉衡寫天，遺製猶見於周髀。非漢之渾天儀。赤道者，中衡也。日自北發南，冬至當外衡；自南斂北，夏至當内衡。春秋分當中衡。中土在内衡之下已北，其外衡之下已南，寒暑與中土互易。中衡之下，兩暑而無寒，暑漸退，如春秋分，乃復。南北極下，凝陰常寒矣。周髀謂「北極左右，夏有不釋之冰。中衡左右，冬有不死之草」，舉其槩云耳。地爲大氣所舉，日之正照，氣直下行，故暑。非正照之方，氣不易到，則寒。寒暑之候，因地而殊，固其宜也。曲禮曰：「狌狌能言，不離走獸。」

焉有虯龍，負熊以遊？雄虺九首，儵忽焉在？何所不死？長人何守？

長人，如傳所稱防風氏長狄之屬。

靡蓱九衢，枲華安居？一蛇吞象，厥大何如？

岐道爲衢。此謂枝莖歧出也。説文曰：「巴，食象蛇。」

黑水玄趾，三危安在？延年不死，壽何所止？陵魚何所？鬿堆焉處？羿焉彃日？烏焉解羽？

説文：「彃，射也。」

禹之力獻功，降省下土方。焉得彼嵞山之女，而通于台桑？閔妃匹合，厥身是繼。胡惟嗜欲同味，而快朝飽？啓代益作后，卒然離蠥。何啓惟憂，而能拘是達？

離，遭也。蠥，害也。爾雅：「惟，謀也。」

皆歸射鞫，而無害厥躬。何后益作革，而禹播降？

爾雅：「射，厭也。」「鞫，窮也。」洪興祖云：「焚山澤，奏鮮食，所謂作革也。稷降播種而曰禹播降者，水土平，然後嘉穀可殖故也。」

啓棘賓商，九辯九歌。何勤子屠母，而死分竟地？

帝降夷羿，革蠥夏民。胡射夫河伯，而妻彼雒嬪？

夷羿，夷，其氏也。革蠥，猶言爲變害也。爾雅：「嬪，婦也。」

馮珧利決，封豨是射。何獻烝肉之膏，而后帝不若？

爾雅：「弓以蜃者謂之珧。」「烝，祭也。」「若，順也。」鄭康成注儀禮云：「決，猶闓也。著右巨指，所以鉤弦而闓之。」

浞娶純狐，眩妻爰謀。何羿之射革，而交呑揆之？

純狐，王注：「浞娶於純狐氏女。」是也。射革，謂力能貫革。揆之，洪興祖云：「揆度其必可取也。」

阻窮西征，巖何越焉[五]？化爲黄熊，巫何活焉？

鯀投東裔而曰西征者，阻窮而死，其神猶反中國，祀於夏郊。言何以能越巖險西至中國乎？化爲黄熊，子産亦言之。原乃以爲非巫祝所能復活，蓋惜鯀之死也。

咸播秬黍，莆雚是營。何由并投，而鯀疾[六]脩盈？

蒲雚之地，皆可營作以播秬黍。此就水土平後，民享其利言之。鯀與共工等並投諸四裔，職爲此也。原因禹平水土之功，能蓋父愆而反復惜之如是。

白蜺嬰茀，胡爲此堂？安得夫良藥，不能固臧？

天式從横，陽離爰死。大鳥何鳴，夫焉喪厥體？

蓱號起雨，何以興之？撰體協脅，鹿何膺之？

王砅注素問云：「脅，謂兩乳之下及胠外也。」洪興祖云：「協，合也。」「膺，當也。」

鼇戴山抃，何以安之？釋舟陵行，何以遷之？

王注：「擊手曰抃。」

惟澆在户，何求于嫂？何少康逐犬，而顛隕厥首？

女歧縫裳，而館同爰止。何顛易厥首，而親以逢殆？

湯謀易旅，何以厚之？覆舟斟尋，何道取之？

春秋傳：「浞使澆用師滅斟灌及斟尋氏。」論語：「奡盪舟。」蓋謂覆舟斟尋事也。顧炎武云：「古人以左右衝殺爲盪陳。宋書顏師伯傳：『單騎出盪。』唐書：『矢石未交，陷堅突衆，敵因而敗者，曰跳盪。』」

桀伐蒙山，何所得焉？末嬉何肆，湯何殛焉？

舜閔在家，父何以鱞？堯不姚告，二女何親？

厥萌在初，何所億焉？璜臺十成，誰所極焉？

鄭康成注覲禮云：「成，猶重也。」

登立爲帝，孰道尚之？女媧有體，孰制匠之？

舜服厥弟，終然爲害。何肆犬豕，而厥身不危敗？

爾雅：「服，事也。」

吳獲迄古，南嶽是止。孰期去斯，得兩男子？

緣鵠飾玉，后帝是饗。何承謀桀，終以滅喪？

帝乃降觀，下逢伊摯。何條放致罰，而黎服大説？

黎服，徧織服之黎庶也。洪興祖云：「史記：『桀敗於有娀之墟，犇於鳴條。』此言『條放』者，自鳴條放之也。」

簡狄在臺，嚳何宜？玄鳥致詒，女何嘉？

嘉，謂嘉祥而有子。

該秉季德，厥父是臧。胡終弊于有扈，牧夫牛羊？

臧，善也。弊者，勞師旅、弊兵革之謂。

干協時舞，何以懷之？平脅曼膚，何以肥之？

干，舞者所持盾也。協，謂合之以舞。時，是也。曼，漢書所謂「柔曼」，顏師古注云：「澤也。」

有扈牧豎，云何而逢？擊牀[七]先出，其何所從？
恒秉季德，焉得夫朴牛？何往營班禄，不但還來？
昬微遵迹，有狄不寧。何繁鳥萃棘，負子肆情？
眩弟並淫，危害厥兄。何變化以作詐，而後嗣逢長？
成湯東巡，有莘[八]爰極？何乞彼小臣，而吉妃是得？
水濱之木，得彼小子。夫何惡之，媵有莘之婦？
湯出重泉，夫何辠尤？不勝心伐[九]帝，夫誰使挑之？
會朝爭盟，何踐吾期？蒼鳥羣飛，孰使萃之？

言諸侯畢會之朝，爭趨而至，何以皆踐吾師期乎？盟者，河北地名也。史記：「師畢渡盟津，諸侯咸會。」是其事。春秋傳曰：「盟詛不及三王。」則爲地名明矣。洪慶善云：「按詩『鷹揚』，指尚父；此云『羣飛』者，士以類從也。」

到擊紂躬，叔旦不嘉。何親揆發，定周之命以咨嗟？

授殷天下，其位安施？反成乃[一〇]亡，其罪伊何？

反成者，已成之業，忽反復也。

争遣伐器，何以行之？並驅擊翼，何以將之？

昭后[一一]成遊，南土爰底；厥利惟何，逢彼白雉？

穆王巧梅，夫何周流？環理天下，夫何索求？

方言：「吴、越飾貌爲竘，或謂之巧。」郭璞注云：「語楚聲轉耳。」梅，方言云：「貪也。」

妖夫曳衒，何號于市？周幽誰誅，焉得夫褒姒？

説文：「衒，行且賣也。」

天命反側，何罰何佑？齊桓九會，卒然身弒。

彼王紂之躬，孰使亂惑？何惡輔弼，讒諂是服？

習用曰服。

比干何逆，而抑沈之？雷開何順，而賜封之？

何聖人之一德，卒其異方？梅伯受醢，箕子詳狂。

方，猶道也。

稷惟元子，帝何竺之？投之于冰上，鳥何燠之？

爾雅：「竺，厚也。」竺之，猶言甚之也。

何馮弓挾矢，殊能將之？既驚帝切激，何逢長之？

伯昌號衰，秉鞭作牧；何令徹彼岐社，命有殷之國？

號衰，集注云：「謂號令於殷世衰微之際。」是也。「徹彼岐社」，通岐之社於天下，以爲太社也。

遷藏就岐，何能依？殷有惑婦，何所譏？

受賜茲醢，西伯上告。何親就上帝罰，殷之命以不救？

師望在肆，昌何識？鼓刀揚聲，后何喜？

市列曰肆。

武發殺殷，何所悒？載尸集戰，何所急？

尸，主也。謂文王之木主。

伯林雉經，惟其何故？何感天抑地，夫誰畏懼？

韋昭注國語云：「雉經，頭槍而縣死也。」

皇天集命，惟何戒之？受禮天下，又使至代之？

戒，謂警勑以膺天命也。洪興祖云：「受禮天下，言受王者之禮於天下也。」

初湯臣摯，後茲丞輔；何卒官湯，尊食宗緒？

勳闔夢生，少離散亡；何壯武厲，能流厥嚴？

彭鏗斟雉，帝何饗？受壽永多，夫何久長？

彭鏗，太傅禮帝繫篇云陸終氏六子，「其三曰籛，是爲彭祖」是也。

中央共牧，后何怒？蠭蛾微命，力何固？

鶩女采薇，鹿何佑？北至回水，萃何喜？

兄有噬犬，弟何欲？易之以百兩，卒無禄。

噬，齧也。百兩，車百乘也。

薄莫雷電，歸何憂？厥嚴不奉，帝何求？

伏匿穴處，爰何云？荆勳作師，夫何長？悟過改更，我又何言？吴光争國，久予是勝。何環穿自閭社丘陵，爰出子文？

作，起也。「夫何長」，言孰爲長策也。吴光嘗破楚入郢，國幾亡。屈原之時，楚屢困於秦，此於終篇言吴光、子文，蓋歎敵國可懼，執政無人。

吾告堵敖以不長，何試上自予，忠名彌章？

堵敖，熊囏也。杜元凱注左氏春秋云：「不成君，無號謚者，楚皆謂之敖。」

【校勘記】

〔一〕火，原作「大」，據乾隆本、廣雅本改。

〔二〕十，原作「千」，據乾隆本、廣雅本改。

〔三〕闢，原作「闕」，據乾隆本、廣雅本改。

〔四〕赤，原作「亦」，據乾隆本、廣雅本改。

〔五〕焉，原作「馬」，據乾隆本、廣雅本改。

〔六〕疾，原脱，據乾隆本、廣雅本補。

〔七〕牀，原作「狀」，據乾隆本、廣雅本改。

〔八〕莘，原作「萃」，據乾隆本、廣雅本改。

〔九〕伐，原作「代」，據乾隆本、廣雅本改。

〔一〇〕乃，原作「及」，據初稿改。

〔一一〕后，原作「王」，據初稿改。

屈原賦戴氏注

九章

惜誦以致愍兮，發憤以抒情。所非忠而言之兮，指蒼天以爲正。令五帝以折中兮，戒六神以鄉服。俾山川以備御兮，會咎繇以聽直。

誦者，言前事之稱。惜誦，悼惜而誦言之也。凡誓辭率曰「所」者，反質之以白情實。五帝，明堂四郊[一]所祀。六神，覲禮所謂「方明」，周官司盟所謂「北面詔明神者」是也。設六色象其神，六玉[二]以禮之。虞夏書之六宗，其此與？鄉，對也。服，如「五刑有服」之「服」。御，侍也。聽直，平斷而治其當也。

竭忠誠以事君兮，反離羣而贅肬。忘儇媚以背衆兮，待明[三]君其知之。言與行其可迹兮，情與貌其不變。故相臣莫若君兮，所以證之不遠。

已上言神明既不可欺，又自恃君之前忠僞易見也。

吾誼先君而後身兮，羌衆人之所仇也。專惟君而無他兮，又衆兆之所讎也。壹心而不豫兮，羌不可保也。疾親君而無他兮，有招禍之道也。

豫，謂猶豫。集注云：「疾，猶力也。」

思君其莫我忠兮，忽忘身之賤貧。事君而不貳兮，迷不知寵之門。

我，代君自我也。集注云：「言思君，意常謂羣臣莫有忠於我者，故忘己之賤貧以效其忠。然亦但知盡心以事君而已，固不懷貳以求寵也。」

忠何辠以遇罰兮，亦非予之所志也。行不羣以巔越兮，又衆兆之所咍也。紛逢尤以離謗兮，謇不可釋也。情沈抑而不達兮，又蔽而莫之白也。

王注：「咍，笑也。楚人相謂嗤笑曰咍。」洪興祖云：「『情沈抑而不達』，人君不知其用心也。『又蔽而莫之白』，羣臣莫肯明己所存也。」

心鬱邑予侘傺兮，又莫察予之中情。固煩言不可結詒兮，願陳志而無路。退静默而莫予知兮，進號呼又莫吾聞。申侘傺之煩惑兮，中悶瞀之忳忳。

中情，集注云：「以韻協之，當作『善惡』。由離騷一句差互，故此亦因之耳。」

昔予夢登天兮，魂中道而無杭。吾使厲神占之兮，曰有志極而無旁。

杭，度也。無主之鬼曰厲。極，猶窮也。旁，謂翼輔也。

終危獨以離異兮，曰君可思而不可恃。故衆口其鑠金兮，初若是而逢殆。懲于羹而吹韲兮，何不變此志也？欲釋階而登天兮，猶有曩之態也。

羹熱韲冷。爾雅：「肉謂之羹。」鄭康成注周官醢人云：「凡醯醬所和，細切爲韲。」

衆駭遽以離心兮，又何以爲此伴也？同極而異路兮，又何以爲此援也？申生之孝子兮，父信讒而不好。行婞直而不豫兮，鯀功用而不就。

行所至曰極。王注：「好，愛也。」

吾聞作忠以造怨兮，忽謂之過言。九折臂而成醫兮，吾今而知其然。矰弋機而在上兮，罻羅張而在下。設張辟以娛君兮，願側身而無所。

結繳於矢謂之矰。弋，繳射也。罻，小罔也。爾雅：「鳥罟謂之羅。」

欲儃回以干傺兮，恐重患而離尤。欲高飛而遠集兮，君罔謂女何之？欲橫奔而失路兮，堅志而不忍。背膺牉其交痛兮，心菀結而紆軫。

傺，方言云：「逗也。」罔謂，猶言得無謂也。膺，匈也。菀，猶緼也，鬱也，語之轉。方言：「軫，戾也。」

擣木蘭以撟蕙兮，糳申椒以爲糧。播江離與滋菊兮，願春日以爲糗芳。恐情質之不信兮，故重著以自明。矯茲媚以私處兮，願曾思而遠身。

撟，撟揉也。伐[四]米使之精粲曰糳。糗，糒也。矯，舉也。曾，猶重也。

惜誦

余幼好此奇服兮，年既老而不衰。帶長鋏之陸離兮，冠切雲之崔嵬。被明月兮佩寶[五]璐。世溷濁而莫予知兮，吾方高馳而不顧。駕青虬兮驂白螭，吾與重華遊兮瑤之圃。登昆侖兮食玉英，與天地兮同壽，與日月兮齊光。哀南夷之莫吾知兮，旦予濟于江湘。

「幼好此奇服」，以比好脩不懈。是以前既不容於世而不顧，至此重遭讒謗，濟江而南往斥逐之所。蓋頃襄復遷之江南時[六]也。湘水自洞庭入江，故洞庭之下得兼江湘之目矣。王伯厚云：「屈原楚人，而涉江曰『哀南夷之莫吾知』，是以楚俗爲夷也。陰邪之類，讒害君子，變於夷矣。」

乘鄂渚而反顧兮，欸秋冬之緒風。步予馬兮山皋，邸予車兮方林。

言於鄂渚登岸，循江岸行以至洞庭也。乘之言登也。欸，發聲。王注：「緒，餘也。」「邸，舍也。」

乘舲船予上沅兮，齊吴榜以擊汰。船容與而不進兮，淹回水而疑滯。朝發枉渚兮，夕宿辰陽。苟予心其端直兮，雖僻遠之何傷！

自洞庭而舟行遡沅也。舲船，小船有窗櫺者。小楫謂之榜。汰，浪淘沙土也。疑，止也。疑、凝，語之轉。

入漵浦予儃回兮，迷不知吾所如。深林杳以冥冥兮，猨狖之所居。山峻高而蔽日兮，下幽晦以多雨。霰雪紛其無垠兮，雲霏霏而承宇。

舟行由沅入漵，至遷所也。太傅禮：「陰之專氣爲霰。」説文謂之稷雪。宇，屋近檐也。

哀吾生之無樂兮，幽獨處乎山中。吾不能變心而從俗兮，固將愁苦而終窮。接輿髡首兮，桑扈臝行。忠不必用兮，賢不必以。伍子逢殃兮，比干菹醢。與前世而皆然兮，吾又何怨乎今之人！予將董道而不豫兮，固將重昏而終身。

髡首，鬄去髮也。王注：「董，正也。豫，猶豫也。」

亂曰：鸞鳥鳳皇，日以遠兮。燕雀烏鵲，巢堂壇兮。露申辛夷，死林薄兮。腥臊並御，芳不得薄兮。陰陽易位，時不當兮。懷信侘傺，忽乎吾將行兮。

薄，藂薄也。「薄近」之「薄」取諸聲。忽乎將行，傷不見容而忽被放也。

涉江

皇天之不純命兮，何百姓之震愆！民離散而相失兮，仲春而東遷。去故鄉而就遠兮，遵江夏以流亡。出國門而軫懷兮，甲之朝吾以行。發郢而去閭兮，荒忽其焉極？楫齊揚以容與兮，哀見君而不再得。望長楸而太息兮，涕淫淫其若霰。過夏首而西浮兮，顧龍門而不見。心嬋媛而傷懷兮，眇不知所蹠。順風波以從流兮，焉洋洋而爲客。陵陽侯之氾濫兮，忽翺翔而焉薄？心絓結而不解兮，思蹇産而不釋。

閭，説文云：「里門也。」西浮者，既過夏首而東，復溯洄以望楚都。蹠，蹋也。陽侯，戰國策所謂「陽侯之波」是也。

將運舟而下浮兮，上洞庭而下江。去終古之所居兮，今逍遥而來東。

前云「過夏首西浮」，故此轉而下浮。洞庭當夏首之下，江之南，浮江過夏首已下，南上洞庭，東乃順江而下也。

羌靈魂之欲歸兮，何須臾而忘反！背夏浦而西思兮，哀故都之日遠。登大墳以遠望兮，聊以舒吾憂心。哀州土之平樂兮，悲江介之遺風。

背夏浦西思者，未至夏浦，回首鄉西，猶前之「過夏首而西浮」，褭回故都，不忍徑去也。水厓高地曰墳。介，閒也，語之轉。

當陵陽之焉至兮，淼南度之焉如？曾不知夏之爲丘兮，孰兩東門之可蕪？

上云「陵陽侯之氾濫」，此言「當陵陽」，省文也。夏，大屋也。丘，墟也。

心不怡之長久兮，憂與憂之相接。惟郢路之遼遠兮，江與夏之不可涉。忽若去不信兮，至今九年而不復。慘鬱鬱而不開兮，蹇侘傺而含慼。

方晞原云：「卜居之既三年，當爲懷王時。此篇上言『淼南度之焉如』，則至今九年，蓋頃襄遷之江南及是九年也。」説文：「懆，愁不安也。」

外承歡之汋約兮，諶荏弱而難持。忠湛湛而願進兮，妒披離而鄣之。堯舜之抗行兮，杳杳而薄天。衆讒人之嫉妒兮，被以不慈之僞名。

前言己之被讒不復，此言小人之巧於媚，誠令人難持，以是嫉賢蔽忠，使不得進。其肆讒謗，雖抗行如堯、舜，猶加之以不慈也。

憎慍惀之脩美兮，好夫人之忼慨。衆踥蹀而日進兮，美超遠而踰邁。

洪興祖云：「君子之慍惀，若可鄙者；小人之忼慨，若可喜者。惟明者能察之。」

亂曰：曼予目以流觀兮，冀壹反之何時？鳥飛反故鄉兮，狐死必首丘。信非吾罪而棄逐兮，何日夜而忘之！

曼，延長也。

哀郢

鬱鬱之憂思兮，獨永歎乎曾傷。思蹇產之不釋兮，曼遭夜之方長。悲夫秋風之動容兮，何回極之浮浮。數惟荃[七]之多怒兮，傷予心之慅慅。願搖起而橫奔兮，覽民尤以自鎮。結微情以陳辭兮，矯以遺夫美人。

慅慅，煩惑也。「覽民尤以自鎮」，言觀於人之過，則己不可效尤而橫奔失路矣。矯，舉也。

昔君與我成言兮，曰黄昏以爲期。羌中道而回畔兮，反既有此他志。憍吾以其美好兮，覽予以其脩姱。與予言[八]而不信兮，蓋爲予而造怒。

日加戌曰黄昏。此以女子之嫁者爲比，有「成言」、有「昏期」，至中路而見棄，豈其有罪也？覽，猶示也。

願承閒而自察兮，心震悼而不敢。悲夷猶而冀進兮，心怛傷之憺憺。歷兹情以陳辭兮，荃詳聾而不聞。固切人之不媚兮，衆果以我爲患。

察，明也，謂入自明。悼，説文云：「懼也。」陳、楚謂懼曰悼。」怛，方言云：「痛也。」切，切直。

初吾所陳之耿著兮，豈至今其庸亡？何獨樂斯之謇謇兮，願荃美之可完。望三五以爲象兮，指彭咸以爲儀。夫何極而不至兮，故遠聞而難虧。善不由外來兮，名不可以虛作。孰無施而有報兮，孰不實而有獲？

三五，謂五帝三王，便文倒舉耳。所擬至曰極。集注云：「實，當作殖。」

少歌曰：與美人抽思兮，并日夜而無正。憍吾以其美好兮，敖朕辭而不聽。

少，猶小也。荀卿書賦篇「佹詩」之後，亦綴以小歌。正者，平其言之是非。

倡曰：有鳥自南兮，來集漢北。好姱佳麗兮，牉獨處此異域。既惸獨而不羣兮，又無良媒在其側。道逴遠而日忘兮，願自申而不得。望南山而流涕兮，臨流水而太息。望孟夏之短夜兮，何晦明之若歲。惟郢路之遼遠兮，魂一夕而九逝。曾不知路之曲直兮，南指月與列星。願徑逝而不得兮，魂識路之營營。何靈魂之信直兮，人之心不與吾心同。理弱而媒不通兮，尚不知予之從容。

日忘，言君日忘之。營營，毛詩云：「往來貌。」信，猶洵也。直者，直前而不變之謂。通，謂導致己之辭。

亂曰：長瀨湍流，泝江潭兮。狂顧南行，以娛心兮。軫石崴嵬，蹇吾願兮。超回志度，行隱進兮。低回夷猶，宿北姑兮。煩冤瞀容，寔沛徂兮。愁歎苦神，靈遥思兮。

路遠處幽，又無行媒兮。道思作頌，聊自救兮。憂心不遂，斯言誰告兮。

淺曰瀨，深曰潭。軫，戾也。戾石者，戾裂之石。超，出也。回，回［九］曲。度，謂所擬行也。隱，據也。隱進，言據之以進。瞀，説文云：「低目謹視也。」寔，是也。沛徂，沛然而往也。

抽思

方晞原曰：「屈子始放，莫詳其地。以是篇考之，蓋在漢北，故以鳥自南來集爲比。」又曰：「『望南山而流涕』，其欲反郢也。曰『南指月與列星』，曰『狂顧南行』，篇次列涉江、哀郢之後者，九章不作於一時，雜得諸篇，合之有九耳。」

陶陶孟夏兮，草木莽莽。傷懷永哀兮，汩徂南土。眴兮窈窈，孔静幽默。菀結紆軫兮，離愍而長鞠。撫情効志兮，俛詘以自抑。

陶陶，長養之氣充盛也。眴，楊雄所謂「目冥眴而無見」也。窈窈，言山谷之深。

刓方以爲圜兮，常度未替。易初本迪兮，君子所鄙。章畫職墨兮，前圖未改。

迪，猶導也，達也，語之轉。初之本迪，猶工有規畫繩墨矣。

内直質重兮，大人所晠。巧倕不斲兮，孰察其揆正？玄文處幽兮，矇謂之不章。

揆正，謂揆度之正，可爲法守也。鄭仲師注周官云：「有目眹而無見謂之矇，無目眹謂之瞽。」

離婁微睇兮，瞽以爲無明。

變白而爲黑兮，倒上以爲下。鳳皇在笯兮，雞鶩翔舞。同糅玉石兮，一槩而相量。夫惟黨人之鄙固兮，羌不知吾所藏。任重載盛兮，陷滯而不濟。懷瑾握瑜兮，窮不知所示。邑犬羣吠兮，吠所怪也。誹駿疑桀兮，固庸態也。文質疏内兮，衆不知吾之異采。材樸委積兮，莫知予之所有。

方言：「篭，南楚江沔之閒謂之箉，或謂之筊。」「窮不知〔一〇〕所示」，言窮於無可示者。「文質疏内」，言文不過乎質，望之佀疏，又且内藏也。「材樸委積」，言待用之材，委積富有。説文：「樸，木素也。」

重仁襲義兮，謹厚以爲豐。重華不可啎兮，孰知予之從容？古固有不並兮，豈知其故也？湯禹久遠兮，邈不可慕也。懲違改忿兮，抑心而自彊。離慜而不遷兮，願志之有象。

不並，洪興祖以爲「聖賢不並時而生」是也。邈，遠貌〔一一〕。懲，止也。違，猶拂也。鄭康成箋毛詩云：「褭回也。」

進路北次兮，日昧昧其將莫。舒憂娱哀兮，限之以大故。

方晞原云：「據涉江篇，由沅入潊，乃至遷所，則沈羅淵當北行，故有『進路北次』之語。」王注：「大故，死亡也。」

亂曰：浩浩沅湘，分流汨兮。脩路幽蔽，道遠忽兮。曾唫恒悲，永歎喟兮。世既莫吾知，人心不可謂兮。懷情抱質，獨無匹兮。伯樂既没，驥將焉程兮。民生稟命，各有所錯兮。定心廣志，予何畏懼兮。知死不可讓，願勿愛兮。明告君子，吾將以爲類兮。

汨汨，疾貌。脩，長也。蔽，韋昭注國語云：「草穢塞路爲蔽。」是也。曾，累也。唫，呻也。方言：「凡哀泣而不止曰咺。」匹，集注云：「當作正。」類，法也。

懷沙

史記列傳曰：「乃作懷沙之賦，於是懷石，遂自投汨羅以死。」

思美人兮，擥涕而竚眙。媒絶路阻兮，言不可結而詒。蹇蹇之煩冤兮，陷滯而不發。申旦以舒中情兮，志沈菀而莫達。

眙，説文云：「直視也。」申旦，猶達旦。申者，引而至之謂。

願寄言于浮雲兮，遇豐隆而不將。因歸鳥而致辭兮，乃迅高而難當。高辛之靈晠兮，遭玄鳥而致詒。欲變節以從俗兮，媿易初而屈志。獨歷年而離愍兮，羌馮心猶未化。寧隱閔而壽考兮，何變易之可爲！

迅，飛之疾也。當，值也。

知前轍之不遂兮，未改此度。車既覆而馬顛兮，蹇獨懷此異路。勒騏驥而更駕兮，造父爲我操之。遷逡次而勿驅兮，聊假日以須時。指嶓冢之西隈兮，與纁黄以爲期。開春發歲兮，白日出之悠悠。吾將蕩志而媮樂兮，遵江[三]夏以娱憂。

勒，説文云：「馬頭絡銜也。」「遷逡次」，言但遷移而逡巡次且不前也。纁黄，日入色。鄭康成注儀禮云：「凡染絳，一入謂之縓，再入謂之赬，三入謂之纁，朱則四入與。」

擥大薄之芳茝兮，搴長洲之宿莽。惜吾不及古人兮，吾誰與玩此芳草？解篇薄與雜菜兮，備以爲交佩。佩繽紛其繚轉兮，遂萎絶而離異。吾且儃回以娛憂兮，觀南人之變態。竊快在中心兮，揚厥馮而不竢。芳與澤其雜糅兮，羌芳華自中出。紛郁郁其遠烝兮，滿內而外揚。情與質信可保兮，羌重蔽而聞章。

言萹薄雜菜，世人解折而佩之。是以佩之美者遂黄落，爲世所棄。所謂惜不及與古人玩此芳草也。不竢，集注云：「樂其所得於中者，以舒憤懣而無待於外。」是也。烝，升也。

令薜荔以爲理兮，憚舉趾而緣木。因芙蓉而爲媒兮，憚褰裳而濡足。登高吾不説兮，入下吾不能。固朕形之不服兮，然容與而狐疑。廣遂前畫兮，未改此度也。命則處幽吾將罷兮，願及白日之未莫也。獨煢煢而南行兮，思彭咸之故也。

不服，不卑屈以求人。方晞原曰：「上云『觀南人之變態』，此云『煢煢而南行』，宜爲在漢北所言。」

思美人

惜往日之曾信兮，受命詔以昭時。奉先功以照下兮，明法度之嫌疑。國富彊而法立兮，屬貞臣而日娭。秘密事之載心兮，雖過失猶弗治。

集注云：「先功，謂先君之功烈也。」「日娭，所謂逸於得人也。」

心純厖而不泄兮，遭讒人而嫉之。君含[一三]怒而待臣兮，不清澂其然否。

厖，厚也。

蔽晦君之聰明兮，虛惑誤又以欺。弗參驗以考實兮，遠[一四]遷臣而弗思。信讒諛之溷濁兮，盛氣志而過之。

過之，謂過謫之也。方晞原云：「上言懷王時，此言頃襄時。」「遠遷臣」，謂遷之江南也。

何貞臣之無辠兮，被讒謗而見尤。慙光景之誠信兮，身幽隱而備之。臨沅[一五]湘之玄淵兮，遂自忍而沈流。卒没身而絶名兮，惜廱君之不昭。

光景，謂白日之可覩也。誠信，猶言誠然。小人害忠亂國，事理明顯，慙於知之而被其禍。幽隱，謂放廢。備之，備受尤謗也。没身絶名，言身死而不建功名，以留于後世也。

君無度而弗察兮，使芳草爲藪幽。焉舒情而抽信兮，恬死亡而不聊。獨鄣廱而蔽隱兮，使貞臣爲無由。

「無度而弗察」，王注云：「上無檢柙以知下也。」集注云：「記曰：『無節於内者，其察物弗省矣。』此之謂也。」「獨鄣廱而蔽隱」，言君以一人受讒諛之蔽晦也。無由，無所行之路也。

聞百里之爲虜兮，伊尹亨于庖厨。吕望屠于朝歌兮，甯戚歌而飯牛。不逢湯武與桓繆兮，世孰云而知之？吳信讒而弗味兮，子胥死而後憂。介子忠而立枯兮，文君寤而追求。封介山而爲之禁兮，報大德之優游。思久故之親身兮，因縞素而哭之。

黑經白緯曰縞。生帛謂之素。孔沖遠云：「經傳之言素者，皆謂白絹。」

或忠信而死節兮，或訑謾而不疑。弗省察而按實兮，聽讒人之虛辭。芳與澤其雜糅兮，孰申旦而別之？

說文：「沇州謂欺曰訑。」

何芳草之早夭兮，微霜降而下戒。諒聰不明而蔽雝兮，使讒諛而日得。自前世之嫉賢兮，謂蕙若其不可佩。

不明而惑於聽，是之謂「聽不明」。易象傳於噬嗑、於夬[一六]，皆曰「聽不明」也。聰，如「尚寐無聰」之「聰」，傳云：「聰，聞也。」若，杜若。

妒娃冶之芬芳兮，嫫母姣而自好。雖有西施之美容兮，讒妒入以自代。

方言：「娃，美也。吴、楚、衡、淮之閒曰娃，秦、晉之閒曰娥。故吴有館娃之宫，秦有漆娥之臺。」戴仲達云：「金與冰之融冶，光采煜爚，故容貌之豔者曰冶容。」

願陳情以白行兮，得罪過之不意。情冤見之日明兮，如列宿之錯置。

列宿，謂二十八舍。

乘騏驥而馳騁兮，無轡銜而自載。乘氾泭以下流兮，無舟楫而自備。背法度而心治兮，辟與此其無異。

騏驥馳騁，氾泭下流，言其駿險難制。恃有轡銜、舟楫，喻爲治之必以法度。轡，靶也。銜，説文云：「馬勒口中，行馬者也。」泭，詩謂之方，或謂之筏[一七]，或謂之簰。方晞原云：「此蓋有見於頃襄之行事而云然，故下言『恐禍殃之有再』。」

寧溘死而流亡兮，恐禍殃之有再。不畢辭而赴淵兮，惜壅君之不識。

顧炎武云：「懷王以不聽屈原而召秦禍，今頃襄王復聽上官大夫之譖而遷之江南。一身不足惜，其如社稷何？史記所云『楚日以削，數十年竟爲秦所滅』，即原所謂『禍殃之有再』也。」

惜往日

后皇嘉樹，橘徠服兮。受命不遷，生南國兮。

后皇，王注云：「后，后土。皇，皇天也。」服者，習於地也。考工記：「橘踰淮而北爲枳。」故曰不遷。

深固難徙，更壹志兮。綠葉素榮，紛其可喜兮。曾枝剡棘，圜實摶兮。青黃雜糅，文章爛兮。精色内白，類任道兮。紛緼宜脩，姱而不醜兮。

曾，重也。剡，利也。王注：「紛緼，盛貌。」

嗟爾幼志，有以異兮。獨立不遷，豈不可喜兮。深固難徙，廓其無求兮。蘇世獨立，横而不流兮。閉心自慎，終不過失兮。秉德無私，參天地兮。

洪興祖云：「凡與世遷徙者，皆有求也。」鄭康成注樂記云：「更息曰蘇。」王伯厚曰：「龔氏注中説引古語云：『上士閉心，中士閉口，下士閉門。』」

願歲并謝，與長友兮。淑離不淫，梗其有理兮。年歲雖少，可師長兮。行比伯夷，置以爲象兮。

集注云：「歲并謝而長與友，則是終身友之矣。離，如離立，言孤特也。」「年歲雖少，亦言其本性自少而然，非積習勉强也。」

橘頌

悲回風之摇蕙兮，心菀結而内傷。物有微而隕性兮，聲有隱而先倡。夫何彭咸之造思兮，暨志介而不忘。萬變其情豈可蓋兮，孰虚僞之可長。

物不以微而隕性或殊，以蕙摇落言也。聲不息於隱則聞其先倡，知其終極，以回風之使人傷懷言也。「志介而不忘」，謂久而不忘其介然之志。

鳥獸鳴以號羣兮，草苴比而不芳。魚葺鱗以自别兮，蛟龍隱其文章。故荼薺不同畝兮，蘭茝幽而獨芳。惟佳人之永都兮，更統世以自貺[一八]。眇遠志之所及兮，憐浮雲之相羊。介眇志之所惑兮，竊賦詩之所明。

草枯曰苴。葺，言其鱗次也。隱者，懷臧不自露也。此言物各以類，不相雜厠，比己之不能與世合，而思彭咸，同心同志，自相感矣。都，美也。晛，猶愛也。閒於疑惑，則又賦詩可明，蓋決然定於志如此。

惟佳人之獨懷兮，折芳椒以自處。曾歔欷之嗟嗟兮，獨隱伏而思慮。涕泣交而淒淒兮，思不眠而極曙。終長夜之曼曼兮，掩此哀而不去。寤從容以周流兮，聊逍遥以自恃。傷太息之愍憐兮，氣於邑而不可止。糾思心以爲纕兮，編愁苦以爲膺。折若木以蔽光兮，隨飄風之所仍。存髣髴而不見兮，心踊躍其若湯。撫佩衽以案志兮，超惘惘而遂行。

掩，撫也。膺，釋名所謂「心衣」其是與？毛詩云：「仍，就也。」

歲忽忽其若頽兮，時亦冉冉而將至。薠[一九]蘅槁而節離兮，芳已歇而不比。憐思心之不可懲兮，證此言之不可聊。寧溘死而流亡兮，不忍此心之常愁。孤子唫而抆淚兮，放子出而不還。孰能思而不隱兮，昭彭咸之所聞。

隱，痛也。

登石巒以遠望兮，路眇眇之默默。入景響之無應兮，聞省想而不可得。愁鬱鬱之無快兮，居戚戚而不可解。心韡羈而不開兮，氣繚轉而自締。穆眇眇之無垠兮，莽芒芒之無儀。聲有隱而相感兮，物有純而不可爲。

儀，猶象也。純，猶專也。

藐曼曼之不可量兮，縹綿綿之不可紆。愁悄悄之常悲兮，翩冥冥之不可娛。陵大波而流風兮，託彭咸之所居。上高巖之峭岸兮，處雌蜺之標顛。據青冥而攄虹兮，遂儵忽而捫天。吸湛露之浮涼兮，漱凝霜之雰雰。依風穴以自息兮，忽傾寤以嬋媛。

藐，方言云：「廣也。」縹，長組之貌。說文：「紆，縈也。」「翩，疾飛也。」

馮昆侖以瞰霧兮，隱岐山以清江。憚涌湍之磕磕兮，聽波聲之洶洶。

隱，據也。説文：「湍，疾瀨也。」

紛容容之無經兮，罔[二〇]芒芒之無紀。軋洋洋之無從兮，馳委移之焉止。飄幡幡其上下兮，翼遥遥其左右。氾濡濡其前後兮，伴張弛之信期。

無經紀者，臨大野而不見區分之謂。軋，戴仲達云：「載重碾軋有聲也。」翼，謂隨從之在兩旁者。伴之言寬也。

觀炎氣之相仍兮，窺煙液之所積。悲霜雪之俱下兮，聽潮水之相擊。借光景以往來兮，施黄棘之枉策。求介子之所存兮，見伯夷之放迹。心調度而不去兮，刻著志之無適。曰吾怨往昔之所冀兮，悼來者之悐悐。浮江淮而入海兮，從子胥而自適。望大河之洲渚兮，悲申徒之抗迹。驟諫君而不聽兮，任重石之何益！心絓結而不解兮，思蹇産而不釋。

仍，猶荐也。「施黄棘之枉策」，王注云：「施黄棘之刺，以爲馬策。」是也。放迹，猶言逸迹。愁愁，驚懼貌。

悲回風

【校勘記】

〔一〕郊，原作「帝」，據乾隆本、廣雅本改。

〔二〕玉，原作「王」，據乾隆本、廣雅本改。

〔三〕明，原脱，據楚辭補注、楚辭集注補。

〔四〕伐，原作「代」，據乾隆本、廣雅本改。

〔五〕寶，原作「實」，據乾隆本、廣雅本改。

〔六〕時，原作「是」，據乾隆本、廣雅本改。

〔七〕荃，原作「全」，據乾隆本、廣雅本改。

〔八〕言，原脱，據乾隆本、廣雅本補。

〔九〕回，原作「曰」，據乾隆本、廣雅本改。

〔一〇〕知，原作「之」，據正文改。

〔一一〕貌，原作「邈」，據乾隆本、廣雅本改。

〔一二〕江，原脱，據乾隆本、廣雅本補。

〔一三〕含，原作「舍」，據乾隆本、廣雅本改。

〔一四〕遠，原脱，據乾隆本、廣雅本補。

〔一五〕「臨沅」，原作「江臨」，乾隆本、廣雅本作「臨江」。今按：「江」字乃「沅」字之誤，據楚辭補注、楚辭集注改。

〔一六〕央，原作「央」，據乾隆本、廣雅本改。

〔一七〕筏，原作「筏」，據乾隆本、廣雅本改。

〔一八〕睨，原作「況」，據楚辭補注、楚辭集注改。

〔一九〕蘋，原作「蘋」，據乾隆本、廣雅本改。

〔二〇〕囷，原作「因」，據乾隆本、廣雅本改。

遠遊

屈原賦　戴氏注

悲時俗之迫阨兮，願輕舉而遠遊。質菲薄而無因兮，焉託乘而上浮？

此約致其辭，下乃申言之。

遭沈濁之汙穢兮，獨菀結其誰語！夜耿耿而不寐兮，魂營營而至曙。惟天地之無窮兮，哀人生之長勤。往者予弗及兮，來者予弗聞。步徙倚而遥思兮，怊惝怳而乖懷。意荒忽而流蕩兮，心愁淒而曾悲。

所謂「悲時俗迫阨」也。惟，思也。

神儵忽而不反兮，形枯槁而獨留。内惟省以端操兮，求正氣之所由。漠虚静以恬愉兮，澹無爲而自得。聞赤松之清塵兮，願承風乎遺則。貴至人之休德兮，美往世之登僊。與化去而不見兮，名聲著而日延。奇傅説之託辰星兮，羨韓終之得一。形穆穆以浸遠兮，離人羣而遁逸。因氣變而遂曾舉兮，忽神奔而鬼怪。時髣髴以遥見兮，精皎皎而往來。絶氛埃而淑郵兮，終不反乎故都。免衆患而不懼兮，世莫知其所如。

所謂「願輕舉遠遊」也。惟，思也。尾宿之上有星名傅説。爾雅：「大辰，房、心、尾也。」「大火謂之大辰。」夏小正：八月「辰則伏」，九月「辰繫于日」。蓋房、心、尾皆得辰星之稱也。曾，猶累也，重也。曾舉，謂舉之高。淑之言清也，善也。往來所舍曰郵。

恐天時之代序兮，耀靈曄而西征。微霜降而下淪兮，悼芳草之先零。聊仿佯而逍遥兮，永歷年而無成。誰可與玩斯遺芳兮，晨鄉風而舒情。高陽邈已遠兮，予將焉所程？

所謂「質非薄無因」也。曄，方言云：「晠也。」程，品式也。

重曰：春秋忽其不淹兮，奚久留此故居？軒轅不可攀援兮，吾將從王喬而娛戲！餐六氣而飲沆瀣兮，漱正陽而含[一]朝霞。保神明之清澂兮，精氣入而麤穢除。順凱風以從遊兮，至南巢而壹息。見王子而宿之兮，審壹氣之和德。曰：「道可受兮，不可傳。其小無内兮，其大無垠。無淈而魂兮，彼將自然。壹氣孔神兮，于中夜存。虚以待之兮，無爲之先。庶類以成兮，此德之門。」

爾雅：「南風謂之凱風。」息，寧息也。宿之，謂止之使宿。淈，亂也。如波流之涌沸曰淈。而，女也。爾、女、而、戎、若，語之轉。無之言勿也。

聞至貴而遂徂兮，忽乎吾將行。仍羽人于丹丘兮，留不死之舊鄉。朝濯髮于湯谷兮，夕晞予[二]身乎九陽。吸飛泉之微液兮，懷琬琰之華英。玉色艵以脕顏兮，精醇粹而始壯。質銷鑠以汋約兮，神要眇以淫放。

仍，就也。周官有「琬圭」、「琰圭」。氣上充於色曰艵。脕，柔澤也。庭謂之顏，説文云：「眉目之間也。」蓋兼闕與下極矣。淫，遊也，語之轉。

嘉南州之炎德兮，麗桂樹之冬榮。山蕭條而無獸兮，野宋漠其無人。載營魄而登霞兮，掩浮雲而上征。命天閽其開關兮，排閶闔而望予。召豐隆使先導兮，問太微之所居。集重陽入帝宮兮，造旬始而觀清都。朝發軔于太儀兮，夕始臨乎於微閭。屯予車之萬乘兮，紛容與而並馳。駕八龍之婉婉兮，載雲旗之委移。建雄虹之采旄兮，五色雜而炫燿。服偃蹇以低昂兮，驂連蜷以驕敖。

太微爲衡，值翼、軫北，内五星，曰五帝坐。於微閭即職方、爾雅之醫無閭，語之轉耳。旄，說文云：「幢也。」衡下兩馬曰服。

騎膠葛以雜亂兮，班曼衍而方行。撰予轡而正策兮，吾將過乎句芒。歷太皞以右轉兮，前飛廉以啓路。陽杲杲其未光兮，陵天地以徑度。

相牽不進曰班。鄭康成注月令云：「句芒[三]，少皞氏之子，曰重，爲木官。」「太皞，宓戲氏。」陽，謂日也。

風伯爲予先驅兮，氛埃辟而清涼。鳳皇翼其乘旂兮，遇蓐收乎西皇。擥彗星以爲旍兮，舉斗柄以爲麾。判陸離其上下兮，遊驚霧之流波。時曖曃其曭莽兮，召玄武而奔屬。後文昌使掌行兮，選署衆神以並轂。路曼曼其脩遠兮，徐弭節而高厲。左雨師使徑侍兮，右雷公以爲衛。欲度世以忘歸兮，意恣睢以揭撟。内欣欣而自美兮，聊媮娛以淫樂。

鄭康成注月令云：「蓐收，少皞氏之子，曰該，爲金官。」玄武，北陸七宿也。天官書：「斗魁戴匡六星，曰文昌宮。」厲，度也。

涉青雲以汎濫兮，忽臨睨夫舊鄉。僕夫懷予心悲兮，邊馬顧而不行。思舊故而想象兮，長太息而掩涕。氾容與而遐舉兮，聊抑志而自弭。指炎帝而直馳兮，吾將往乎南疑。覽方外之荒忽兮，沛罔瀁而自浮。祝融戒而蹕御兮，騰告鸞鳥迎宓妃。張咸池奏承雲兮，二女御九韶歌。使湘靈鼓瑟兮，令海若舞馮夷。列蟠象而並進兮，形蟉虯而委移。雌蜺便娟以曾撓兮，鸞鳥軒翥而翔飛。音樂博衍無終極兮，焉乃逝以裴回。

鄭康成注月令云：「炎帝，大庭氏也。祝融，顓頊氏之子，曰犂，爲火官。」鄭仲師注周官隸僕云：「蹕，謂止行者清道，若今時儆蹕。」咸池，大咸也。承雲，雲門也。周官保氏：「教國子六樂，有雲門、大咸、大韶、大夏、大濩、大武。」王注：「象，罔象也。」

舒并節以馳鶩兮，逴絶垠乎寒門。軼迅風于清原兮，從顓頊乎曾冰。歷玄冥以邪徑兮，乘閒維以反顧。召黔嬴而見之兮，爲予先乎平路。

鄭康成注月令云：「顓頊，高陽氏也。玄冥，少皞氏之子，曰脩、曰熙，爲水官。」

經營四荒兮，周流六漠。上至列缺兮，降望大壑。下峥嶸而無地兮，上寥廓而無天。視儵忽而無見兮，聽惝怳而無聞。超無爲以至清兮，與太初而爲鄰。

自「重曰」已下，賦遠遊之事，所謂「託乘而上浮」也。

【校勘記】

［一］舍，原作「舎」，據乾隆本、廣雅本改。

［二］予，原作「子」，據周氏校本改。

［三］芒，原作「芸」，據乾隆本、廣雅本改。

卜居

屈原既放，三年不得復見，竭知盡忠，而蔽鄣于讒。心煩慮亂，不知所從。往見太卜鄭詹尹，曰：「予有所疑，願因先生決之。」詹尹乃端策拂龜，曰：「君何以教之？」屈原曰：「吾寧悃悃欵欵，樸以忠乎？將送往勞來，斯無窮乎？寧誅鉏草茅以力耕乎？將遊大人以成名乎？寧正言不諱以危身乎？將從俗富貴以媮生乎？寧超然高舉以保真乎？將哫訾栗〔二〕斯，喔咿儒兒，以事婦人乎？寧廉潔正直以自清乎？將突梯滑稽，如脂如韋，以絜楹乎？寧昂昂若千里之駒乎？將氾氾若水中之鳧，與波上下，媮以全吾軀乎？寧與騏驥抗軛乎？將隨駑馬之迹乎？寧與黄鵠比翼乎？將與雞鶩争食乎？此孰吉孰凶？何去何從？

曲禮：「龜爲卜，策爲筮。」絜者，旋繞之稱。凡度直曰度，圍度曰絜，莊周書所謂「絜之百圍」，賈誼所謂「度長絜大」是也。楹，柱也。堂上有東西楹。抗，舉也。軛，衡下兩軥也。衡亦通謂之軛。

世溷濁而不清。蟬翼爲重，千鈞爲輕。黄鍾毁棄，瓦釜雷鳴。讒人高張，賢士無名。于嗟默默兮，誰知吾之廉貞？」

三十斤曰鈞。

詹尹乃釋策而謝曰：「夫尺有所短，寸有所長，物有所不足，知有所不明，數有所不逮，神有所不通。用君之心，行君之意，龜策誠不能知事！」

【校勘記】

［一］粟，原作「粟」，據楚辭補注、楚辭集注改。

屈原賦戴氏注

漁父

屈原既放，遊于江潭，行吟澤畔，顏色憔悴，形容枯槁。漁父見而問之，曰：「子非三閭大夫與？何故至于斯？」

王逸離騷篇序説云：「屈原仕於懷王爲三閭大夫。三閭之職，掌王族三姓，曰昭、屈、景。屈原序其譜屬，率其賢良，以厲國士。」王伯厚云：「漢興，徙楚昭、屈、景於長陵，以彊榦弱枝，則三姓至漢初猶盛。」

屈原曰：「舉世皆濁我獨清，衆人皆醉我獨醒，是以見放耳！」漁父曰：「聖人不疑滯於物，而能與世推移。舉世皆濁，何不淈其泥而揚其波？衆人皆醉，何不餔其糟而歠其釃？何故深思高舉，而自令放爲？」屈原曰：「吾聞之，新沐者必彈冠，新浴者必振衣。安能以身之察察，受物之汶汶者乎！寧赴湘流，葬于江魚[一]之腹中。安能以皓皓之白，而蒙世俗之塵埃乎！」漁父莞爾而笑，鼓枻而去，乃歌曰：「滄浪之水清兮，可以濯我纓。滄浪之水濁兮，可以濯我足。」遂去，不復與言。

【校勘記】

［一］魚，原作「漁」，據乾隆本、廣雅本改。

通釋上目錄

通釋上

屈原賦戴氏注

屈原故宅，在今湖北宜昌府興山縣北，漢南郡秭歸之北境也。水經注江水篇云：「縣東北數十里，有屈原舊田宅。雖畦堰縻漫，猶保屈田之稱也。縣北一百六十里，有屈原故宅，累石爲屋基，名其地曰樂平里。宅之東北六十里，有女嬃廟。」秭歸故城，即今宜昌府歸州治。

羽山，在今登州府蓬萊縣東南三十里，古萊夷地也。

沅水，出牂柯故且蘭，今湖南靖州西南，水自貴州犂平府流入州境。湘水，出零陵陽海山，山在今廣西桂林府興安縣南九十里。二水同注洞庭，而北會於江。

蒼梧，南越之地，漢爲郡，今廣西梧州、平樂、鄠州三府分有其地。

白水，謂河源。爾雅：「河出昆侖虛，色白。」是也。

窮石，弱水所出，説文謂之屼山，十六國春秋謂之蘭門山，漢張掖删丹西南山也。故漢縣，即今甘肅甘州府山丹縣治。

有娀，在禹貢冀州。史記：「桀敗於有娀之虛。」漢河東蒲反即其地。今之山西蒲州府永濟縣。

有虞，在禹貢豫州，漢梁國虞即其地。今河南歸德府虞城縣也。縣東南義原鄉有故綸邑城，春秋傳所稱「虞思妻少康以二姚，而邑諸[二]綸」者也。

九疑山，在零陵營道南，今湖南永州府寧遠縣南六十里。酈道元水經注湘水篇云：「大舜窆其陽，商均葬其陰。山南有舜廟，前有石碑，文字缺落，不可復識。」

傅巖，史記謂之傅險。在河東大[三]陽北，今山西解州平陸縣東北二十里。又東北，春秋傳之顛軨也。水經注河水篇云：「澗水出虞山，東南逕傅巖，歷傅説隱室前，俗名之爲聖人窟。」「傅巖東北十餘里，即顛軨坂也。」「有東西絕澗，左右幽空窮深，地壑中則築以成道，指南北之路，謂之爲軨橋也。傅説傭隱止息於此，高宗求夢得之是矣。」

昆侖，唐吐蕃傳謂之紫山，蕃語謂之悶摩黎山，今蒙古謂之枯爾坤，譯言昆侖也。有三山，最西而大，爲河源所出者，曰巴顔喀喇。其色紫黑，產金銀，蒙古謂黑「喀喇」，謂富貴「巴顔」，故名巴顔喀喇。山東北去西寧邊外千四百五十五里。

流沙，在敦煌西，今嘉峪關外沙州衛地。

冀州，古帝都，因以爲王畿之通稱，春秋傳曰：「鄭同姓之國也，在乎冀州。」是也。又以爲中土之通稱，九歌：「覽冀州兮有餘。」是也。

洞庭，春秋傳所謂「江南之夢」，韓非書所謂「五湖」，戰國策所謂「五渚」。以湘、資、沅、微、澧五水之所會，故稱「五」矣。或謂之巴丘湖，或謂之重湖，在長沙下雋西北，今湖南岳州府巴陵縣西南也。

涔水，胡朏明以爲即岐江之南派，會澧水注洞庭。禹時南派盛大，爲江之經流，故禹貢「導江，又東至于澧」。戰國時，則南流如帶，謂之涔水，而目北派爲「大江」。此由涔陽橫大江是也。北派於禹貢爲荆州之沱。

澧浦，水經注云：「澧水流注於洞庭湖，俗謂之曰澧江口。」是其地。在今湖南岳州府華容縣南，漢長沙下雋之西北境。蓋至此澧水出武陵充西歷山。山在今湖南澧州安福縣西。水經注又云：「澧水東南注於沅水，曰澧口，蓋其枝瀆耳。」離騷曰：『沅有芷兮澧有蘭。』

九河，在禹貢沇州與青州分界。據爾雅：「徒駭、太史、馬頰、覆鬴、胡蘇、簡、絜、鉤盤、鬲津，是爲九河。」漢書溝洫志云：「許商以爲古說九河之名，有徒駭、胡蘇、鬲津，今見在成平、東光、鬲界中。自鬲已北至徒駭間，相去二百餘里。」漢成平故城在今交河縣東，東光故城在今縣東，並屬直隸河間府。鬲故城在今德州北，屬山東濟南府。閻百詩云：「某嘗往來燕、齊，西道河間，東履清、滄，熟訪九河故道。蓋昔北流，衡漳注之。河既東徙，漳自入海。安知北流之漳，非古徒駭河與？踰漳而南，清、滄二州之閒有古河。隄岸數重，地皆沮洳沙鹵。太史等河，當在其地。滄州之南有大連澱，西踰東光，東至海。澱南至西無棣縣百餘里閒，有曰大河、曰沙河，皆瀕古隄。縣北地名八會口，縣城南枕無棣溝。東無棣縣北有陷河，闊數里，西通德、棣，東至海濱。州北有士傷河，西踰德、棣，東至海。士傷河最南，比他河差狹，是爲鬲津無疑也。今平原迆北清、滄之閒，雖爲樹蓺，城邑相望，而地形河勢，高隱曲折，往往可尋。但禹初爲九，厥後或三或五，遷變多寡不同，必欲按名而索，故致後儒紛紛之論。」

河源二泉，同出巴顏喀喇山之東麓，行數里而合，東北流三百餘里至星宿海。蒙古謂星「鄂敦」，謂水灘「他拉」，故名星宿海曰鄂敦他拉。東北去西寧邊外千一百一十四里，河又東北流，屈而東南，貫查靈、鄂靈二澤。澤之相距五十餘里。鄂靈已上，蒙古呼阿爾坦河，已下至歸德堡，呼喀屯河。河東流，南北屈折，過積石南回，遠行七八百里，復遶其東北。唐魏王泰所言大積石山在吐谷渾界者也。當西寧邊外西南五百三十餘里，山有九峰，緜亙三百餘里。禹循行嘗及此，是以禹貢曰：「導河積石。」昆侖、積石，昔儒多惑焉。

禹貢有二黑水：梁之黑水，帝繫謂之若水，或謂之瀘水，今之金沙江也，界梁州之南。導川之黑水，則界雍州之西者。此黑水、三危並稱，是[三]雍之黑水明矣。玄趾未聞，或云黑水所出。禹貢：「導黑水至于三危。」則三危，黑水所經也。今有山而無其水以當之。山在嘉峪關外沙州衛東南。漢敦煌故城，即今衛治。春秋傳之瓜州地。

嵞山氏之虛，漢九江當塗也。有山曰嵞山，在今江南鳳陽府懷遠縣東南八里，淮之東岸。

斟尋，漢志北海斟京相璠云：「故斟尋國，禹後。」是也。後省入平壽。應仲遠所稱平壽之斟城矣。今山東萊州府濰縣東廢斟縣是。

衡山，爲南嶽。其北則楚，其東則吴。漢志長沙湘南「禹貢『衡山』在東南」。今湖南衡州府衡山縣西也。

鳴條，漢河東安邑有古鳴條陌，今曰鳴條岡者是。在山西解州夏縣西。

有扈，漢右扶風鄠也。漢故城在今縣北二里，屬陝西西安府。

古莘國，在陳留，今縣東北莘城是也。屬河南開封府。

盟之爲孟，語之轉也。其地有津，謂之盟津。春秋傳「王與鄭田，盟，其一也。後屬晉，爲河陽。盟津在南，漢屬河內，今河南懷慶府孟縣，津在縣南十八里。

岐山，在今陝西鳳翔府岐山縣東北十里。漢志右扶風美陽「禹貢『岐山』在西北。中水鄉，周太王所邑」。

鄂渚，在今湖北武昌府江夏縣西，江中黄鵠磯上三百步。漢之江夏、沙羨界，楚東鄂不遠矣。劉子政説苑所稱「昔鄂君乘青翰之舟，下鄂渚，浮洞庭」，即此也。

沅水，注洞庭，在今湖南常德府沅江縣，漢長沙益陽也。枉渚，在今常德府武陵縣南。水經注云：「沅水東逕臨沅縣南。」「又東歷小灣，謂之枉渚。」是也。自枉渚西遡沅，得辰陽。水經注云：「沅水東逕辰陽縣南，東合辰水，水出縣三山谷，東南流。」「逕其縣北。舊治在辰水之陽，故即名焉。楚辭所謂『夕宿辰陽』者也。」「右會沅水，名之爲辰溪口。武陵有五溪，謂雄溪、樠溪、無溪、酉溪、辰溪其一焉。夾溪悉是蠻，左右所居，故謂此蠻五溪蠻也。」辰溪口在今湖南辰州府辰溪縣西南，漵浦亦在縣南。漢志義陵「鄜梁山，序水所出，西入沅。」山在今辰州府漵浦縣東南百五十里。臨沅、辰陽、義陵，漢皆屬武陵。

江夏[四]、夏水，首受江入沔，合沔以會於江。其所經之地，皆在楚紀郢已東。漢高帝置江夏郡，今湖北之漢陽、武昌、黄州及安陸、德安東南境是。

郢，説文云：「故楚都，在南郡江陵北十里。」杜元凱注左氏春秋云：「今南郡江陵縣北紀南城是。」江陵，今屬湖北荆州府，故江陵城即府治，縣附郭也。水經注江水篇云：「楚船官地也。春秋之渚宫矣。」渚宫在今城内西隅，城北十里便得紀山，故以紀南名城，又有紀郢之稱也。「江水逕江陵故城南」，「又東逕郢城南」，「又東得豫章口」。此郢城，漢志云：「楚別邑，故郢。」水經注云：「子囊遺言所築城也。」

夏首，在今江陵縣東南。水經注夏水篇云：「江津豫章口東，有中夏口，是夏水之首，江之汜也。屈原所謂『過夏首而西浮，顧龍門而不見』也。龍門，即郢城之東門也。」今江陵縣東南有豫章口，又東即中夏口。

夏水、沔水合流，逕魯山東南注於江，爲夏浦。春秋傳謂之夏汭，或曰夏口，或曰沔口，或曰魯口，今湖北漢陽府漢陽縣東漢口是。魯山，亦謂之翼際山，禹貢之大別山也，在縣東北百許步。夏水入沔，在江夏雲杜東，是謂堵口。水經注夏水篇云：「自堵口下沔水通兼夏目而會於江，謂之夏汭。」今湖北安陸府沔陽州西北，有雲杜故城。水經注湘水篇云：「汨水西逕羅縣北，本羅子國也。」「又西逕玉笥山」，「又西爲屈潭，即汨[五]羅淵也。屈原懷沙自沈於此，故淵潭以屈爲名」。

「淵北有屈原廟，廟前有碑。」「汨水又西逕汨羅戍南，西流注於湘，春秋之羅汭矣。世謂汨羅口。」顏師古注漢書地理志「長沙羅」，引盛弘之荆州記云：「沿汨西北去縣三十里，名爲屈潭，屈原自沈處。」羅故城在今湖南長沙府湘陰縣東北，縣北七十里，汨羅山孤峙水中，其上有屈原墓。

嶓冢山，漢水所出，在今陝西漢中府寧羌州北九十里，漢之廣漢葭萌也。閻百詩云：「從金牛驛北望，見嶓冢山巍然雲表，水微細，自西東流，即所謂『嶓冢導漾』者。合五丁峽水東流爲沔，其流始大。」

介山，在今山西汾州府介休縣南四十里，漢太原界休也。介子推逃賞於緜上之山，晉文公求之不獲，乃環緜上山中而封之，以爲介子推田，斯山是以名介山矣。

岷山，江水所導源也。在今四川龍安府松潘衛西北連嶺而西。漢志蜀郡湔氏[五]道「禹貢『崏山』在西徼外」，是也。水經注云：「益州記曰：大江泉源，即今所聞始發羊膊嶺下，緣[七]崖散漫，小水[八]百數，殆未濫觴矣。」閻百詩云：「漢湔氏[九]道，在唐爲松州，廣德初陷吐蕃，宋亦爲吐蕃地，今爲松潘衛，在成都府西北七百六十里。岷山又在衛西北二百二十里，曰大分水嶺，江源出焉。」

淮水，出桐柏山，至淮浦入海。山在今河南南陽府桐柏縣西南三[一〇]十里，漢南陽平氏也。故城在縣西北四十里。淮浦[一一]故城，在今淮安府安東縣西，漢屬臨淮。

於微閭山，在今盛京錦州府廣寧縣西十里。周官職方氏：「東北曰幽州，其山鎮曰醫無間。」是也。漢之遼東無慮，語轉字殊，地名類然矣。

漢水，過武當東北，其故城在今湖北襄陽府均州北，漢屬南陽。水經注云：「縣西北四十里，漢水中有洲名滄浪洲。」「予按尚書禹貢言導漾水『東流爲漢，又東爲滄浪之水』，不言過而言爲者，明非他水決入也。蓋漢、沔水自下有滄浪通稱耳。纏絡鄀、郢，地連紀郢，咸楚都矣。漁父歌之不違水地。」鄀，在今襄陽府宜城縣南，漢屬南郡。

【校勘記】

〔一〕諸，原作「緒」，據乾隆本、廣雅本改。

〔二〕大，原作「太」，據水經河水注改。

〔三〕是，原作「目」，據乾隆本、廣雅本改。

〔四〕江夏，原脱，據目録補。

〔五〕汨，原脱，據水經湘水注補。

〔六〕氏，原作「氐」，據乾隆本、廣雅本改。

〔七〕緣，原作「緑」，據乾隆本、廣雅本改。

〔八〕水，原作「大」，據水經江水注改。

〔九〕氏，原作「氐」，據乾隆本、廣雅本改。
〔一〇〕三，原作「二」，據乾隆本、廣雅本改。
〔一一〕浦，原作「南」，據乾隆本、廣雅本改。

通釋下目録

艾
荃
樧
白薠
麋
辛夷
孔雀
螭
三秀
犀
秬黍
雚
玄鳥
白雉
楸

鵜鴂
蕭
杜若
蘋
紫貝
麻
翠
女蘿
狖
鴟
莆
鵠
蒼鳥
薇
鶩

通釋下

屈原賦戴氏注

江離，大葉芎藭也。芎藭佀藁本，春秋傳謂之山鞠窮。其苗謂之江離。小葉者謂之蘼蕪，佀蛇牀。

芷，白芷也，或謂之茝，或謂之芳香。其葉謂之葯。九章云：「辛夷楣兮葯房。」是也。

秋蘭，今之澤蘭也。廣雅謂之虎蘭，或謂之虎蒲。儀禮既夕篇曰：「實綏澤焉。」鄭康成注云：「綏，廉薑。澤，澤蘭也。皆取其香且御濕。」廉薑，今之山薊。説文云：「葰，薑屬，可以香口。」謂此。

木蘭，高數仞，皮佀桂而香。廣雅謂之桂蘭，或謂之林蘭。

椒，多實而莍，故謂之申椒。詩所稱「椒聊之實，蕃衍盈匊」也。或以涉江篇「露申」、「辛夷」連文，露申即申椒，狀若繁露，故名。未聞其審。

箘桂，或謂之筒桂，或謂之小桂。箘，如禹貢「箘簵」[二]之「箘」。

蕙，春秋傳謂之薰。薰、蕙，語之轉。今所謂零陵香也。

蘭，詩謂之蕑，或謂之大澤蘭，今之都梁香。夏小正：「五月蓄蘭，爲沐浴也。」

留夷，詩謂之勺藥。廣雅謂之攣夷。留、攣，語之轉。世俗音譌，殊字異稱，大致然矣。
揭車，爾雅謂之芞輿。廣志云：「黃葉白華。」
杜衡，侶細辛，俗所呼馬蹏香者也。蓋以其狀類名之。爾雅謂之土鹵。廣雅謂之楚衡。
菊，爾雅謂之治蘠，或謂之日精，或謂之節華。夏小正：「九月鞠榮而樹麥。」
薜荔，蔓生，緣木石牆垣。大者謂之木蓮，小者謂之絡石。
胡繩，蔓生布地，或謂之結縷。爾雅謂之傅，亦謂之橫目。
芰，蔆也。楚謂之芰。爾雅謂之蕨攗。
荷，爾雅謂之芙蕖。其秀謂之菡萏。其華謂之芙蓉。
薋，蒺藜之合聲也。
菉，爾雅謂之王芻，或謂之藎草，或謂之莀莎。染黃草也。
葹，今之蒼耳。周南謂之卷耳。爾雅謂之苓耳。或謂之枲耳。
鸞，鳳之次。皇，雌鳳。爾雅謂鳳曰鶠。凡鳳屬，五色備舉。後漢太史令蔡衡對光武曰：「多赤色者鳳，多青色者鸞。」
鴆，紫黑色，食蝮。以羽畫酒殺人，故曰酖毒。雄名運日，雌名陰諧。
雄鳩，謂食桑葚之鳩，侶仙鵲而短尾多聲。小雅謂之鳴鳩，魯頌、陳風謂之鴞。司馬彪云：「鴞，小鳩可炙者。」是也。春秋傳謂之鶻鳩，爾雅謂之鶻鵃，或謂之鷽鳩。

艾，爾雅謂之冰臺，或謂之醫草。

鶪鴂，春秋傳謂之伯趙，爾雅謂之伯勞，夏小正謂之百鷯，禮注謂之博勞。字隨語轉，類如是矣。夏小正：「五月鴂則鳴。」豳詩：「七月鳴鵙。」鄭康成箋云：「豳地晚寒，鳥物之候從其氣焉。」

荃，或謂之白昌，昌蒲之無劒脊者。昌蒲或謂之筣，廣雅謂之昌陽，或謂之堯韭。其根切之四寸爲菹，曰昌歜，禮之昌本也。

蕭，爾雅謂之萩。禮注謂之薌蒿。

椴，茱萸也。内則謂之藙，廣雅謂之欓，亦謂之越椒。

杜若，今之高良薑，其實謂之紅豆蔻。

蘋，佀莎而大。白者謂之白蘋，青者謂之青蘋。

蘋，或謂之茉菜。其葉四衢，故又呼四葉菜。五月有白華。

麋，青色，多牝，澤獸也。麋子謂之麇。

紫貝，紫質黑文，出日南。

辛夷，今之木筆。或謂之辛雉，或謂之房木。

麻，謂之枲，古雅之通語也。禮以牡麻爲枲麻，蕡麻爲苴麻。洪興祖云：「瑶華，麻華也。其色白，故比於瑶。」

孔雀，或謂之孔雉。

翠，春秋傳所謂鷸也。赤曰翡，青曰翠。

螭，「若龍而黄」，説文云。

女蘿，今之松蘿，色青，延松上。

芝，一歲三華，故謂之三秀。爾雅謂之茵[二]。

狖，卬鼻長尾。禮謂之蜼。

犀，侣沈牛。豕首庳足，足有三蹏。

鵙，今之鶪也。詩謂之鳶。鳶、鶪，語之轉。

黑黍謂之秬，以爲酒，所謂秬鬯，言其分香調暢，故名酒曰鬯矣。及祭，築鬱金草以和酒，謂之鬱鬯。

莆，莞類也。始生水中，色白者取以爲菹，禮之深蒲也。

萑，今之荻。夏小正曰：「萑未秀爲菼，葦未秀爲蘆。」菼，爾雅謂之薍，亦謂之鵻。鵻，其色也。萑之小者謂之蒹。吴人謂之薕。蘆，詩謂之葭。

鵠，鴻類。或謂之天鵞。

燕，燕謂之玄鳥，齊、魯之閒謂之乙，或謂之鷾鴯。夏小正：「二月來降燕，乃睇。」「九月陟玄鳥蟄。」

蒼鳥，鷹也。春秋傳謂之爽鳩。

白雉，翰雉也，亦謂之鵫雉。

薇，佀藿，蜀人謂之巢菜。

赤梓謂之楸。

鶩，今之鴨。内則謂之舒鳧。鶩、鴨，語之轉。

萹，萹竹也。爾雅謂之萹蓄。詩所稱「菉竹如簀」，言菉與萹竹敷地，佀牀簀矣。

荼，苦菜也。或謂之游冬。

薺，冬生而夏死。月令所謂靡草，薺，其屬也。

馬二歲曰駒。

鳧，爾雅謂之鸍。方言云：「野鳧，其小而好没水中者，南楚之外謂之鷿鷉，大者謂之鶻蹏。」

蟬，詩謂之蜩。小而有文者謂之螓。夏小正謂之札。爾雅謂之蜻。蜻，五采具謂之良蜩。小而善鳴者，夏小正謂之唐蜩，亦謂之匽。大雅所言「如蜩如螗」者也。寒蜩謂之蜺。鄭康成注考工記云：「旁鳴，蜩蜺屬。」

【校勘記】

［一］籓，原作「簬」，據初稿改。

［二］茵，原作「茵」，據乾隆本、廣雅本改。

音義上

序

以風：方仲切。 镾：俗作「彌」。 皮傅：方言云：「皮傅，强也。秦、晉言非其事謂之皮傅。」後漢書張衡傳：「後人皮傅。」注云：「傅音附。謂不深得其情核，皮膚淺近，强相附會也。」

離騷離，猶隔也。騷者，動擾有聲之謂。蓋遭讒放逐，幽憂而有言，故以「離騷」名篇。王逸楚辭章句作「離騷經」。洪興祖云：「古人引離騷未有言『經』者，蓋後世之士祖述其辭，尊之爲經耳。非屈原意也。」高陽：漢書地理志：東郡濮陽，「故帝丘，顓頊虚」。張晏云：「高陽所興之地名也。」苗裔：王云：「苗，胤也。裔，末也。」朕：蔡邕獨斷云：「古者[一]尊卑共之，貴賤不嫌，則可同號之義也。至秦天子獨以爲稱，漢因而不改。」降：古音洪。頊：許玉切。 覽：一作「鑒」。 揆予：亦作「余」。俗本有「于」字者，非。 初度：容度之度。列女傳所謂「生子形容端正」。 嘉名：讀如民。按：「名」，於廣韻見十四清。「均」，見十八諄。一收鼻音，一收舌齒音。顧炎武云：「耕、清、青韻中，往往讀入[二]真、諄、臻韻者，當由方音之不同，未可以爲據也。」「今吴人讀耕、清、青，皆作真音。」均：平也。 紛：王云：「盛貌。」重：池用切。 脩：潔治。 能：古音奴異切。 江離：亦作蘺[三]。辟：批亦切。王云：「幽也。芷幽而香。」紉：而陳切。又女陳切。方言：「擘謂之紉。」注云：「今亦以綫貫針爲紉。」好：呼報切。後放此。 行：下更切。 汩：于筆切。俗本與汨羅字溷。王云：「去貌。疾若水流也。」

恐：洪云：「區用切。疑也。」下並同。搴：音蹇。擥：一作「攬」。洲：一作「中洲」。莽：古音莫補切。忽：一作「曶」。莫：俗作「暮」。毗：頻脂切。復：扶又切。再也。撫壯：俗本作「不撫壯」。按：王逸云：「言願君撫及年德盛壯之時。」又文選注云：「撫，持也。言持盛壯之年。」此漢、唐相傳舊本無「不」字之證。洪興祖作補注，不詳核此字爲後人所加，而云「謂其君不肯當年德盛壯之時棄遠讒佞也」。宋已來遂無異說。蓋由「美人」二字失解，故改古書以就其謬，而不顧失立言之體。度也：俗本無「也」字。乘：字本作「椉」。文選作「策」。馳：一作「駝」。導：亦通用「道」。夫：音扶。餘並同。路也：與上「也」字一爲呼一爲應。俗本删去者非。在：古音且禮切。箘桂：以其侶箘竹，故名。譌作「菌」，非。茝：古音齒。熊繹：昭十三年左傳右尹子革曰：「昔我先王熊繹，辟在荆山，篳路藍縷，以處草莽，跋涉山林，以事天子。」蚡：扶粉切。宣十二年左傳欒武子曰：「訓之以若敖、蚡冒，篳路籃縷，以啓山林。」耿：光也。介：大也。昌披：廣雅作「裮被」。惟：一作「唯」，或作「維」。惟：一作「惟夫」。媮：一作「偷」，他矦切。苟且。隘：古音益。予身：一無「身」字。覆：芳六切。厭：字亦作「壓」，於甲切。忽：洪云：「疾貌。一作『急』。」奔走：並如字。或讀「奔」，布頓切。走，音奏。先後：亦並如字。或讀「先」，蘇薦切，「後」，胡豆切。荃：字亦作「蓀」，音孫。又趨緣切。察：一作「揆」。齊：一作「齌」。說文云：「炊餔疾也。」懠：才思切。疾怒。復：芳六切。謇謇：王云：「忠貞貌也。」舍：古音舒吕切。俗本無「也」字，非。正：王云：「平也。」靈脩：靈，善也。脩，即「好脩」之「脩」。故也：俗本無「也」字，非。兩「也」字承上重頓以起下，讀者誤截此已上爲一段，下加

「曰黄昏以爲期兮，羌中道而改路」，凡十三字。王逸本及文選所無。九章抽思篇云：「昔君與我成言兮，曰黄昏以爲期。羌中道而回畔兮，反既有此他志。」掇彼文入此，錯紊不成辭。遁：一作「遯」。他：一作「佗」。古音通何切。數：所角切。化：古音呼戈切。操：七刀切。滋：王云：「蒔也。」畝：古音美綺切。秦孝公始以二百四十步爲畝。揭：一作「藒」。杜衡：一作「蘅」。萎：於規切。蔫也。絶：王云：「落也。」進而：一作「以」。貪婪：盧含切。字亦作「惏」，方言云：「惏，殘也。」馮：皮冰切。厭：一作「猒」。索：古音素。羌：王云：「楚人語辭也。猶言『卿』，何爲也。」量：力昌切。起與：以諸切。冉冉：王云：「行貌。」脩名：洪云：「脩潔之名。」飲：於禁切。餐：一作「湌」。英：古音央。信姱：洪云：「信姱，言寔好也。與信芳、信美同意。」姱，苦瓜切。顑：苦感切。頷：胡感切。擥：苦忍切。一作「攬」。薜：蒲計切。荔：郎計切。蘂：如壘切。纚：所綺切。世：文選作「時」。洪云：「李善注本有以『世』爲『時』、爲『代』，以『民』爲『人』之類，皆避唐諱，當從舊本。」服：古音匐。彭咸：王云：「殷賢大夫，諫其君不聽，自投水而[四]死。」顔師古云：「殷之介士，不得其志，投江而死。」一説即論語所稱老彭，「依彭咸」，亦竊比之意耳。飯：扶晚切。鞎：讀如姬，蓋方音。鞿：居依切。羈：居宜切。王云：「韁在口曰鞿，革絡頭曰羈。」誶：息悴切。王云：「諫也。詩曰：『誶予不顧。』」按：今詩譌作「訊」。普：从並，白聲。俗作「替」。以擥：一無「以」字。操：七刀切。浩蕩：王云：「浩，猶浩浩；蕩，猶蕩蕩。無思慮貌。」民：一作「人」，亦避唐諱所改。謡：洪云：「謂謡言也。」諑：竹角切。遠：于[五]勸切。偭：音面。王云：「背[六]也。」錯：置也。追：王云：

「追，猶隨也。」周：王云：「合也。」度：王云：「法也。」忳：徒惲[七]切。王云：「憂貌。」邑：一作「悒」。

侘：丑加切。傺：丑例切。方言：「傺，逗也。南楚謂之傺。」注云：「逗，即今『住』字也。」王云：「侘傺，失志貌。」時也：俗本無「也」字。溘：於業切。王云：「溘，猶奄也。」態：古音他[八]計切。俗本無「也」字。周一作「同」。攘：漢書「讓」通用「攘」。詬：一作「詢」。鄉：音向。

相：息亮切。視也。延：長也。佇：直呂切。久立。回：一作「迴」。復：芳六切。戴侗云：「反循故蹤也。」焉：洪云：「語助。尤虔切。」離：遭也。退將：一有「復」字。芰：奇記切。岌岌：魚及切。王云：「高貌。」陸離：古音羅。王云：「陸離，猶參差，衆貌也。」顔師古云：「陸離，分散也。」糅：女救切。

虧：古音去戈切。一作「虧」。而遊：一作「以游」。四荒：爾雅：「觚竹、北户、西王母、日下，謂之四荒。」繽紛：王云：「盛貌。」菲菲：王云：「菲菲，猶勃勃。芬香貌。」章：彰同。樂：音洛。脩：一作「循」，二字舊書多錯互，今並正之。豈：一作「非」。懲：讀如長，蓋方音。王云：「艾也。」

女顉：王云：「屈原姊也。」蟬：一作「嬋」，一作「撣」。媛：一作「援」。王云：「蟬媛，猶牽引也。」申申：詳復也。罵：俗本作「詈」，非。婞：胡頂切。很也。夭：一作「殀」。羽：一有「山」字。野：古音與。女：音汝。節：讀如則，蓋方音。薋：疾黎切。葹：商支切。服：古音匐。煢：渠[九]營切。孤行貌。行：下更切。喟：歎也。馮：方言：「馮，怒也。楚曰馮。」注云：「馮，恚盛貌。」征：行也。重：池龍切。華：胡瓜切。陳：一作「敶」。康：王云：「夏康，啓子太康也。」巷：古音胡貢切。田：一作

「畋」，獵也。固：俗本作「國」，非。鮮：息淺[一〇]切。一作「尠」。浞：在角切。家：古音姑。澆：五弔切。一作「奡」。强圉：王云：「多力也。」娱而：一作「以」。顛隕：王云：「自[一一]上下曰顛。」菹醢：淮南子云：「醢鬼侯之女，菹梅伯之骸。」史記云：「紂醢九侯，脯鄂侯。」嚴：魚檢切。一作「儼」。差：古音磋。賢：一有「才」字。循：一作「脩」，非。行：下更切。相：息亮切。服：行也。阽：余廉切。洪氏引漢書注云：「近邊欲墮之意。」量：力昌切。鑿：曹報切。枘：如稅切。王云：「枘，所以充鑿。」醢：古音虎唯切。欲內：音納。曾：王云：「累也。」「一作『增』。」歔欷：悲者口鼻出氣。浪：音郎。衣眥：謂交領。才細切。

虬：說文云：「虬，龍子有角者。」王云：「有角曰龍，無角曰虬。」翳：一作「鷖」。王云：「鳳皇別名也。」埃：塵也。發軔：音刃。洪云：「軔，止車之木，將行則發之。」縣圃：水經注引崑崙說曰：「崑崙之山三級：下曰樊桐，一名板松；二曰玄圃，一名閬風；上曰增城，一名天庭。」淮南墬形訓云：「崑崙之丘，或上倍之，是謂涼風之山。」「或上倍之，是謂縣圃。」莫：俗作「暮」。羲和：王云：「日御也。」淹茲：一作「崦嵫」。王云：「日所入山。」迫：古音博。曼：謨官切。飲：於禁切。咸池扶桑：淮南天文訓云：「日出于暘谷，浴于咸池，拂于扶桑。」若木：王云：「若木，在昆侖西極，其華照下地。」須臾：一作「逍遥」。相羊：博雅作「儴徉」。望舒：王云：「月御。」飛廉：王云：「風伯。」屬：洪云：「音注。連也。」遲：直尼切。潢：乎光切。夜：古音豫。屯：徒渾切。率：一作「帥」。蜺：一作「霓」。總總：王云：「猶僔僔，聚貌。」斑：一作「班」。

洪云：「駮文。」下：音户。閶闔：王云：「天門。」曖曖：音愛。王云：「昏昧貌。」罷：音皮。而延：
「而」一作「以」。沮：慈吕切。止[一二]也。
閬風：已見前「縣圃」下。閬，音諒。緤：私列切。繫也。馬：古音莫補切。相：息亮切。詒：一
作「貽」。豐隆：王云：「雲師。」宓：音伏。一作「虙」。王云：「宓妃，神女。」洛神賦注云：「伏羲氏女。」緯：
音揮。繣：呼麥切。廣雅作[一三]「敼𢥞」，乖剌也。洧槃：一作「盤」，王云：「禹大傳曰：『洧盤之水，出崦嵫之
山。』」覽：一有「相」字。四極：爾雅：「東至於泰遠，西至於汃國，南至於濮鉛，北至於祝栗，謂之四極。」瑶：
王云：「石次玉曰瑶。」偃蹇：王云：「高貌。」娀：息弓切。佚：王云：「美也。」鴆：直禁切。好：古音呼
口切。佻巧：古音去九切。王云：「佻，輕也。巧，利也。」猶豫：洪云：「老子曰：『豫兮若冬涉川，猶兮若畏四
鄰。』則『猶』與『豫』，皆未定之辭。」按：猶豫雙聲，凡叠韻雙聲字，其義即存乎聲。高辛：王云：「帝嚳有天下之號
也。」集：一作「進」。理弱：舊解爲「道理」之「理」，非也。思美人篇云：「令薜荔以爲理，因芙蓉以爲媒。」美：
一作「善」。治：直之切。所産之地：舊説並誤，以所求即宓妃、簡狄、二姚，故悖謬不可通。
既以：一無「以」字。寤：古字「晤」、「寤」通。爾雅：「逜，寤也。」忍：一有「而」字。逜：五[一四]故切。
亦作「午」，吾補切。索：取也。筳：音挺。莊子云：「舉筳與楹。」漢書云：「以筳撞鐘。」篿：音專。靈氛：
王云：「古明占吉凶者。」無疑：一作「無狐疑」，非。釋女：音汝。眩曜：王云：「惑[一五]亂貌。」善：一作

「美」。惡：烏路切。要：俗别作「腰」。珵：他頂切。一作「珽」。當：對也，語之轉。蘇：王云：「取也。」幃：音暉。勝：徒亘切。爲：于僞切。

糈：私呂切。王云：「精米。」要：於堯切。傲也。翳：王云：「蔽也。」九疑：言九疑之神，迎天之百神。繽：王云：「盛也。」迓：古音御。或譌作「迎」，因九歌湘夫人文誤。剡剡：以冉切。王云：「光貌。」

饊：穌旱[一六]切。説文云：「熬稻粻䅣也。」升：一作「陞」。榘：一作「矩」。矱：以虢切。一作「籆」。

嚴：一作「儼」。摯：伊尹名。咎繇：一作「皋陶」。調：江慎脩先生古韻標準云：「小雅：『決拾既佽，弓矢既調。射夫既同，助我舉柴。』以首句與第四句韻，中二句非韻。猶之『民之未戾，職盜爲寇。涼曰不可，覆背善詈』。戾、詈韻，而寇、可非韻也。屈子蓋效詩中之韻。古人讀書不必無偶相涉誤。東方朔七諫：『恐榘矱之不同，恐操行之不調。』則又誤效離騷耳。」何必：一作「又何必」。説：傅説。操：七刀切。武丁：殷高宗。呂望：洪氏引淮南子注云：「太公，河内汲人。有屠釣之困。」甯戚：王云：「衛人，宿齊東門外。方飯牛[一七]叩角而商歌，桓公聞之，知其賢，舉用爲客卿。」鵜：音提。鴂：古闃切。字亦作「鴃」。偃蹇：王云：「衆盛貌。」薆：方言：「掩，翳，薆[一八]也。」注云：「謂蔽薆也。詩曰：『薆而不見。』音愛[一九]。」重：池用、池龍二切。紛其：一作「以」。

茅：古音莫侯切。艾：古音刈。俗本無「也」字。害：古音胡例切。俗本無「也」字。慆：他刀切。王云：「淫也。」榝：所黠切。進而：一作「以」。流從：一作「從流」，非。佩其：一作「之」。虧：王云：「虧，歇。」沬：莫貝切。王云：「已也。」復：扶又切。

歷：王云：「選也。」張揖注上林賦云：「算也。」行：古音杭。羞：四時之珍異。靡：靡爲切。與「縻」通。粻：音張。瑶：以爲美玉者，非。車：古音居。糝：桑感切。説文云：「以米和羹也。」邅：張連切。王云：「轉也。楚人名轉曰邅。」昆侖：一作「崑崙」。晻藹：於害切。王云：「晻藹，猶蓊鬱。蔭貌也。」鸞：杜預注左傳桓二年云：「鸞在鑣，和在衡。」非。啾啾：即由切。王云：「鳴聲也。」天津：王云：「東極。」翼：王云：「敬也。」翼翼：王云：「和貌。」流沙：水經注云：「形如月生五日。」赤水：王云：「出崑崙山。」麾：王云：「舉手曰麾。」蛟：洪氏引郭璞云：「蛟侣蛇，四足，小頭細頸，卵生，子如三斛瓮，能吞人。龍屬也。」待：古音待以切。不周：王云：「山名，在崑崙西北。」潢：乎光切。説文云：「積水池。」屯：徒渾切。乘：實證切。軑：特計切。馳：古音徒何切。婉婉：王云：「龍貌。」一作「蜿蜿」。移：古音尤和切。一作「蛇」。邈邈：莫角切。王云：「遠也。」婾：他矦切。苟且也。愉音俞，樂也。二字多錯互。洪氏補注，婾皆音俞，云「樂也」，非是。鎝：他荅切。鍊：音東。鏞：徒果切。踰：「愈」字古通作「踰」，或作「逾」。升：一作「陟陞」。赫戲：許宜切。王云：「光明貌。」蜷：音拳。局：王云：「蜷局，詰屈不行貌。」

九歌 况：比况。少：失照切。

愉：音俞。珥：仍吏切。璆：巨鳩切。集注引孔子世家：「環佩玉聲璆然。」鏘：洪氏引禮記：「玉鏘鳴。」鐔：徐林切。説文云：「劍鼻也。」徐鍇云：「劍鼻，人握處之下也。」鎮：一作「瑱」。瓊芳：華色潔美之稱。藉：在夜切。王云：「所以藉飯食也。」枹：甫無切。一作「桴」。拊：擊也。竽：云俱切。瑟：洪云：「二十五絃。」浩：王云：「大也。」截：昨代切。靈：王云：「謂巫也。」偃蹇：王云：「舞貌。」姣：音皎。菲菲：王云：「芳貌也。」兮樂：音洛。長安東南郊：即甘泉太畤。唐：謂之太清紫極宮。宋：謂之太一宮。太宗建東太一於東南[二〇]郊，仁宗建西太一於西南郊，神宗建中太一於集福宮。其一明者：謂紫微垣内北極五星第二星，最明赤者。

芳：洪氏引本草：「白芷一名芳香。」華：胡誇切。若：王云：「杜若也。」按：「芳」與「若」皆不必指一物。芳者，芳草之通稱；若英，言華采如華之英耳。靈：王云：「巫也。楚人名巫爲靈子。」按：神降於巫，故以靈稱巫，寔稱神耳。靈謂神，不謂巫。王説非是。連蜷：洪引南都賦：「蛾眉連卷。」長曲貌。按：連蜷，蓋以狀雲卷舒之貌。爛：王云：「光貌。」央：王云：「已也。」按：央，中也。凡物以未中爲盛，過中則就衰。蹇：王云：「辭也。」澹：徒濫切。澹然，恬静安緩之意。或作「憺」，非。周章：王云：「周章，猶周流也。」猋：卑遥切。王云：「去疾貌也。」雲中：王云：「雲神所居也。」横：古曠切。四海：爾雅：「九夷、八狄、七戎、六蠻謂之四海。」𢥞𢥞：敕中切。王云：「憂心貌。」槱：羊九切。積也。燎：良召切。飆：即「風」字。

夷猶：王云：「猶豫也。」要眇：王云：「好貌。」沛：王云：「行貌。」來：古音釐。參差：王云：「洞簫。」覡：胡狄切。爲：于僞切。拍：滂各切。與「箔」通。綢：土[二一]刀切。橈：而遥切。王云：「船小楫。」櫂：直教切。涔陽：説文：「涔陽渚在郢中。」鉏箴切。王云：「江碕名，近附郢。」靈：王云：「精神也。」搏：音博。著：直略切。閤閭：方言：「首謂之閤閭，或謂之艗艏。」注云：「今江東呼船頭屋謂之飛閭是也。鵲，鳥名也，今江東貴人船前作青雀是其象也。」注：之樹切。與「屬」通。潺：鉏連切。湲：獲頑切。王云：「流貌。」陫：音費。説文作「厞」，云：「隱也。」枻：音曳。舷：音賢。廣雅：「舭[三]謂之舷。」郭璞注子虛賦云：「枻，船舷也。」舭：音凡。瀨：洛帶切。予：一作「我」。朝：一作「鼂」，或作「晁」。遺：以追切。澧：一作「醴」。芳洲：王云：「香草藂生水中之處。」遺：以醉切。時：一作「旹」。逍遥：廣雅云：「儴徉也。」黄陵：通典湘陰縣「有地名黄陵，即二妃所葬」。黄陵山，在今湖南長沙府湘陰縣北四十里，一名湘山。眇眇：王云：「好貌。」嫋嫋：奴杳切。洪云：「長弱貌。」踰：音愈。登白薠：一作「蘋」，非。一無「登」字。佳：一作「佳人」，非。張：音帳。何萃：一無「何」字。荒忽：一作「慌惚」。洪云：「不分明之貌。」蓋：古音計。使：色吏切。播：一作「𡇒」，古「番」字。與「播」通。或譌作「匊」。橑：盧浩切。罔：同「網」。擗：普擊切。櫋：音緜。爲鎮：王云：「以白玉鎮坐席也。」疏：王云：「布陳也。」衡：古音杭。梠：方言：「屋梠謂之櫺。」釋名：「梠，或謂之櫋。櫋，緜也。緜連榱頭，使齊平也。」馨：王云：「香之遠聞者。」廡：漢已後始以堂已下周屋爲廡。褋：徒協切。者：古音章與切。容與：一作「冶」。空桑：王云：「山名。」女：音汝。總總：王云：「衆貌。」齊：音齋。速：字亦作「遬」。阬：古音康。九阬，蓋猶九野。披披：古音鋪戈切。一作「被」。王云：「長貌。」爲：古音訛。疏麻：王云：「神麻也。」華：古音敷。極：一作「終」。寖：王云：「稍也。」踰：一作「愈」，下同。轔轔：王云：「車聲。」天：古音他因切。夫人：洪云：「夫音扶。夫人，猶言凡人也。」何以：一作「爲」。青青：子丁切。

興：虛應切。翕：音荅。帶：古音蔕。儵：式竹切。之際：文選有「與汝游兮九河，衝飇起兮水揚波」，凡十三字，或竄入。王本「汝游」作「女遊」，「飇起」作「風至」，餘並同。按：王逸無注，蓋因河伯文衍誤。女：音汝。下同。池：古音徒河切。晞：王云：「乾也。」怳：許往切。王云：「失意貌。」旍：一作「旌」。竦：一作「慫」。王云：「執也。」

暾：他昆切。王云：「謂日始出東方，其容暾暾然而盛大。」檻：王云：「楯也。」洪云：「闌也。」明：古音茫。輈：王云：「車轅也。」移：戈支切。蓋方音。一作「蛇」。低：陳尼切。一作「僵」。回：一作「佪」。洪云：「低佪，疑不即進貌。」懷：古音回。緪：岡鄧切。王云：「急張絃也。」交鼓：王云：「對擊鼓也。」蕭：一作「簫」，通。洪景盧云：「洪慶善注東君篇『簫鍾』，一蜀客過而見之，曰：一本『簫』作『㩋』。廣韻訓爲擊也。蓋是『擊鍾』正與『緪瑟』爲對耳。」鯱：一作「篪」。姱：古音枯。翾：説文云：「小飛也。」曾：與「䎖」通。王云：「舉也。」展：洪云：「展詩，猶陳詩也。」節：古音資悉切。空：音孔。馳翔：一無「馳」字。以東：一無「以」字。

女：音汝。下同。衝：王云：「隧也。」洪氏引詩：「大風有隧。」橫波：一作「水橫波」。螭：古音癡戈切。莫：俗作「暮」。悵：洪云：「失志也。」惟：語辭。流澌：王云：「解冰也。」子：王云：「謂河伯也。」美人：王云：「屈原自謂也。」迎：古音昂。從：慈用切。崇：雖萃切。汩：莫狄切。阿：王云：「曲隅。」睇：王云：「微眄貌。」窈窕：王云：「好貌。」從：慈用切。表：王云：「特也。」容容：文選注云：「雲出貌。」柏：古音博。填：音田。狖：一作「又」，非。颯：蘇合切。蕭：古音脩。

操：七刀切。甲：古音古協切。錯：王云：「交也。」句：音鉤。陳：俗作「陣」。躐：王云：「踐也。」殪：死也。縶：王云：「絆也。」懟：一作「墜」。野：一作「壄」。弓：古音肱。首雖：一作「身」。

子魂魄：一作「魂魄毅」，一作「子魂毅」。雄：古音蠅。冠：音貫。

芭[三]：王云：「巫所持香草名也。」代：王云：「更也。」禮：一作「祀」。

【校勘記】

[一] 者，原作「音」，據乾隆本、廣雅本改。

[二] 入，原作「八」，據乾隆本、廣雅本改。

[三] 蘸，原作「離」，據乾隆本、廣雅本改。

[四] 而，原作「面」，據乾隆本、廣雅本改。

[五] 于，原作「十」，據乾隆本、廣雅本改。

[六] 背，原作「昔」，據乾隆本、廣雅本改。

[七] 惲，原作「渾」，據乾隆本、廣雅本改。

[八] 他，原作「池」，據乾隆本、廣雅本改。

[九] 渠，原作「淏」，據乾隆本、廣雅本改。

〔一〇〕淺，原作「深」，據乾隆本、廣雅本改。
〔一一〕自，原作「白」，據乾隆本、廣雅本改。
〔一二〕止，原作「比」，據乾隆本、廣雅本改。
〔一三〕作，原作「乍」，據乾隆本、廣雅本改。
〔一四〕五，原作「丑」，據乾隆本、廣雅本改。
〔一五〕惑，原作「或」，據乾隆本、廣雅本改。
〔一六〕旱，原作「早」，據乾隆本改。
〔一七〕牛，原作「半」，據乾隆本、廣雅本改。
〔一八〕蔓，原作「曼」，據乾隆本、廣雅本改。
〔一九〕愛，原作「薆」，據方言注改。
〔二〇〕南，原作「西」，據乾隆本、廣雅本改。
〔二一〕土，原作「七」，據乾隆本、廣雅本改。
〔二二〕舭，原作「舭」，據乾隆本、廣雅本改。
〔二三〕芑，原作「邑」，據乾隆本改。

音義中

天問　難：乃旦切。雅：常也。方言曰「舊書雅記故俗語」，謂常記載故俗之語耳。郭讀「舊書雅記」爲句，云：「雅，小雅也。」非是。遂：王云：「往也。」道：古音徒口切。考：古音去九切。馮翼：淮南天文訓：「天墜未形，馮馮翼翼，洞洞灟灟。」注云：「馮翼、洞灟，無形之貌。」惟象：淮南精神訓：「古未有天地之時[一]，惟像無形。」數：所矩切。斡：音管。王云：「轉也。」俗本譌作「斡」，一作「莞」。維：淮南天文訓：「東北爲報德之維也，西南爲背陽之維，東南爲常羊之維，西北爲蹏通之維。」注云：「報，復也。」「自陰復陽，故曰報德之維。」「常羊，不進不退之貌。」按：常羊，猶徜徉。加：古音居何切。八柱：洪氏引河圖言地下有八柱。東南何虧：素問陰陽應象太論篇云：「天不足西北，地不滿東南。」五步：五星名五步。屬：洪云：「附也。」音注。」隅：淮南天文訓：「天有九野，九千九百九十九隅。」按：此等皆荒誕之説，不足置辨。隈：烏回切。隩：於六切。鞫：九六切。今爾雅俗本譌作「隈」。沓：徒合切。王云：「合也。」宿：音秀。躔逡：方言云：「日運爲躔，月運爲逡。」發斂：夏至後，自北發南；冬至後，自南斂北。十二次之名：今冬至日在箕初，而歐邏巴以冬至爲日躔星紀之次，失古人所以名十二次之義。湯：音暘。次：舍也。𥗼：音瀆。今爾雅俗本譌作「瀆」，非。顧兔：洪氏引靈憲曰：「月者，陰精之宗，積而成獸，象兔，陰之類，其數偶。」博物志云：「兔望月而孕，自吐其子。」按：月中黑影，今步算家謂之月駁，言月體有坳突處。昔人所謂兔、蟾諸，以其形侶耳。或云地影，非也。月食於闇虛，乃地影。**霸：**普伯切。說文云：「月始生霸然也。承大月二日，承小月三日。周書曰：『哉生霸。』」按：霸，今通用「魄」。漢書律曆志云：「死霸，朔也。生霸，望也。」揚雄云：「月未望則載魄於西，既望則終魄於東。」**鄉：**音向。下同。**女歧：**王云：「神女無夫而生九子也。」**臧：**古字「藏」通用「臧」。**景：**後人別作「影」。**汩：**于筆切。按：汩者，水行通利也，故爲疾貌。又爲治水之稱。俗本與「汨羅」字溷。**鴻：**洪云：「荀子曰：『禹有功，抑下鴻。』鴻即洪水也。」**鴟龜曳銜：**洪云：「此言鯀違帝命而不聽，何爲聽鴟龜之曳銜也？」**順欲：**洪云：「書曰：『方命圮族。』國語：『鯀違帝命。』則所謂順欲者，順帝之欲也。」**不施：**古音詩歌切。公羊說古人疑獄三年而始定。三年不施，永不施矣。杜預云：「施，行罪也。」**淵：**一作「泉」。**寘：**洪云：「與『填』同。」**九則：**王云：「謂九州之地，凡有九品。」**墳：**王云：「分也。」**應龍：**王云：「有翼曰應龍。」**何畫：**一作「河海應龍，何盡何歷。」**康回：**王云：「共工名也。」淮南子言共工與顓頊爭爲帝，不得，怒而觸不周之山，天維絕，地柱折，故東南傾也。」**窳：**以主切。**順橢：**洪氏引淮南子曰：「『闔四海之內，東西二萬八千里，南北二萬六千里。』注云：『子午爲經，卯酉爲緯，言經短緯長也。』」**闇虛：**顧炎武云：「張衡靈憲曰：『當日之衝，光常不合者，蔽於地也，是謂闇虛，月過則食。』俗本『地』字有誤作『他』者，遂疑別有所謂『闇虛』而致紛紛之說。」**尻：**苦羔切。或譌作「尻」，又轉寫爲「居」。**增城：**淮南墬形訓：「中有增城九重，其高萬一千里百一十四步二尺六寸。」注云：「中，崑崙虛〔二〕中也。」增，重也。有五城十二樓，見括地像。此蓋誕，寔未聞也。」**四方之門：**淮南墬形訓言崑崙虛云：

「旁有四百四十門。」「北門開以納不周之風。」又云：「西北方曰不周之山。」**燭龍**：淮南墬形訓：「燭龍在雁門北，蔽於委羽之山，不見日，其神人面龍身而無足。」**冬煖夏寒**：洪氏引素問曰：「至高之地，冬氣常在。至下之地，春氣常在。」注云：「高山之巔，盛夏冰雪。污下川澤，嚴冬草生。常在之義足明矣。」**走獸**：曲禮今本作「禽獸」。陸德明經典釋文云：「盧本作『走獸』。」**虺**：王云：「蛇別名。」洪云：「國語曰：『爲虺弗摧，爲蛇將若何。』虺，小蛇也。然爾雅有『蝮虺，博三寸，首大如擘』，則虺亦有大者，其類不一。」**不死**：一作「老」。洪氏引淮南子曰：「西方之極，石城金室，飲氣之民，不死之野。」**一蛇**：或作「靈蛇」，非。**大**：一作「骨」。**陵魚**：洪氏引山海經：「西海中近列姑射山，有陵魚，人面，人手，魚身，見則風濤起。」一作「鯪魚」。王云：「鯪，鯉也。有四足，出南方。」**鬿堆**：洪云：「山海經：『北號山有鳥，狀如雞，而白首鼠足，名曰鬿雀，食人。』字書：鵖音堆，雀也。則『鬿堆』即『鬿雀』也。」**彈日**：王云：「淮南言堯時十日並出，草木焦枯，堯命羿仰射十日，中其九日，日中九鳥皆死，墮其羽翼。」**下土方**：一作「下土四方」。**焉得**：一作「安得」。**之女**：一無「之」字。**通于**：一作「通之于」。**閔**：王云：「憂也。言禹所以憂無妃匹者，欲爲身立繼嗣也。」**嗜欲同味**：欲，一作「不」。王云：「何特與衆人同嗜欲，苟欲飽快一朝之情乎？」**飽**：讀如閉，蓋方音。**卒**：七没切。**離蠥**：洪云：「書曰：『啓與有扈戰于甘之野。』說者曰：有扈氏與夏同姓，啓繼世以有天下，有扈不服，大戰于甘，故曰『卒然離蠥』也。」**能拘是達**：洪云：「禹嘗薦益于天矣，啓賢能敬承繼禹之道，憂思天下，因民心之歸代益作后。因民心之不予，以伐有扈，是能變通而不拘執也。」**射**：音亦。**鞫**：一作「鞠」。言有扈所行，皆歸於厭窮，無能害啓之躬。**棘**：毛詩云：「急也。」按：謂遭艱棘。

賓商：水經注云：「契始封商。魯連子曰：『在太華之陽。』皇甫謐、闞駰並以爲上洛商縣也。」按：晉商縣屬上洛郡，漢上洛亦爲縣，並屬弘農。今陝西商州山陽、商南二縣，故商縣地。州之東有商山嶺，道盤曲，古老相傳七盤十二綪，所謂「商坂之塞」、「繞霤之固」者也。洪云：「此言『賓商』者，疑謂待商以賓客之禮。」歌：讀如基，蓋方音。屠母：洪氏引干寶云：「前志相傳，脩己背坼而生禹，簡狄胷剖而生契，歷代久遠，莫足相證。魏黄初五年，汝南屈雍妻生男，從右胳下水腹上出，而和平自若，母子無恙。禹母事出帝王世紀。禹以勤勞脩鯀之功，故曰勤子也。啓以禹故，得享備樂。何以脩己生禹而反遇災害邪？言坼剖而産則有之，死分竟地，未必然也。」一説勤子，勤勞生子也。謂啓母化石之事，石破北方而啓生，見淮南子。河伯：王云：「傳曰：河伯化爲白龍，游於水旁，羿見射之，眇其左目。」馮：王云：「挾也。」封豨：洪云：「射河伯妻雒嬪者，乃堯時羿，非有窮羿也。淮南言堯時，封豨、長蛇皆爲民害，堯使羿斷脩蛇，禽封豨。此言有窮羿亦封豨是射，而反爲民害也。」射：古音時若切。闓：音開。娶：七句切。謀：古音媒。茀：洪云：「説文：『霈，雲貌。』疑即此『茀』字。」式：王云：「法也。言天法有善陰陽從横之道。人失陽氣則死也。」從：即容切。大鳥：王云：「崔文子學仙於王子僑，子僑化爲白蜺而嬰茀，持藥與崔文子。文子驚怪，引戈擊蜺，中之，因墮其藥，俯而視之，王子僑之尸也。崔文子取王子僑之尸置之室中，覆之以弊篚，須臾則化爲大鳥而鳴，開而視之，翻飛而去。」洪云：「事見列仙傳。」蓱：王云：「蓱翳，雨師名也。」號：胡刀切。呼也。撰：洪云：「具也。」協脅：一無「脅」字，作「撰體協鹿，何以膺之。」王云：「天撰十二神鹿，一身八足兩頭。」砅：音厲。或譌作「冰」，非。胎：去劫切。腋下。鼇：王云：「大龜也。」「列仙傳曰：『有巨靈之鼇，背負蓬萊之山而抃舞，戲滄海之中。』」**戴**： 一作「載」。 **釋舟**： 王云：「言鼇所以能負山若舟船者，以其在水中也。使鼇釋水而陵行，則何以能遷徙[三]山乎？」 **嫂**： 古音叟。 **少**： 失照切。 **顛易厥首**： 竹書說云：「初，浞娶純狐氏，有子，早死。其婦曰女歧，寡居。澆强圉，往至[四]其户，陽有所求，女歧爲之縫裳，共舍而宿。汝艾夜使人襲，斷其首，乃女歧也。澆既多力又善害，艾乃畋獵，放犬逐獸，因嗾澆顛隕，乃斬澆以歸於少康。」此晉武詔束晳隨欸所説，今其書中曰「約按」者，乃沈約附注，他書或槩引爲約之説，非也。 **殆**： 古音徒以切。 **湯**： 集注云：「疑本『康』字之誤。」 **易旅**： 言少康僅一旅之師，能布其德而兆其謀，興之易如此，天何以厚之乎？事見左傳哀元年。 **覆**： 芳六切。 **斟尋**： 汲郡古文：「帝相二十七年，澆伐斟尋，大戰于濰，覆其舟，滅之。」與此合。言澆强圉如是，少康遵何道而能取之？ **蒙山**： 王云：「桀伐蒙山之國，而得末嬉，肆其情意，故湯放之南巢。」按：國語史蘇曰：「昔夏桀伐有施，有施人以末嬉女焉。」韋昭注云：「有施，嬉姓之國，末嬉，其女也。」呂氏春秋：「伊尹奔夏三年，反報於亳曰：桀迷惑於末嬉，好彼琬、琰。」汲郡古文：「帝癸十四年，扁帥師伐岷山。」一作「山民」。束晳隨欸説云：「命扁伐山民，山民女於桀二人，曰琬、曰琰。」『斵其名於苕華之玉。苕是琬，華是琰。」 **末嬉**： 一作「妹喜」。 **鮌**： 古音巾。 洪云：「書曰：『有鰥在下，曰虞舜。』此言舜孝如此，父何以不爲娶乎？」 **億**： 王云：「言賢者預見施行萌牙之端，而知其存亡善惡所終，非虛億也。」洪云：「億，度也。」 **璜**： 洪云：「左傳曰：『夏后氏之璜。』璜，美玉也。」「淮南云：『桀、紂爲璇室、瑶臺、象廊、玉牀。』」 **重**： 池龍切。 **登立爲帝**： 洪云：「謂匹夫而有天下者，舜、禹是也。」 **女媧**： 古華切。 洪氏引列子曰：「女媧氏蛇身人面，牛首虎鼻，此有非人之狀，而有大聖之德。」 **肆犬豕**： 一作「體」，非。 王云：「言象無道，肆其犬豕之心，燒廩窴[五]井，欲以殺舜，然終不能危敗舜身也。」敗：古音蒲寐切[六]。吳獲迄古：王云：「言吳國得賢君，至古公亶父之時而遇太伯，陰讓避王季，辭之南嶽之下採藥，於是遂止而不還。」兩男子：王云：「謂太伯、仲雍。」緣鵠飾玉：王云：「言伊尹始仕，因緣烹鵠鳥之羹，脩玉鼎以事於湯，湯賢之，遂以爲相也。」桀：一作「夏桀」。喪：蘇浪切。説：音悦。犇：古「奔」字。臺：古音田怡切。宜：古音魚何切。嘉：古音居何切。顧炎武云：「今本『嘉』作『喜』，後人不知古音而妄改之也。」該：洪云：「兼也。言能兼秉大禹之末德，爲父所善，以有天下也。」牧夫牛羊：洪云：「啓用兵以滅有扈氏，有扈遂爲牧豎也。」懷之：韓非子曰：「當舜之時，有苗不服，禹將伐之。舜曰：『不可。上德不厚而行武，非道也。』乃脩教三年，執干戚舞，有苗乃服。」淮南子曰：「禹執干戚舞於兩階之間，而三苗服。」平脅：一本「平」上有「受」字。洪云：「受即紂也。」曼：音萬。膚：王云：「言紂爲無道，諸侯背畔，天下乖離，當懷憂癯瘦，而反形體曼澤。」牧豎：洪云：「此言啓滅有扈之國，其後子孫遂爲民庶，牧夫牛羊，其初以何道而得爲諸侯也？豎，童僕之未冠者，巨庾切。」擊牀：王云：「啓攻有扈之時，親於其牀上擊而殺之。」其何所從：一作「其命何從」。朴牛：古音疑。王云：「朴，大也。言湯常能秉持契之末德，脩而弘之，天嘉其志，出田獵，得大牛之瑞也。」洪云：「説文：『朴特，牛父也。』平豆切。」班禄：洪云：「記曰：『請班諸兄弟之貧者。』班，分也。言湯田獵禽獸，往營所以施禄惠於百姓者，不但還來而已，必有所分也。」遵迹：王云：「迹，道也。言人有循闇微之道，爲淫佚夷狄之行者，不可以安其身也。謂晉大夫解居父。」繁鳥萃棘：王云：「解居父聘吳，過陳之墓門，見婦人負其子，欲與之淫佚，肆其情欲。婦人則引詩刺之曰：『墓門有棘，有鴞萃止。』故曰『繁鳥萃棘』也。言墓門有棘，雖無人，棘上猶有鴞，汝獨不媿也。」**眩弟**：王云：「象爲舜弟，眩惑其父母，並爲淫佚之惡，欲共危害舜也。」洪云：「眩弟，猶惑婦也。言舜有惑亂之弟。」**兄**：古音虛王切。**而後嗣逢長**：一作「後嗣而逢長」。王云：「舜封象於有庳，而後嗣子孫長爲諸侯也。」**爰極**：至也。**乞彼小臣**：王云：「湯東巡，從有莘氏乞伊尹，因得吉善之妃，以爲內輔。」**水濱之木**：列子曰：「伊尹生乎空桑。」注云：「伊尹母居伊水之上，既孕，夢有神告之曰：『臼水出而東走，無顧。』明日視臼水出，告其鄰，東走十里而顧視，十邑盡爲水，身因化爲空桑。有莘氏女子採桑，得嬰兒於空桑之中，故命之曰伊尹，而獻其君，命庖人養之。長而賢，爲殷湯相。」王云：「有莘惡伊尹從木中出，因以送女。」按：空桑，伊尹所生之地名也。在今河南開封府杞縣。説者緣以傅會，事見呂氏春秋。**婦**：古音扶委切。**重泉**：王云：「地名也。桀拘湯於重泉，而復出之。」**尤**：古音云其切。**挑之**：王云：「言湯不勝衆人之心，而以伐桀，誰使桀先挑之。」洪云：「挑，徒了切。倉頡篇云：『挑，招呼也。』」**到**：一作「列」。**定**：一作「足」，蓋字形之譌。**嗟**：古音子何切。**及**：一作「乃」，非。**伐器**：王云：「攻伐之器也。」洪云：「争遣伐[七]器，謂羣后以師畢會也。」**擊翼**：洪云：「六韜曰：『翼其兩旁，疾擊其後。』擊翼，蓋兵法也。」**厎**：音旨。譌作「底」，非。**白雉**：汲郡古文：「昭王十九年，祭公辛伯從王[八]伐楚，天大曀，雉兔[九]皆震，喪六師于漢。」「逢白雉」或此時事。**挴**：母改切。**環理**：謂計度天下里數也。汲郡古文説云：「西征，還履天下，億有九萬里。」穆天子傳：「乃里西土之數，各行兼數三萬有五千里。」**竘**：恪垢切。**褒姒**：事見國語。**賣**：余六切。**佑**：古音夷至切。會：一作「合」。卒：七没切。抑沈：洪云：「猶九章[一〇]云『情沈抑而不達』也。」雷開：王云：「佞人也。阿順於紂，乃賜之金玉而封之。」封：甫歆切，蓋方音。詳：音佯。竺：音篤。馮弓挾矢：馮執弓矢，將以殊能，疑謂周家得賜弓矢作伯也。西伯戡黎，祖伊奔告，所謂「驚帝切激」也。猶遲之數年始加兵於殷，故曰「何逢長之」。牧：古音莫逼切。之國：一無「之」字。遷藏就岐：洪云：「蓋指太王也。」受賜茲醢：王云：「紂醢梅伯，以賜諸侯。文王受之，告語於上天也。」告：古音居侯切。在肆：王云：「吕望鼓刀在列肆，文王親往問之，吕望對曰：『下屠屠牛，上屠屠國。』文王喜，載與俱歸。」伯林：王云：「伯，長也。林，君也。謂晉太子申生爲驪姬所譖，遂雉經而自殺。」感天抑地：洪氏引左傳「帝許我伐有罪」是也。戒：古音訖力切。代：古音徒既切。丞輔：王云：「言湯初舉伊尹，以爲凡臣耳。後知其賢，乃以備輔翼丞疑。」官湯：集注云：「官，如『官卿之適』之官。」尊食：洪云：「廟食也。」勳闔夢生：王云：「勳，功也。闔，吴王闔廬也。夢，闔廬祖父壽夢也。少離散，亡放在外。」按：古人言「子孫」曰「子姓」，詩「公姓」即「公孫」也。生，當讀爲姓，如彝鼎文「惟」作「隹」，「祖」作「且」之類。嚴：古韻標準云：「此佀因殷武詩『下民有嚴』而誤，詩本以監、嚴、濫三字爲韻，而『不敢怠遑』爲閒句，非韻也。」鏗：可衡切。斟雉：王云：「彭祖進雉羹於堯，堯饗食之。」籛：音翦。牧：王云：「草名也。有實。言中央之州，有岐首之蛇，爭共食牧草之實，自相啄嚙。」按：王説不可通。今考之，蓋言居地之中，共牧斯民，列后何以相怒而爭乎？蛾：「蟻」通。何固：堅也。言蠭蟻之屬，賦命甚微，乃亦有君長，各相競鬭，其力何堅乎？驚女：王云：「有女子采薇，驚而北走，至於回水之上，止而得鹿。」兄有噬犬：王云：「秦伯有齧犬，弟鍼欲請之，因逐鍼而奪其爵禄。」兩：音亮。齧：五[二]結切。乘：繩證切。莫：俗作「暮」。歸何憂：言薄莫而遇雷電，歸者亦何憂乎？明其有甚於此者。厥嚴不奉：臣奉君之威嚴。厥嚴不[三]奉，謂不得事君也。天帝何所責而棄之乎？求，責也。何長：一作「何長先」。更：音庚。吳光：即闔廬。何環穿自閭社丘陵：一作「何環閭穿社以及丘陵，是淫是蕩」。予：一作「與」。章：一作「彰」。囏：古「艱」字。

【校勘記】

[一]時，原作「初」，據淮南子改。

[二]虛，原脱，據淮南子補。

[三]徙，原作「徒」，據乾隆本、廣雅本改。

[四]至，原作「主」，據乾隆本、廣雅本改。

[五]寘，原作「寘」，據乾隆本、廣雅本改。

[六]切，原作「也」，據乾隆本、廣雅本改。

[七]伐，原作「代」，據乾隆本、廣雅本改。

[八]王，原作「至」，據乾隆本、廣雅本改。

[九]兔，原作「鬼」，據乾隆本、廣雅本改。

〔一〇〕章，原作「童」，據乾隆本、廣雅本改。

〔一一〕五，原作「丑」，據乾隆本、廣雅本改。

〔一二〕不，原作「下」，據乾隆本、廣雅本改。

音義下

九章　愍：「閔」通。憒：憦也。所非忠：一本云「所作忠」者，誤。以鄉：音向。「以」或作「與」。會：一作「命」。以聽：「以」一作「使」。此與：以諸切。當：丁浪切。贅肬：古音云其切。莊子所謂「附贅懸肬」。儇：音翾。方言云：「慧也。自關而東，趙、魏之間謂之黠。」待君：一作「待[一]明君」。仇也：俗本刪去四「也」字[二]。讎：仇、讎連舉，則仇爲怨，讎爲敵。保：古音補苟切。臯：一作「罪」。所志也：俗本刪去四「也」字。咍：古音嬉。釋：古音施若切。白：古音蒲各切。肯：俗作「肯」。鼃：一作「鼈」。此志也：俗本刪去四「也」字。申生：一作「晉申生」。好：古音許侯切。不豫：不猶豫也。吾今：一作「吾至今」。其然：一作「其信然」。設張辟：頻亦切。王云：「法也。言君法繁多，讒人復更張設峻[三]法以娛樂君。己欲側身竄首，無所藏匿。」畔[四]：分也。其：一作「以」。菀：於阮切。一作「鬱」。撟：古昴切。一作「矯」，二字往往錯互。糗：去久切。重：池用切。曾：音增。身：讀如商，蓋方音。糒：音備。

長鋏：劍名。切雲：冠名。明月：珠名。璐：説文云：「玉也。」濟于：一作「乎」。重：池用切。欸：烏開切。風：古音甫歆切。方林：王云：「地名。」汰：古音特計切。辟：一作「僻」。高而：一作「以」。垠：洪云：「音銀。畔岸也。」樂：音洛。中：讀如張，蓋方音。窮：讀如强，蓋方音。桑扈：莊子作「子桑户」。伍子：子胥。重：池用切。林薄：傍各切。王云：「草木交錯曰薄。」臊：音騷。

得薄：音博。

仲春：一作「方仲春」。東遷：屈原東遷，疑即當頃襄元年，秦發兵出武關攻楚，大敗楚軍，取析[五]十五城而去。時懷王辱於秦，兵敗地喪，民散相失，故有「皇天不純命」之語。軫：戾也。王云：「痛也。」郢：一作「郢都」。淫淫：王云：「流貌。」眇：王云：「眇，猶遠也。」蹠：古音之略切。焉：洪云：「讀如『且焉止息』之『焉』。」洋洋：王云：「無所歸貌也。」客：古音苦各切。而焉薄：音博。「而」一作「之」。絓：音卦。與「挂」同。蹇産：王云：「詰屈也。」江：古音工。樂：音洛。淼：音渺。兩東門：王云：「郢城兩東門。」按：夏屋爲墟，兩東門蕪塞，蓋有見於頃襄所爲而云。史記頃襄元年，秦攻楚，取析十五城。十九年，楚割上庸、漢北地予秦。二十年，秦攻西陵。二十一年，秦遂拔郢，燒先王墓[六]夷陵，楚東北保於陳城。屈原哀郢所慮及者遠矣。與憂：一作「愁」。去不信：一無「去」字。慅：俗本作「慘」，非。開：一作「通」。汋：音綽。約：王云：「汋約，好貌。」諶：音忱。荏：如甚切。湛湛：直減切。洪氏引相如賦注云：「厚積之貌。」披：一作「被」。行：下更切。杳杳：遠貌。一作「瞭杳杳」，一作「杳冥冥」。慍：紆粉切。惀：力允切。慨：古音苦既切。躞：蘇協切。一作「踕」，一作「踥」。蹀：徒協切。躞蹀，行貌。邁：古音莫制切。曼：音萬。丘：古音欺。

鬱鬱：一作「心鬱鬱」。悲夫：一無「夫」字。回極：或云「風穴也」。數：所矩切。計也。惟：「思惟」之「惟」。擭：古音如又切。俗譌作「慢」，非。遺：以醉切。憍：洪云：「矜也。莊子曰：『虛憍而恃氣。』」爲：于僞切。怛：當割切。憺憺：徒濫切。動也。蘇林云：「陳留謂恐爲憺。」歷茲：一作「茲歷」。詳：音佯。豈至：一作「豈不至」。獨樂：音洛。一作「毒藥」，非。斯之：一無「斯」字，非。完：假借爲韻，一作「光」。儀：古音牛何切。少：失照切。思：一作「怨[七]」。佹：音詭。牉[八]：背離也。南山：一作「北山」，非。心同：上六句一作「曾不知路之曲直兮，魂識路之營營。何靈魂之信直兮，南指月與列星。願徑逝而未得兮，人之心不與吾心同。」潭：古音尋。以娛：一作「聊以娛」。歲：音限。進：子旬切。蓋方音。北姑：王云：「地名。」聊：一作「聊以」。

陶陶：一作「滔滔」。汩：于筆切。俗本與「汨羅」字溷。窈窈：一作「杳杳」。孔：甚也。默：史記作「墨」。菀：一作「鬱」。史記作「冤」。離：遭也。愍而：史記作「之」。鞫：紀力切。蓋方音。俛：音勉。下首也。一作「冤」。詘：一作「屈而」。刓：吾官切。圜削也。易初：一無「初」字。迪：史記作「由」。職：一作「志」。圖：史記作「度」。改：古音紀。直：一作「厚」。重：一作「正」。晠：一作「盛」。倕：是爲切。一作「匠」。揆：一作「撥」。處幽：一作「幽處」。矇：一作「矇瞍」。白而：一作「以」。笯：乃故切。一作「郊」。鶩：史記作「雉」。夫惟：史記無「惟」字。之鄙：一作「交」。一無「之」字。固：史記作「妒」。吾：一作「予之」。窮不知：史記作「窮不得余」。犬：一有「之」字。怪：古音愧。也：俗本删去二「也」字。誹駿：一作「非俊」。桀：一作「傑」。疏：一作「疎」。吾：一作「予」。異：一作「奥」。采：古音且禮切。樸：一作「朴」。積：一作「質」。有：古音羽已切。重：池龍切。牾：五古切。一作「遻」。故也：一作「何故」。邈：一有「而」字。慕也：一無「也」字。違：一作「連」。彊：一作「强」。愍：史記作「湣」。象：一作「像」。舒：史記作「含」。娱：史記作「虞」，古字通。汩：于[九]筆切。俗本與「汨羅」字溷。茀：一作「蔽」。史記作「拂」。曾：音增。唫：魚音切。與「吟」通。咺：香遠切。史記作「恒」。喟：史記作「慨」。謂兮：「曾唫」已下十九字，據史記考次。懷情抱質：一作「懷質抱情」。没：史記作「殁」。驥將：一無「將」字。民生禀命：一作「萬民之生」。史記作「人生有命」。懼兮：此下有「曾傷爰哀永歎喟兮，世溷濁莫吾知，人心不可謂兮」二十字，考文義當在前。史記既見於前。至此又衍[〇]十八字，「莫」作「不」，無「濁」字、「人」字。愛：古音於既切。明：史記作「明以」。懷沙：史記載是篇與楚辭各本互有得失，用相參定。汩：莫狄切。

眙：丑吏[二]切。郭璞注方言云：「眙，謂往視也。」冤：一作「惋」。旦以：一作「不」。志沈菀：一無「志」字。迅：一作「宿」。晠：一作「盛」，一作「威」。覆：芳六切。造父：史記：「秦之先造父以善御幸於周繆王。」操：七刀切。逡：七倫切。次：七私切。隈：一作「隅」。纁：一作「曛」。媮：一作「愉」，非。巡：像遵切。且：七餘切。縓：七絹切。與：以諸切。茝：一作「芷」。草：采古切，蓋方音。萹：匹眄切。其繚：音了。「其」一作「以」。烝：一作「承」。説：音悦。度也：俗本删去二「也」字。

罷：音疲。時：一作「詩」，蓋字形之誤。屬：音燭。付也。娭：音嬉。治：直之切。厖：莫江切。否：古音方尾切。讙：一作「離」，非。江：一作「沅」。遂：一作「不」。讎：一作「癰」，一作「壅」，古字通用。昭：讀如周，蓋方音。厨：古音池由切。優游：洪云：「大德之貌。」詑：託何切。娃：烏佳切。蔓：莫胡切。淮南脩務訓：「曼頰皓齒，形夸骨佳，不待脂粉芳澤而性可説者，西施、陽文也。啳睽哆噅，籧篨戚施，雖粉白黛黑弗能爲美者，嫫母、仳倠也。」注云：「西施、陽文，古之好女；嫫母、仳倠，古之醜女。」秦有：方言俗本脱此二字，宋本有之，見錢遵王讀書敏求記。煜：余六切。爚：以灼切。行：下更切。寃：一作「宛」。載：古音子置切。汜：音汎。泭：芳無切。辟：一作「譬」。再：古音子智切。識：音志。

榮：一作「華」。曾：音增。摶：音團。青黄：洪云：「橘實初青，既熟則黄。」精色内白：王云：「精，明也。」洪云：「青黄雜糅，言其外之文；精色内白，言其内之質。」紛：扶分切。緼：於云切。廣韻又作「馩馧」，香氣也。過失：古韻標準云：「『地』與『失』，去、入爲韻，或作『失過』者，非。」友：古音羽已切。淑：善也。梗：堅也。少：失照切。長：竹丈切。行：下更切。强：其兩切。

菀：一作「寃」，一作「宛」。蓋：掩也。號：胡刀切。苴：七如切。毛詩云：「水中浮草也。」鄭箋云：「樹上之棲苴。」比：必至切。併也。厠：初吏切。「厠跡」、「厠位」之「厠」。閒：古莧切。芳：一作「若」。曾：一作「增」。伏：一作「居」。淒淒：洪云：「寒涼也。」而極：一作「以至」。於：音烏。邑：烏合切。或並如字，短氣也。糾：俗作「糺」，非。槁：音考。離：力智切。比：毗至切。聊：古音力求切。溘：一作「逝」。省：息井切。解：古音紀。洪云：「除也。」開：一作「形」。芒芒：洪云：「廣大貌。」曼：一作「蔓」，一作「漫」。量：力昌切。縹：匹招切。悄：親小切。顛：古音都因切。涼：一作「源」，非。瞰：一作「激」。霧：一有「露」字。岐：一作「峎[一二]」，一作「汶」。禹貢作「岷」。磕磕：苦盍切。石聲。容容：洪云：「變動之貌。」軋：烏轄切。飄幡幡[一三]：一作「漂翻翻」。右：古音羽已切。潏潏：音決。說文云：「涌出也。」伴：音判。黃棘：洪云據懷王黃棘之會解此，於上下文意不合。不：一作「弗」。刻：勵也。無適：王云：「無所復適。」悐：同「惕」，見說文。申徒：洪氏引莊子云：「申徒狄諫紂，不聽，負石自投於河。」淮南子注云：「申徒狄，殷末人也。不忍[一四]見紂亂，故自沈於淵。」

遠遊　菀：一作「鬱」。營營：一作「煢煢」。予弗聞：一作「吾不聞」。怊：敕宵切。悵恨也。惝：昌兩切。怳：許昉切。淒：一作「悽」。操：七刀切。至人：一作「真人」。韓終：一作「衆」。曾：音增。而往：「而」一作「以」。郵：一作「尤」，非。反乎：一作「其」。重：池龍切。曅：筠輒切。光也。仿：音旁。鄉：一作「向」。重：池用切。軒轅：黃帝號。王喬：洪氏引列仙傳云：「周靈王太子晉也。」戲：古音呼。餐：一作「湌」。六氣：王云：「陵陽子明經言：春食朝霞，日始欲出，赤[一五]黃氣也；秋食淪陰，日沒已後，赤黃氣也；冬飲沆瀣，北方夜半氣也；夏食正陽，南方日中氣也。并天地玄黃之氣，是爲六氣。」陸德明經典釋文：「李云：平旦爲朝霞，日中爲正陽，日入爲飛泉，夜半爲沆瀣，天玄地黃爲六。」飲：於禁切。

沆：户黨切。瀣：下界切。霞：古音胡。南巢：洪云：「南巢，豈南方鳳鳥之巢乎？成湯放桀於南巢，乃廬江居巢，非此南巢也。」先：古音新。女：音汝。九陽：吕氏春秋云：「禹南至九陽之山，羽人裸民之處，不死之鄉。」此九陽與上「仍羽人于丹丘，留不死之舊鄉」連文，即吕氏所稱。艵：普丁切。一作「頩」。脕：音問。詩「薇亦柔止」，鄭箋云：「柔，謂脃脕之時。」眇：洪云：「與『妙』同。要眇，精微也。」庭：髮際前曰額，額之中曰庭。闕：眉間曰闕。下極：闕下曰下極，目間也。宋：舊書多作「家」，即「宋」[一六]之譌文。一作「寂」。魄：一作「魂」。霞：與「遐」通，亦作「假」。排：推也。旬始：當謂天旬轉所始之處，旬之言徧也，帀也，周也。非天官書之「旬始」。容：一作「溶」。委移：一作「逶蛇」。敖：一作「騖」。少：失照切。爲：于僞切。辟：必亦切。除也。蓐：音辱。麾：古音許戈切。曖曃[一七]：音愛逮。曭：音儻。屬：音注。揭：居列切。撟：居廟切。樂：音洛。汎濫：一有「游」字。故而：一作「以」。潤：烏晃切。瀁：徐兩切。水深廣貌。一作「罔象」。蹕御：一作「還衡」。湘靈：洪云：「上言二女，則此湘靈乃湘水之神，非湘夫人也。」海若：王云：「海神名。」馮夷：王云：「水仙人。」洪云：「河伯也。」列螭象而並進：一作「玄螭蟲象並出進」。蟉：於九切。虯：巨九切。洪云：「蟉虯，盤曲貌。」便：毗連切。娟：於緣切。洪云：「便娟，輕麗貌。」撓：奴鳥切。焉：洪云：「辭也。」原：一作「涼」。曾：一作「增」。閒：古莧切。黔嬴：洪氏引大人賦注云：「天上造化神名。一曰水神。」爲：于僞切。六漠：洪云：「漢樂歌作『六幕』，謂六合也。」崢：鋤耕切。嶸：户萌切。太初：「太」一作「泰」。列子云：「太初者，氣之始也。」

卜居　知：一作「智」。而蔽：一無「而」字。慮：一作「意」。往：一作「乃往」。君：一有「將」字。勞：郎到切。樸：一作「朴」。窮：困窮。鉏：一作「鋤」。生：讀如莘，蓋方音。哫：音足。粟：一作「栗」，非。喔：音握。突：他忽切。滑：音骨。絜：户結切。陸德明云：「約束也。」一作「潔」，非。駒：古音居矦切。鳧：古音扶由切。一有「乎」字。軀：古音欺由切。抗：一作「亢」。黄鵠：顏師古云：「黄鵠，大鳥，一舉千里。」張：如字。自侈大也。于：一作「吁」。通：讀如湯，蓋方音。知事：一作「知此事」。

漁父　舉世：一作「世人」。皆濁：史記作「混濁」。放耳：史記無「耳」[一八]字。疑：一作「凝」。淈其泥：史記作「隨其流」。釃：古音山何切。説文云：「下酒也。」陸德明云：「謂以篚盪酒。」史記作「醨」。深思高舉：史記作「懷瑾握瑜」。而自令：一無「而」字。汶：讀如玟，蓋方音。湘：史記作「常」。塵埃：古音衣。史記作「温蠖」。莞：一作「莧」。乃歌：一無「乃」字。我：一作「吾」，下同。

通釋上　羽山：齊乘：「九目山東北二十里有龍山，又北即羽山。」屼山：隋志作「祀山」。冀州：淮南墬形訓云：「正中冀州曰中土。」下雋：漢志：「澧水東至下雋入[一九]沅。」水經云：「東至長沙下雋縣西北，東入于江。」今湖北武昌府通城縣西有下雋故城，非漢縣治也。積石：亦呼大雪山，番名阿木你麻纏母孫山。按：後人誤以唐述山爲積石。元時尋河源，誤以積石爲昆侖。鄘梁山：今呼頓家山。均州：楚之均陵。

通釋下　江離：爾雅又名蘄茝。按：江離、馬蜩、牛藻之類，曰江、曰馬、曰牛，皆大也。吴録云：「海水中生江離，正青侶亂髮。」蓋誤以海藻爲江離。芎藭：博物志：「芎藭苗曰江離，根曰芎藭。」蘪蕪：淮南氾論訓曰：「夫亂人者，芎藭之於藁本也，蛇牀[二〇]之於蘪蕪也。此皆相侶者。」說林訓曰：「蛇牀侶蘪蕪而不能香。」澤蘭：又名龍棗，又名風藥，其根名地筍。桂蘭：或作「杜蘭」，誤。蘭：俗呼孩兒菊，又名千金草。水經注資水篇云：「都梁縣西有小山，山上有渟水，既清且淺，其中悉生蘭草，緑葉紫莖，芳風藻川，蘭馨遠馥。俗謂蘭爲都梁，山因以號，縣受名焉。」留夷：又名餘容。郭景純注山海經，以勺藥爲辛夷。辛夷，俗呼木筆，郭因留夷誤之耳。張揖注上林賦，以辛夷爲留夷。顔師古已辨其非。近世閻百詩又疑江離爲勺藥。古今注：「勺藥，一名可離。」因之傅會可離之名，起於鄙近，非古也。杜衡：爾雅單言杜，相如賦單言衡。博物志曰：「杜衡亂細辛。」胡繩：俗呼鼓箏草。蔆：俗呼蔆角。菉：又名菉蓐。俗呼鴟腳莎。葹：又名胡枲，亦曰常枲，俗呼常思菜，即常枲聲之譌。鴞：音嘲。與「鴟鴞」之「鴞」聲義有別，世俗誤溷。鵜鴂：揚雄反騷作「鷤搗」，張衡思玄賦作「鶗鴂」，字形相禪變耳。伯勞以夏至鳴，而王逸云：「鵜鴂一名買鶬，常以春分鳴。」失之也。買鶬乃子規。徐廣注史記云：「秭鴂一名鷤搗。」顔師古注漢書云：「鷤搗一名買鶬，一名子規，一名杜鵑。」皆二物相溷。史記：「百草奮興，秭鴂先滜。」奮興之與不芳，義正相反。廣韻又與寧鴂之名淆，皆考古不審，徒以名相冒。萩：或譌作「荻」，非。欓：俗呼欓子。辛夷：俗呼侯桃。辛薙：譌爲「辛雉」，又譌爲「辛矧」。沈牛：今之水牛。萑：萑、荻，菼、薍，蒹、薕，一物。葦、蘆、葭，一物。說者多溷淆。乙：烏轄切。亦作「鳦」，與「甲乙」之「乙」有別。薇：俗呼野豌豆。萹竹：俗呼粉節草。荼：又名苦藚。札：爾雅作「蛰」。良：爾雅作「蜋」。唐：爾雅作「螗」。匽：亦作「蝘」。郭璞云：「俗呼胡蟬，江南謂之蟾蛦。」蜺：郭云：「寒蜇也。侶蟬而小，青色。」

【校勘記】

〔一〕待，原作「持」，據乾隆本、廣雅本改。

〔二〕也字，原作「字也」，據廣雅本乙。

〔三〕峻，原作「峻」，據乾隆本、廣雅本改。

〔四〕牉，原作「胖」，據乾隆本、廣雅本改。

〔五〕析，原作「祈」，據乾隆本、廣雅本改。

〔六〕墓，原作「慕」，據乾隆本、廣雅本改。

〔七〕怨，原作「恕」，據乾隆本、廣雅本改。

〔八〕牉，原作「版」，據抽思改。

〔九〕于，原作「子」，據乾隆本、廣雅本改。

〔一〇〕衍，原作「行」，據乾隆本、廣雅本改。

〔一一〕吏，原作「史」，據乾隆本、廣雅本改。

〔一二〕嵎，原作「嵎」，據乾隆本、廣雅本改。

〔一三〕皤皤，原作「皤皤」，據乾隆本、廣雅本改。

〔一四〕忍，原作「忽」，據乾隆本、廣雅本改。
〔一五〕赤，原作「亦」，據乾隆本、廣雅本改。
〔一六〕宋，原作「宋」，據乾隆本、廣雅本改。
〔一七〕曃，原作「曖」，據乾隆本、廣雅本改。
〔一八〕耳，原作「且」，據乾隆本、廣雅本改。
〔一九〕入，原作「人」，據乾隆本改。
〔二〇〕淋，原作「林」，據乾隆本改。

右據戴君注本爲音義三卷。自乾隆壬申秋，得屈原賦戴氏注九卷讀之，常置案頭，少有所疑，檢古文舊籍詳加研核，兼考各本異同。其有闕然不注者，大致文辭旁涉，無關考證。然幼學之士，期在成誦，未喻理要，雖鄙淺膚末，無妨俾按文通曉，乃後語以闕疑之指，用是稍爲埤益。又昔人叶韻之謬，陳季立作屈宋古音義爲之是正。惜陳氏於切韻之學殊疎，未可承用。兹一一考訂，積時録之，記在上端，越今九載矣。爰就上端鈔出，删其繁碎，次成音義，體例略擬陸德明經典釋文也。庚辰仲春，歙汪梧鳳。

跋鈔本戴注屈原賦

戴東原注屈原賦九卷，汪梧鳳爲音義三卷，乾隆庚辰自刊行，傳本頗少。廣雅書局重雕本誤以音義爲戴氏所撰，又將序文、通釋之音義及汪跋均删去，致汪氏苦心箸述全湮没。余於廠肆得精鈔本，卷中「甯」作「寧」，「諳」作「諄」，決爲汪刻以前之舊鈔，殊足珍也。癸亥秋日沔陽盧弼記。

頃閲段玉裁所編戴氏年譜云「此書音義三卷，亦先生所自爲，假名汪君」云云。余前跋方爲汪氏申辯，然東原極貧，汪爲歙巨族，嫁名於彼，刻書以傳，或亦意中事。抱經序亦言有爲之梓行者，當係指汪氏而言。嚴鐵橋之稿多託名他人，事亦相類。但廣雅翻本全抹殺，未免無識耳。盧弼再記。

屈原賦注初稿三卷

漢藝文志：「屈原賦二十五篇。」自離騷經迄漁父，屈子所著之書是也。漢初傳其書，不名楚辭，故志但列之賦首，又稱其作賦以風，有惻隱古詩之義。至若宋玉已下，則不免爲辭人之賦，非詩人之賦矣。余讀屈子書，慕其爲人，私以謂其心至純，其學至純，其言亦至純。二十五篇之書，蓋經之亞。若習以作賦，則如馮崑崙瀓霧，隱岐山清江也。説楚辭者，于名物字義未能孜識精覈，又不得其所以著書之指。今特取屈子書注之，書成，名曰屈賦，從漢志也。戴氏學。

編按：《九章》以下有目無書。

九章

惜誦

涉江

哀郢

抽思

懷沙

思美人

惜往日

橘頌

悲回風

遠遊

卜居

漁父

離騷經

離騷，即牢愁也，蓋古語。揚雄有畔牢愁。離、牢，一聲之轉，今人猶言「牢騷」。謂之經者，會萃諸篇之指，以綜其生平，如音之凡首，織之有經也。凡經之名，皆起于周末，自漢已下，始有聖經賢傳之説。或執是以疑古人，亦讀書未論其世云爾。

帝高陽之苗裔兮，朕皇考曰伯庸。三鍾。攝提貞于孟陬兮，惟庚寅吾以降。古讀若洪。

言與楚同出於帝顓頊高陽。曲禮：「父曰皇考。」爾雅：「朕，我也。」「太歲在寅曰攝提格。」「正月爲陬。」廣雅：「貞，當也。」此蓋攝提之年，當孟春寅月。舊説：貞，正也。故于文不可通。

皇覽揆余于初度兮，肇錫余以嘉名。轉讀如民，方音。名余曰正則兮，字余曰靈均。

十八諄。

言始生有端善之度，爰以立名。初度，即列女傳所謂生子形容端正。靈，善也。舊説：靈，神也。均，調也。非是。均謂均平。正則，平之義。靈均，原之義。後人名字説，蓋昉于此。

紛吾既有此内美兮，又重之以脩能。古讀若耐。扈江離與辟芷兮，紉秋蘭以爲佩。十八隊。

【眉批】重之以脩能，好脩以爲常。是一篇之主。

言質性純粹，又加以學也。脩，治也。脩能，謂好脩而賢能。扈，襲藏也。紉，讀如内則「紉箴」之「紉」。江離，大葉芎藭也。芎藭佀槀本，左傳謂之山鞠窮。其苗謂之江離，小葉者謂之蘪蕪，佀蛇床。爾雅又名蘄茝。本草又名薇蕪。淮南氾論訓：「夫亂人者，芎藭之與槀本也，蛇牀之與蘪蕪也，此皆相佀者。」説林訓：「蛇牀佀蘪蕪而不能香。」博物志：「芎藭苗曰江離，根曰芎藭。」今人不知江離，槩名蘪蕪矣。吴録云：「海水中生江離，正青，佀亂髮。」蓋本草之海藻，誤以爲江離。辟芷、芳芷，皆白芷也。或謂之茝，或謂之芳香，其葉謂之葯。見九歌。屈賦之蘭蕙，即今南方蘭華也。蘭，或謂之幽蘭，或謂之女蘭。春蘭一莖一華，秋蘭一莖數華。俗呼椏蘭。石蘭生石上，差小。蕙侶秋蘭，惟春華，芬亞于蘭。舊説以爲都梁香、零陵香，而疑今之蘭蕙不可紉佩，則篇内託言多矣，豈特蘭蕙乎？

汩余若將不及兮，恐年歲之不吾與。八語。朝搴阰之木蘭兮，夕擥洲之宿莽。古讀若姥。

方言：「汩，疾行也。南楚之外曰汩。」搴，取也，楚謂之搴。説文：「搴，拔取也。南楚語。」震按：小阜曰[二]阰，大阜曰阰。舊説：阰，山名。非是。木蘭，廣雅謂之桂蘭，皮侶桂而香。或作「杜蘭」，疑「桂」之譌。或謂之林蘭。擥，斂取也。釋名：「擥，斂也。斂置手中也。」宿莽，猶檀弓言「宿草」。莽，草也。南楚曰莽，方言云。王注：「草冬生不死者，楚人名宿莽。」爾雅：「卷施草，拔心不死。」郭注云：「宿莽也。」皆非是。宿莽，謂陳根之芽，猶詩言「自牧歸荑，洵美且異」。

日月忽其不淹兮，春與秋其代序。八語。惟草木之零落兮，恐美人之遲暮。十一暮。

此章猶言前者追之。美人，謂先我而好脩者也。舊説：美人，喻君，非是。老泉上歐陽内翰書，以道之成而及見當世之賢人君子立説，蓋即此章之意。

不撫壯而棄穢兮，何不改乎此度？十一暮。乘騏驥以馳騁兮，來吾道夫先路。十一暮。

此章猶言後者道之。不撫壯棄穢，謂不及時好脩者也。説文：「馳，大驅也。」「騁，直馳也。」舊指君説，一啓口便彰君之穢惡迷惑，非是。「乘騏驥以馳騁」，喻及時急學爾。舊説以喻君之任賢，亦非是。

昔三后之純粹兮，固衆芳之所在。古讀若泚。雜申椒與菌桂兮，豈惟紉夫蕙茝？古讀若齒。

【眉批】提出此義，以明己之所學，亦以見今之不然。

言三后之任衆賢以成治，己之好脩，固三后所取也。三后，即下「前王」，謂楚之先君賢而昭顯者，故不目其名。今未聞。王注指禹、湯、文。朱子又疑爲三皇，或少皡、顓頊、高辛。余以下「前王」證之，屈子所言，當先及本國，其但云三后者，猶周家言「三后在天」，即指太王、王季、文王。在楚言楚，其熊繹、若敖、蚡冒三君乎？申椒，或謂之露申，見九章。小椒之申重蕃衍者，詩所云「椒聊」也。菌桂，或謂之筒桂，或謂之小桂。菌，讀如禹貢「箘簵」之「箘」。以其侶箘竹，故名。或作「菌」，誤。

彼堯舜之耿介兮，既遵道而得路。十一暮。何桀紂之倡披兮，夫維捷徑以窘步。十一暮。

因言三后，遂舉堯、舜、桀、紂證之。蓋屈子欲以堯、舜之道事君，黨人乃以桀、紂之道事君，是以相反。王注：倡披，「衣不帶之貌」。左傳杜注：「捷，邪出。」

惟黨人之偷樂兮，路幽昧以險隘。古讀若益。豈余身之憚殃兮，恐皇輿之敗績。二十三錫。

【眉批】君之疏己，皆由黨人，故先入黨人，通篇反覆言此，不敢懟君也。

皇，君也。敗績，如檀弓「馬驚敗績」，謂車覆也。已上五章，皆泛論人己之事。舊皆指君說，少從容婉轉，非立言之敘。

忽奔走以先後兮，及前王之踵武。九麌。荃不揆余之中情兮，反信讒而齋怒。十姥。

【眉批】說到君便住，若因黨人帶出，又祗云「信讒」，立言婉曲之至。

奔走、先後，皆急追之意，欲繼前王之業于今日也。荃、靈脩，相謂之通稱。篇内借以喻君而不明言也。屈子述其不得于君，祗「荃不揆余之中情」二語爾。歸其罪于黨人之進讒，而君不清澂其然否，未嘗一語懟君也。惜往日篇云：「雖過失猶弗治。」則屈子于君，且有感恩之辭，愈覺舊説直而近懟。爾雅：「武，迹也。」齌，讀如詩「天之方懠」之「懠」，毛傳云：「怒也。」

第一段凡十章。先言其生，次言其學，而終之以被讒。自叙生平大略如此。

余固知謇謇之爲患兮，忍而不能舍古讀若暑。也。指九天以爲正兮，夫維靈脩之故十一暮。也。

【眉批】此段即承上末句起。

承上而明其事君之心以起下。易象：「王臣蹇蹇，匪躬之故。」九，陽數之終，故曰九天，以言其極高遠。天問「圜則九重」，亦以高遠言。王注、補注皆云「中央八方」，非是。此下，後人加「曰黄昏以爲期兮，羌中道而改路」二句，王逸本及文選皆無此二句。九章抽思篇云：「昔君與我成言兮，曰黄昏以爲期。羌中道而回畔兮，反既有此他志。」離騷經祇以「初既與余成言兮，後悔遁而有他」括之，行文繁簡各異。加中二句于首句之上，語勢重複倒亂，求之文例韻例皆不合。

初既與余成言兮，後悔遁而有他。古讀若拕。余既不難夫離别兮，傷靈脩之數化。古讀若貨之平聲。

【眉批】

補叙。

追言君之曾任己，而惜其變操不常也。

余既滋蘭之九畹兮，又樹蕙之百畮。古母彼切。畦留夷與藒車兮，雜杜衡與芳芷。六止。

冀枝葉之峻茂兮，願竢時乎吾將刈。二十廢。雖萎絶其亦何傷兮，哀衆芳之蕪穢。二十廢。

二章，以衆芳喻人，言己之欲以人事君也。舊說：亦以自喻，與前文複。非是。田之長爲畹。王注：「十二畮曰畹。」說文：「三〔三〕十畮曰畹。」皆不必從。兩畛之閒，廣一步，脩百步爲畮。司馬法：「六尺爲步，步百爲畮。」是也。秦孝公以二百四十步爲畮，不可據以釋此。區種爲畦。區種法：「周區爲町，町間爲畦。」說文：「五十畮曰畦。」不必從。留夷，詩謂之勺藥，廣雅謂之攣夷，或謂之餘容。郭璞注山海經，以勺藥爲辛夷。辛夷乃本草之辛矧，俗呼木筆。郭蓋因留夷誤之爾。張揖注上林賦，以留夷爲辛夷，顏師古已辨其非。近世閻百詩又疑江離爲勺藥。古今注：「勺藥，一名可離。」因之而傅會。余謂留夷、攣夷，一聲之轉，而可離之名，未必出于古也。藒車，爾雅謂之芞輿。廣志：「黃葉白華。」杜衡，佀細辛，爾雅謂之土鹵，廣雅謂之楚衡。爾雅單言杜，相如賦單言衡，俗呼馬蹏香。博物志：「杜衡亂細辛。」萎絶，黃落也。蕪穢，如後所云「蘭芷變而不芳」也。

衆皆競進以貪婪兮，憑不厭乎求索。去聲，讀若素。羌内恕己以量人兮，各興心而嫉妒。十一暮。

【眉批】

讒之所以興。

王注：「憑，滿也。楚人名滿曰憑。」廣雅：「羌，乃也。」震按：小人之承歡汋約，而謂事君盡禮爲諂，小人之阿比匿非，而目衆君子之同心爲朋黨，皆所謂「内恕己以量人」也。此章承上而言其所以被讒之故。

忽馳騖以追逐兮，非余心之所急。二十六緝。老冉冉其將至兮，恐脩名之不立。二十六緝。

【眉批】

轉出己之「脩名」。

說文：「騖，亂馳也。」吕向注：「冉冉，漸漸也。」震按：有好脩之實，乃所以立其名也，是以君子疾没世而名不稱焉。

朝飲木蘭之墜露兮，夕餐秋菊之落英。古讀若央。苟余情其信姱以練要兮，長顑頷亦何傷。十陽。

言飲餐皆以芳潔。菊，爾雅謂之治蘠，或謂之日精，或謂之節華。姱，美好也。練要，精練要約也。顑頷，「飯不飽，面黄起行也」，説文云。

擥木根以結茝兮，貫薜荔之落蘂。四紙。矯菌桂以紉蕙兮，索胡繩之纚纚。四紙。

言動用皆以芳潔。薜荔，蔓生，緣木石牆垣，大者謂之木蓮，小者謂之絡石。矯，舉也。一聲之轉。胡繩，蔓生布地，或謂之結縷。見相如賦。爾雅謂之傅，亦謂之横目。俗呼鼓筝草。補注于「索」字解云：「草有根葉，可爲繩索。」集注乃以解胡繩，猶之謂江離生于江中，皆臆説也。胡繩，結縷之名，特以其蔓生爾。

謇吾法夫前脩兮，非世俗之所服。古讀若匐。雖不周于今之人兮，願依彭咸之遺則。二十五德。

曰羌，曰蹇，皆辭助，蓋楚方言。别作謇，非。周，合也。王注：「彭咸，殷賢大夫，諫其君不聽，自投水而死。」未聞所出。劉向九歎「思彭咸之水遊」，顔師古云：「殷之介士，不得其志，投江而死。」余謂：屈子所法，王説爲近。

第二段凡九章。先言其事君，次言其見妒，而終之以依彭咸遺則，自明其志如此。

長太息以掩涕兮，哀民生之多艱。轉讀如姫，方音。余雖好脩姱以鞿羈兮，謇朝誶而夕替。十二霽。

【眉批】前段已説依彭咸，更無可接矣。故此以反覆自歎起。

泛言民生多艱，所以自慨也。誶，告也。替，廢也。俗作「替」。言朝入告君而夕見廢。王注：「韁在口曰鞿。革絡頭曰羈。」

四賄。

既替余以蕙纕兮，又申之以攬茝。齒。亦余心之所善兮，雖九死其猶未悔。十四賄。

言己之進于君者，雖屢擯而屢以是，不改其度也。王注以自結束言，誤。集注以楚放屈原，將遣而賜以蕙纕攬茝爲説，則下二句不成語矣。蕙纕、攬茝，喻所陳告之事。王注：「纕，佩帶也。」

怨靈脩之浩蕩兮，終不察夫民心。二十一侵。衆女嫉余之蛾眉兮，謡諑謂余以善淫。二十一侵。

【眉批】

君之所以信讒。

言君所以信讒之故。浩蕩，廣博不專也。泛言不察民心，以喻君之不己察，而毀譖得行也。上章自明其心，此章怨君之不察，惜誦所謂「君可思而不可恃」也。王注謂「不察萬民善惡」，文選注謂「不察衆人悲苦」，皆非是。「諑，愬也，楚以南謂之諑」，方言云。

固時俗之工巧兮，偭規矩而改錯。十一暮。背繩墨以追曲兮，競周容以爲度。十一暮。

【眉批】轉出己之不變。

忳鬱邑余侘傺兮，吾獨窮困乎此時七之。也。寧溘死以流亡兮，余不忍爲此態古讀若鬌。也。

鷙鳥之不羣兮，自前世而固然。二僊。何方圜之能周兮，夫孰異道而相安？二十五寒。

屈心而抑志兮，忍尤而攘詬。四十五厚。伏清白以死直兮，固前聖之所厚。四十五厚。

已上言固知世俗工巧，余必不忍爲，蓋如鷙鳥不羣，方圜異道，故寧受一時之尤詬，而爲前聖所取也。溘，忽也。攘，受也。王注：「言除去恥辱，誅讒佞之人。」集注：「言攘卻之而不受于懷。」皆非是。王注：「偭，背也。」「侘傺，失志貌。」

第三段凡七章。反覆自慨，明信讒之故，而己必不隨流俗，以申前意也。

悔相道之不察兮，延佇乎吾將反。二十阮。迴朕車以復路兮，及行迷之未遠。二十阮。

【眉批】此段更轉出一層，上兩段申明首段「信讒」二字，皆言其進，此則言其退。

前皆言爲世所尤，則固行迷之當悔者。此下猶言焉往而不得吾之好脩哉，何必遵迷途而不返也。王注、補注皆以「迷誤欲去」、「悔而還返」爲説，于前三段中則無根，于本節語意則倒亂，失其指矣。

步余馬于蘭皋兮，馳椒丘且焉止息。二十四職。進不入以離尤兮，退將復脩吾初服。匐。

此承上章「迴車復路」而言也。鑒前之進而遭尤，今固可脩初服以退隱矣。王注：「澤曲曰皋。」此二章即淵明歸田园之意，所謂「誤落塵網中，一去三十年。羈鳥戀舊林，池魚思故淵」是也。蘭皋、椒丘，即舊林、故淵之義。

製芰荷以爲衣兮，集芙蓉以爲裳。十陽。不吾知其亦已兮，苟余情其信芳。十陽。

言服退隱之服，但以自芳，不必求人知。蔆，楚謂之芰，爾雅謂之蕨攈。俗呼蔆角。説文：「秦謂之薢茩。」王注同。本草「薢茩」別是一物。荷，爾雅謂之芙蕖，其秀謂之菡萏，其華謂之芙蓉。

高余冠之岌岌兮，長余佩之陸離。古讀若羅。芳與澤其雜糅兮，維昭質其猶未虧。古讀去何切。

此即涉江所云「余幼好此奇服兮，年既老而不衰」也。如是亦可昭其純粹之體未嘗虧損。維，辭也。通作「唯」、「惟」。王注謂「獨保明其身，無有虧歇」，非是。

忽反顧以遊目兮，將往觀乎四荒。十一唐。佩繽紛其繁飾兮，芳菲菲其彌章。十陽。

反顧，謂自視也。往觀四荒，猶言無往不自得也。以佩之芬芳，隱而彌著，故自視。而將往，即後「遠逝」之意。王注謂「往求賢君」，文選注謂「以求知己」，補注謂「浮海居夷之意」，集注謂「猶未能頓忘此世」，皆失其指。

民生各有所樂兮，余獨好脩以爲常。十陽。雖體解吾猶未變兮，豈余心之可懲。轉讀如長，方音。

【眉批】前急于脩名與不變其操，兩層皆歸于好脩以爲常也。

進而事君，退而隱遯，皆以好脩爲常。雖獲罪而死，不懲創于心，明其志之決也。

第四段凡六章。設爲退隱之計，言事君雖不得，而好脩必不可變，亦以申前意。

女嬃之嬋媛兮，申申其詈余。九魚。曰鯀婞直以亡身兮，終然殀乎羽之野。古讀若墅。

【眉批】

此段設波瀾起。

説文：「賈侍中說：『楚人謂姊爲嬃。』」賈逵有離騷章句，其書亡。震按：以鮌婞直爲喻，亦猶忠臣去國不絜其名，厚之至也。惜誦云：「行婞直而不豫兮，鮌功用而不就。」亦以自比。羽山，在禹貢青州之域。齊乘：「九目山東北二十里有龍山，又北即羽山。」今在登州府蓬萊縣東南三十里。此非徐州之羽山。左傳杜注及閻百詩四書釋地皆以爲祝其縣羽山，非是。

女何博謇而好脩兮，紛獨有此姱節。轉讀如則，方音。薋菉葹以盈室兮，判獨離而不服。匐。

博謇，謂博古而有謇謇之行。薋，爾雅謂之蒺藜。菉，爾雅謂之王芻，或謂之藎草，見本草。或謂之菮莎，染黄草也。又名菉蓐，俗呼鴟腳莎。葹，周南謂之卷耳，爾雅謂之苓耳，或謂之枲耳。見本草，又名蒼耳，雒下謂之胡枲，江東謂之常枲，俗呼常思菜，即常枲聲之譌。

衆不可户說兮，孰云察余之中情？十四清。世並舉而好朋兮，夫何煢獨而不余聽？

十五青。

「察余」之「余」，余，屈原也。「余聽」之「余」，女嬃自余也。已上女嬃之言，凡三章。舊説以此章爲屈子之言者，非是。

依前聖以節中兮，喟憑心而歷兹。七之。濟沅湘以南征兮，就重華而陳辭。七之。

【眉批】接出己之所學所以與黨人異。

此下陳辭，以自明其所得之中正。歷兹，猶言至此也。沅水出牂柯故且蘭，今湖廣靖州西南蕃界。湘水出零陵始安陽朔山，今在廣西桂林府興安縣南九十里。同注洞庭，而北會于江。

啓九辯與九歌兮，夏康娱以自縱。三用。不顧難以圖後兮，五子用失乎家巷。古讀若哄。

張銑注：「啓，開也。」震按：九辯、九歌，即虞書之九敘、九歌也。康娛，安樂也。舊說以「夏康」句絶，爲太康，于文不可通。篇内「康娛」字凡三見。禹嘗以九敘、九歌陳于舜，則舜、禹開治道之盛在此。當夏之子孫繼此未遠，即康娛自縱亂之，治亂之故。如是昭然也。王注猶以九辯、九歌爲禹樂，但「啓」字、「夏康」字，因文偶誤。補注據山海經，則謬妄之説。

羿淫遊以佚田兮，又好射夫封狐。十一模。固亂流其鮮終兮，浞又貪夫厥家。古讀如姑。

澆身被服强圉兮，縱欲而不忍。十六軫。日康娛以自忘兮，厥首用夫顛隕。十六軫。

二章言夏之衰而爲亂自滅亡者。事見左傳襄四年及哀元年。封狐，猶言封豕、封豨。封，大也。莊子作「豐狐」。

夏桀之常違兮，乃遂焉而逢殃。十陽。后辛之菹醢兮，殷宗用之不長。十陽。

言夏、殷之亡。淮南子：「醢鬼侯之女，菹梅伯之骸。」

湯禹儼而祇敬兮，周論道而莫差。古讀若磋。舉賢才而授能兮，循繩墨而不頗。八戈。皇天無私阿兮，覽民德焉錯輔。九麌。維聖哲之茂行兮，苟得用此下土。十姥。

二章言三代之興，能脩身以得人也。

瞻前而顧後兮，相觀民之計極。二十四職。夫孰非義而可用兮，孰非善而可服？匐。阽余身而危死兮，覽余初其猶未悔。十四賄。不量鑿而正枘兮，固前脩以菹醢。十五海。

二章言人情計變所極，已周詳審視，知其未有踰乎義與善而可行者，故雖危死不悔，猶之不量其鑿而徒正枘以納之，固前脩所以至菹醢者也。說文：「阽，壁危也。」漢書注：「阽，近邊欲墮之意。」

增歔欷余鬱邑兮，哀朕時之不當。十一唐。攬茹蕙以掩涕兮，霑余襟之浪浪。十一唐。

【眉批】如此虚住，即所以起下。

言己不當盛世，惟太息流涕，無如何也。茹，柔也。見玉篇。王注：「茹，柔耎也。」衣前曰襟，旁曰衽。下章王注：「衽，衣前也。」非是。

第五段凡十三章。借女嬃之言而因之陳辭。言熟觀古今治亂，得其中正之道如是，此所以與世不合，己亦不改也。申前未盡之義。

跪敷衽以陳辭兮，耿吾既得此中正。四十五勁。駟玉虬以乘鷖兮，溘埃風余上征。十四清。

【眉批】此句總領兩段。

言已上陳辭，己所得之中正，既耿然明矣，不能自已，而古先哲王之神明在天，欲上征以求見之也。説文：「虯，龍子有角者。」王注：「有角曰龍，無角曰虯。鷖，鳳皇别名也。」此等皆不必深求。

朝發軔于蒼梧兮，夕余至乎縣圃。十姥。欲少留此靈瑣兮，日忽忽其將暮。十一暮。

【眉批】

頓挫。

吾令羲和弭節兮，望崦嵫而勿迫。古讀若博。路曼曼其脩遠兮，吾將上下而求索。十九鐸。

軔，礙輪木也。蒼梧，南越之地，漢爲郡。今廣西梧州、平樂[三]、尋州三府分有其地。瑣，漢書之琅當也。縣圃，亦作「玄圃」，又爲「平圃」，在崑崙之虚，見穆天子傳、山海經、淮南子等書。弭，止也。弭節，謂止其行節。日御謂之羲和。崦嵫，亦作「崦嵫」。淮南子：「日入崦嵫。」二字取暗昧意，以爲日所出入。上下，猶曰登降也。

飲余馬于咸池兮，總余轡乎扶桑。十一唐。折若木以拂日兮，聊須臾以相羊。十陽。

天官書：「西宮咸池，曰天五潢。」扶桑在東，若木在西，見淮南墬形訓及山海經等書。

前望舒使先驅兮，後飛廉使奔屬。三燭。鸞皇爲余前戒兮，雷師告余以未具。十遇。

鸞，鳳之次。皇，雌鳳。月御謂之望舒，風伯謂之飛廉，見呂氏春秋、淮南子。補注：「一曰雷師，豐隆也。」本淮南子注及張衡思玄賦，集注從之。至思美人篇又爲雲師，此等皆不必深求。據屈賦則當以豐隆爲雷師，不應兩其說也。

吾令鳳鳥飛騰兮，繼之以日夜。古讀若豫。飄風屯其相離兮，率雲霓而來御。九御。

【眉批】

折轉。

鳳鳥，爾雅謂之鷗。說文：「飄，回風也。」震按：飄風、雲霓，以喻阻隔之者。九魚。

紛總總其離合兮，斑陸離其上下。古讀若户。吾令帝閽開關兮，倚閶闔而望余。

言不得前也。說文：「閽，常以昏閉門隸也。」「關，以木横持門户也。」「楚人名門曰閶闔。」

時曖曖其將罷兮，結幽蘭而延佇。八語。世溷濁而不分兮，好蔽美而嫉妒。十一暮。

【眉批】

以寓言起，以正意收。

延佇，遲延止望也。

第六段凡八章。託言欲往見古先哲王之在天者以自廣，中道而爲飄風、雲霓所隔，進而不遂，因以歎溷濁之世，大抵如是。爲上官大夫輩嫉己而言也。後云「哲王又不寤」，可爲此段欲見哲王之證。王注以求賢説，集注以求君説，皆失其指。

八語。

朝吾將濟于白水兮，登閬風而緤馬。古讀若姥。忽反顧以流涕兮，哀高丘之無女。

【眉批】

轉出求女。

言回顧楚國，哀其無女，以起下求淑女之意。臣之于君，猶女之于夫也，故篇内多託爲女子之言。如「衆女嫉余之蛾眉兮，謡諑謂余以善淫」。此更求淑女者，思其同類也。高丘，猶高山也。王注：「楚有高丘之山。」又云：「舊説：高丘，楚地名也。」此皆近之。王又引或云：「高丘，閬風山上也。」吕向云：「女，神女。」集注兩從其誤説。閬風，淮南子作「涼風」，在崑崙之虚。白水，即河源。爾雅：「河出崑崙虚，色白。」是也。此等不必深求。

溘吾遊此春宮兮，折瓊枝以繼佩。十八隊。及榮華之未落兮，相下女之可詒。七之。

【眉批】此句總下三小段。

王注：「春宮，東方青帝舍也。」集注：「下女，侍女也。」以「下女」爲「侍女」，九歌可證。但集注云「神之侍女」，則非也。此指下文所求淑女之侍女爾。此句起下三小段之總辭也。補注：「下女，喻賢人之在下者。」非是。震按：瓊，本玉色之精美，故凡言精美如玉者，皆以瓊稱之。篇内「瓊枝」、「瓊茅」、「瓊佩」、「瓊靡」，九歌之「瓊芳」、「瓊華」，並此義。榮華未落，以喻顏色，自託爲女子之言也。詒其侍女，令通己之志于淑女也。

吾令豐隆乘雲兮，求虙妃之所在。泚。解佩纕以結言兮，吾令蹇脩以爲理。六止。

虙妃之所在，謂産虙妃之地。今或更産淑女也。舊説皆以爲即求虙妃，而王注謂喻隱士，集注謂喻賢君，皆非是。補注引洛神賦解虙妃，不足據。蹇脩，媒之美稱。蹇蹇而脩治，則不阿曲可知。王注：「虙犧氏之臣。」集注：「人名。」皆非是。理，爲主媒者也。

紛總總其離合兮，忽緯繣其難遷。二僊。夕歸次于窮石兮，朝濯髮乎[四]洧盤。二十六桓。

【眉批】折轉。

言求之不得也。緯繣，結礙也。窮石，弱水所出，説文謂之屼山，十六國春秋謂之蘭門山，隋志謂之祀山，祀，即「屼」之轉易。近志謂之祁連山，漢張掖刪丹西南山也。括地志：「在刪丹縣西南七十里」。今陝西行都司東吐谷渾界。此非后羿所遷之窮石，補注誤，集注亦誤從之。洧盤，王注引禹大傳曰：「洧盤之水，出崦嵫之山。」此亦不必深求者。但以「夕歸次于窮石」二句指虙妃説，則謬。此屈子自言其往來。

保厥美以驕傲兮，日康娱以淫遊。十八尤。雖信美而無禮兮，來違棄而改求。十八尤。

又言今之所求者，或未能如虙妃之崇禮敬也。蓋中道徘徊之辭。舊説皆言虙妃驕傲無禮，大謬。

覽相觀于四極兮，周流乎天余乃下。户。望瑶臺之偃蹇兮，見有娀之佚女。八語。

【眉批】
又起。

謂欲于産簡狄之處求之。有娀當在禹貢冀州。史記：「桀敗于有娀之虚。」漢河東蒲坂即其地。今山西平陽府蒲州。補注引淮南子曰：「有娀在不周之北。」此雜學之言，不足爲據。佚女，猶言静女也。吕氏春秋及淮南子之説不足據。

吾令鴆爲媒兮，鴆告余以不好。古讀若杇。雄鳩之鳴逝兮，余猶惡其佻巧。古讀若「舅」之濁聲。

【眉批】
折轉。

言亦求之不得也。以鴆、鳩喻所遇皆讒佞小人。鴆，紫黑色，食蝮，以羽畫酒殺人，故曰酖毒。雄曰運日，雌曰陰諧。雄鳩，謂食桑葚之鳩，佀山鵲，而短尾、多聲。小雅謂之鳴鳩，左傳謂之鶻鳩，爾雅謂之鶻鵃，或謂之鷽鳩。見莊子。

心猶豫而狐疑兮，欲自適而不可。三十三朞。鳳皇既受詒兮，恐高辛之先我。三十三朞。

鳩鴆不足徵信，自適則又非禮，故更詒鳳皇，庶幾可得之。然恐高辛之事已往，嘉遇不可再，蓋賢人不世出，高辛先我而得簡狄，今未必更有如簡狄者也。此章亦中道徘徊之辭。王注以所求即簡狄，非也。集注云：「鳳皇又已受高辛之遺而來求之，故恐簡狄先爲嚳所得也。」如此説，侮褻賢妃矣。

欲遠集而無所止兮，聊浮游以逍遥。四宵。及少康之未家兮，留有虞之二姚。四宵。

【眉批】

又起。

謂欲于産二姚之處求之。方少康未家之時，若留此有虞之二姚以待之者，故思之而欲往。有虞，在禹貢豫州，漢梁國有虞邑即其地。今河南歸德府虞城縣。虞思妻少康事，見左傳哀元年。王注云：「幸若少康留止有虞，而得二妃以成顯功，是不欲遠去之意也。」集注云：「言既失簡狄，欲適遠方，又無所向，故願及少康未娶于有虞之時留此二姚也。」皆非是。

理弱而媒拙兮，恐道言之不固。十一暮。世溷濁而嫉賢兮，好蔽美而稱惡。去聲、十一暮。

【眉批】以二句當前各兩章，亦正意收。

爲理者弱而不能主，爲媒者拙而無善辭，亦恐如前不可求也。文選注：「又恐道理弱于少康。」集注從之。非是。

第七段凡十章。託言欲求淑女以自廣，故歷往賢妃所産之地，冀或一遇于今日，而無良媒以通己志，因言世之溷濁，無所往而可者。思古賢妃，哀楚無女，亦以讒當時如鄭袖也。

閨中既邃遠兮，哲王又不寤。十一暮。懷朕情而不發兮，余焉能忍而與此終古。一姥。

【眉批】

双頂前兩大段，總起下三大段。

此章承上起下之辭，言欲求淑女，則閨中深遠，欲見古哲王，則哲王不知，安能與溷濁之世久居乎？是以思遠逝以發其情也。爾雅：「宫中之門謂之闈，其小者謂之閨。」周禮注云：「齊人之言終古，猶言常也。」王注以「不寤」爲「不能覺悟善惡之情」，非是。

索瓊茅以筳篿兮，命靈氛爲余占之。曰兩美其必合兮，孰信脩而慕之？以兩「之」字自爲應。

【眉批】

借靈氛、巫咸爲欲遠逝作頓挫。

上既言欲遠逝之意，此更設爲命占之辭卜其行也。兩「曰」字，舊説皆爲靈氛言，贅複非是。以，猶與也。一聲之轉。小斷竹謂之筳。莊子：「舉筳與楹。」漢書：「以筳撞鐘。」靈氛，謂善望氣氛，以爲卜師之稱也。兩美必合，亦託爲女子之言。信脩，信能好脩，與己同德者也。瓊茅，義見前。揚雄謂瓊茅三脊，不必從。補注以爲爾雅「葍，藑茅」，非是。王注：「結草折竹卜曰篿。」

思九州之博大兮，豈惟是其有女。八語。曰勉遠逝而無疑兮，孰求美而釋女？汝。八語。

上章言兩美必合，理之常也。苟同德相慕，孰爲信脩而慕己之美者乎？此章更言九州之廣，何地無賢，欲以卜其往而有所遇否也。下言「曰」者，靈氛之告以吉占也。

何所獨無芳草兮，爾何懷乎故宇？九麌。世幽昧以眩曜兮，孰云察余之善惡？去聲。

靈氛勸以無懷故宇，屈子乃自念處此濁世，無有知己者。此下槩言世之棄賢，而黨人之好惡尤異。王注謂「苔靈氛」，集注謂「雖往而亦將無所合」，皆非是。

民好惡其不同兮，惟此黨人其獨異。七志。户服艾以盈要兮，謂幽蘭其不可佩。十八隊。

艾，爾雅謂之冰臺。又名醫草。王注云：「白蒿也。」非是。

覽察草木其猶未得兮，豈珵美之能當？十一唐。蘇糞壤以充幃兮，謂申椒其不芳。十陽。

言草木且不知，更欲望其辨美玉，豈能當此任乎？王注引相玉書言：「珵大六寸，其耀自照。」王注：「幃謂之幐。幐，香囊也。」補注：「蘇，猶索也。」一聲之轉。

第八段凡六章。命靈氛爲卜其行，而因念世之棄賢如此。

欲從靈氛之吉占兮，心猶豫而狐疑。七之。巫咸將夕降兮，懷椒糈而要之。七之。

巫咸，殷之傳天數者。王注：「糈，精米。」補注：「孟康曰：椒糈，以椒香米饊也。」補注引山海經説巫咸，非是。

百神翳其備降兮，九疑繽其並迓。古讀若御，或譌作「迎」，因九歌文誤。皇剡剡其揚靈兮，告余以吉故。十一暮。

九疑山，在漢零陵、蒼梧之間。今桂林府即漢零陵地。文穎云：「九疑山，半在蒼梧，半在零陵。」言使九疑之神迎天之百神。皇，美也。揚靈，謂巫咸揚其靈以通于百神，凡精神所通曰靈。靈氛之吉占，本問之於神而得者，此則復因巫咸致百神而告以吉之故也。

曰勉陞降以上下兮，求矩矱之所同。一東。湯禹儼而求合兮，摯咎繇而能調。三蕭。此非韻。江先生曰：「此似因詩『決拾既佽』章『調』、『同』二字而誤，詩本以首尾句爲韻，而中間二句非韻，古人讀書，亦未必無偶誤也。」

苟中情其好脩兮，又何必用夫行媒？十五灰。説操築于傅巖兮，武丁用而不疑。七之。

呂望之鼓刀兮，遭周文而得舉。八語。甯戚之謳歌兮，齊桓聞以該輔。九麌。

已上巫咸致百神之言，凡三章，以證當遠逝之故。伯夷之歌曰：「神農虞夏忽淹没兮，我安適歸矣！」屈子之上述湯、禹，下逮齊桓，託言之指，亦猶伯夷歎神農虞夏之没也。其曰「遠逝」，曰「陞降上下」，皆安所適歸之辭也。傅巖在虞、虢之間。今平陸縣東三十五里，俗呼聖人窟，説操築時所居。尸子、墨子皆謂傅巖在北海之洲，非是。甯戚宿齊東門外，擊牛角而商歌，其辭曰：「南山矸，白石爛，生不遭堯與舜禪。短布單衣適至骭，從昏飯牛薄夜半。長夜漫漫何時旦？」桓公夜出，聞而異之。三齊記載此歌，似非後人所能作者。其事詳淮南道應訓。戰國時言伊、呂事者，文多不雅馴，不足徵引。

及年歲之未晏兮，時亦猶其未央。十陽。恐鵜鴂之先鳴兮，使夫百草爲之不芳。十陽。

此章自念及時當去，下七章皆反覆以明其不可不去。文選注及補注皆以「勉陞降」二句爲巫咸言，「湯禹」已下皆爲屈子語。集注以此章已上皆爲巫咸之言。余謂巫咸言，本申明吉占之故，「陞降上下」即前所云「遠逝」也。「求合」與「求美」，辭意皆同；「中情好脩，何用行媒」，即「兩美必合，信脩而慕」之義。彼問辭，此斷辭也。自「湯禹」至「齊桓」，以證「矩矱所同」句也。但告以吉故便已，不必有勸行語。鵜鴂，即夏小正之「五月鴂則鳴」，豳之「七月鳴鶪」也。鄭箋：「豳地晚寒，鳥物之候，從其氣焉。」左傳謂之伯趙，爾雅謂之伯勞，夏小正傳謂之伯鷯，禮注謂之博勞。「鴂」、「鶪」一字。鵜鴂，揚雄反騷作「鷤搗」，張衡思玄賦作「鶗鴂」，字形相禪爾。伯勞以夏至鳴，應陰氣之動，衆芳將萎謝也。王逸曰：「鵜鴂，一名買鵤，常以春分鳴。」非是。買鵤乃子規，徐廣注史記云：「秭鴂，一名鷤搗。」顔師古注漢書云：「鷤搗，一名買鵤，一名子規，一名杜鵑。」皆以二物相溷。據史記「百草奮興，秭鴂先滜」，「奮興」與「不芳」，義正相反。廣韻又與「寧鴂」之名溷，皆考古不審，徒以名相冒。

何瓊佩之偃蹇兮，衆薆然而蔽十三祭。之。惟此黨人之不諒兮，恐嫉妒而折十七薛。之。

時繽紛以變易兮，又何可以淹留？十八尤。蘭芷變而不芳兮，荃蕙化而爲茅。古讀若牟。

何昔日之芳草兮，今直爲此蕭艾。十四泰。也？豈其有他故兮，莫好脩之害十四泰。也。

【眉批】

回顧好脩。此段皆申明「余獨好脩以爲常」句也。

余以蘭爲可恃兮，羌無實而容長。十陽。委厥美以從俗兮，苟得列乎衆芳。十陽。椒專佞以慢慆兮，樧又欲充夫佩幃。八微。既干進而務入兮，又何芳之能祇？五支。固時俗之流從兮，又孰能無變化？「貨」平聲。覽椒蘭其若兹兮，又況揭車與江離。羅。惟兹佩之可貴兮，委厥美而歷兹。七之。芳菲菲而難虧兮，芬至今猶未沫。十四泰。

瓊佩難虧，以自喻。衆芳變化，以喻人。蓋屈子之自信，所謂「余獨好脩以爲常」也。篇内反覆自明在此。荃，或謂之白昌，昌蒲之無劒脊者。亦作「蓀」，俗呼溪蓀。蕭，爾雅謂之萩，禮注謂之薌蒿。樧，内則謂之藙，廣雅謂之欓，俗呼欓子。亦謂之茱萸，亦謂之越椒。「委厥美以從俗」，言自棄其美。「委厥美而歷兹」，則人棄其美，所謂「衆薆然蔽之」也。王注、補注及文選注皆以子蘭、子椒爲説，朱子已辨其非。

第九段凡十三章。巫咸告以吉故，而復審之于己。言不獨世棄賢，賢者亦往往因之自棄，惟己則不可變也。

和調度以自娱兮，聊浮游而求女。八語。及余飾之方壯兮，周流觀乎上下。户。靈氛既告余以吉占兮，歷吉日乎吾將行。古讀若航。折瓊枝以爲羞兮，精瓊爢以爲粻。十陽。

爲余駕飛龍兮，雜瑶象以爲車。古讀若居。何離心之可同兮，吾將遠逝以自疏。九魚。

【眉批】前兩段頓挫，逼出此句。

上三章，言從靈氛所云遠逝之意；下六章，乃言其行之所至也。託之求女，皆承前求淑女未遂爲辭，不忍言絶君以去也。爢，糁也。「糜」同。舊説以爲玉屑，非是。瑶，玉之次。以爲美玉者，非。象，象齒。

邅吾道夫崑崙兮，路脩遠以周流。十八尤。揚雲霓之晻藹兮，鳴玉鸞之啾啾。十八尤。

朝發軔于天津兮，夕余至乎西極。二十四職。鳳皇翼其承旂兮，高翱翔之翼翼。二十四職。

忽吾行此流沙兮，遵赤水而容與。八語。麾蛟龍使梁津兮，詔西皇使涉余。九魚。

路脩遠以多艱兮，騰衆車使徑持[五]。六脂。路不周以左轉兮，指西海以爲期。七之。

屯余車其千乘兮，齊玉軑而並馳。古讀若酡。駕八龍之蜿蜿兮，載雲旗之委移。古音弋多切。

抑志而弭節兮，神高馳之邈邈。四覺。奏九歌而舞韶兮，聊假日以愉樂。十九鐸。

戰國時言僊者皆託之崑崙，故多怪異不經之説。篇内特借以爲寓言，不必深求也。赤水出崑崙東北陬，不周山在崑崙西北，見穆天子傳、山海經、淮南子等書。凡此等，但存其略，非如制度名物有關經學者也。天津，天潢也。九星，在虚、危北。流沙，在漢燉煌西。嘉峪關外，廢沙州衛地。西皇，據月令，帝少皞也。軑，輨也。南楚謂之軑，關之東西謂之輨，即轂端錔。「齊玉軑」，謂齊轂而馳。王注：「軑，錮也。一曰車轄也。」古人輨、轄多並稱，輨在轂，轄在軸，當辨。補注引方言「輪，韓、楚之間謂之軑」，亦非是。

陟陞皇之赫戲兮，忽臨睨夫舊鄉。十陽。僕夫悲余馬懷兮，蜷局顧而不行。航。

【眉批】一折轉便住，情辭痛絶，更不能著一語。

皇，皇天也。

第十段凡十章。託于遠逝，而終之以睠顧楚國焉。

亂曰：已矣哉！國無人莫我知兮，又何懷乎故都？十一模。既莫足與爲美政兮，吾將從彭咸之所居。九魚。

繫以亂章，以明辭指所歸。補注：「國語云：『其輯之亂。』輯，成也。凡作篇章既成，撮其大要以爲亂辭也。」

【校勘記】

〔一〕曰，原脱，據文例補。

〔二〕三，原作「二」，據説文改。

〔三〕平樂，原作「樂平」，據精鈔本屈原賦注通釋上乙。

〔四〕乎，原作「于」，據精鈔本屈原賦注改。

九歌

九歌，遷于江南所作也。凡十有一篇，謂之「九歌」者，不以其數也。昭誠敬，作東皇太一；懷幽思，作雲中君，皆以喻事君精忠也。致怨慕，作湘君、湘夫人，以己之棄于人世，猶巫之致神而神不顧也。正于天，作大司命、少司命，皆言神之正直，而惓惓欲親之也。懷王入秦不反，而頃襄繼世，作東君，末言狼、弧，秦之占星也。報秦非頃襄所能，以待能者。從河伯水遊，作河伯；與魑魅爲羣，作山鬼；閔戰争之不已，作國殤；恐常祀之或絶，作禮魂。

吉日兮辰良，十陽。穆將愉兮上皇。十一唐。撫長劒兮玉珥，璆鏘鳴兮琳琅。十一唐。

言卜日齋肅，劒佩以禮神也。日，甲至癸也。辰，子至亥也。穆，猶穆穆，敬也。珥，飾劒鐔也。璆鏘，玉聲。集注引史記「玉聲璆然」，補注引禮「玉鏘鳴」是也。琳，即禹貢「球琳」，美玉。琅，即琅玕，或謂之珠樹，或謂之碧樹，又名青珠。其赤者謂之珊瑚，或謂之火樹。

瑤席兮玉瑱，盍將把兮瓊芳。十陽。蕙肴蒸兮蘭藉，奠桂酒兮椒漿。十陽。揚枹兮拊鼓，疏緩節兮安歌，陳竽瑟兮浩倡。十陽。

肴蒸，禮之折俎也。骨折謂之肴，俎實曰蒸。亦作「脀」。藉，如易「藉用白茅」之「藉」。漿，禮注謂之「截漿」，酢漿也。鼓杖謂之枹。竽，管樂。瑟，絃樂。

靈偃蹇兮姣服，芳菲菲兮滿堂。十一唐。五音紛兮繁會，君欣欣兮樂康。十一唐。

【眉批】此歌語簡法嚴，以此明其敬肅。

上章陳所以享神者，此章則言神降于巫，而享其芬香、音樂，欣然以豫也。方言：「凡好而輕者謂之姣。」

東皇太一 凡三章一韻。

天官書：「中宮天極星，其一明者，太一常居也。」呂向注：「祀在楚東，故曰東皇。」震按：古未有祀太一者，以太一爲神名，特起于周末。至漢武帝時，因方士之言，亳人謬忌奏。立其祠長安東南郊。即甘泉泰畤。唐、宋祀之尤重。唐謂之太清紫極宮，宋謂之太一宮。太宗建東太一于東南郊，仁宗建西太一于西南郊，神宗建中〔一〕太一于集福宮。蓋自戰國之時，即奉以爲祈福之神，其祀甚隆，故屈子就當時祀典賦之，非祠神所歌也。舊説謂九歌之作，因巫所歌而更其辭，或又謂屈子所自祭，皆非也。巫所常歌，不應有通篇言神不來者。屈子自祭，不應有通篇言往遊，不及祭之一語者。魯論曰：「非其鬼而祭之，諂也。」則以爲屈子所自祭，尤屬大謬。

浴蘭湯兮沐芳，一陽。華采衣兮若英。古讀若央。靈連蜷兮既留，爛昭昭兮未央。十陽。

言巫之潔以致神，故神留之，光爛未已。舊説以「芳」爲芳香，白芷之名；以「若」爲杜若。皆不必從。

謇將憺乎壽宮，與日月兮齊光。十一唐。龍駕兮帝服，聊翱遊兮周章。十陽。上二章一韻。

張銑注：「壽宮，祠神所也。補注：『漢武帝置壽宮神君。臣瓚曰：「壽宮，奉祠之宮。」』神既安樂，德又光明，乃與日月齊也。」震按：帝服，謂所服皆帝者之飾。周章，周流章布也。此章言欲神安于壽宮，而神乃翱遊將去。

靈皇皇兮既降，洪。猋遠舉兮雲中。一東。覽冀州兮有餘，横四海兮焉窮。一東。

思夫君兮太息，極勞心兮懆懆。二冬。

【眉批】

賦雲傑句。

言神之既降，人固得覩其美矣，忽猋然遠舉，極中國四海，皆在其覽觀横被之中，令人思之彌勞也。冀州，古帝都，因以爲王畿之通號，穀梁傳：「鄭同姓之國也，在乎冀州。」又以爲中土之通號。淮南墬形訓：「正中冀州曰中土。」路史：「中國總謂之冀州。」此冀州以中土言。

雲中君凡三章，前二章一韻，後一章一韻。

謂雲神也。周禮大宗伯「以槱燎祀飌師、雨師」，而不及雲師。意戰國時有增入祀典者，故屈子得舉其事賦之。漢以丙戌日祀風師于戌地，以己丑日祀雨師于丑地，唐始加雷師，與雨師同壇。始于天寶五年。宋兆風師于西郊，祠以立春後丑日，兆雨師于北郊，祠以立夏後申日，以雷師從雨師之位。至明更加雲師，同祭于山川壇。後代祀典，祭雷師始于唐，祭雲師始于明也。

君不行兮夷猶，十八尤。蹇誰留兮中洲？十八尤。美要眇兮宜脩，十八尤。沛吾乘兮桂舟。十八尤。令沅湘兮無波，使江水兮安流。十八尤。望夫君兮未來，古讀若釐。吹參差兮誰思？七之。上六句一韻，下二句一韻。

【眉批】頓挫。

古以巫致神，周禮有男巫、女巫，祭陽神以一男巫爲尸，祭陰神以一女巫爲尸，其餘皆令歌舞。湘君、湘夫人皆陰神，當用女巫。二歌不陳享神之物及主祭者之辭，以神不來，但使巫求之也。集注謂「以男主事陰神之辭」，非是。此章託爲巫與神期約，而候之不至，故曰湘君猶豫不行，爲誰留于中洲乎？我脩飾美好，乘舟往迎，則願無波濤之險。且行且望，以君之未來，吹參差思之，當復誰思也。參差，舜所作洞簫，風俗通云：「其形參差，象鳳之翼。」王注以「美要眇」句爲指二女，補注以「吹參差」爲思舜，非是。

駕飛龍兮北征，十四清。邅吾道兮洞庭。十五青。薜荔拍兮蕙綢，荃橈兮蘭旌。十四清。望涔陽兮極浦，橫大江兮揚靈。十五青。

飛龍，舟名也。猶冠名「切雲」，珠名「明月」。自沅、湘以望涔陽，故曰北征。洞庭在其中，道所邅回也。洞庭，禹貢所謂「九江」，春秋傳所謂「江南之夢」，戰國策所謂「五渚」，湘、資、沅、微、澧五水所會。韓非子所謂「五湖」。又名三湖，又名重湖，又名巴丘湖；湖之南曰青草湖，北曰赤沙湖，或連或分言之。涔水，即岷江之南派，會澧水注洞庭。禹時南派盛大，爲江之經流，故禹貢曰：「又東至于澧，過九江，至于東陵。」戰國時則南流如帶，謂之涔水，而謂北派爲大江，此繇涔陽橫大江是也。凡水之北曰陽。今荊州府公安縣有涔陽鎮。拍，所以縣櫂，方言謂之緝。郭璞云：「繫櫂頭索也。」綢，韜也。小楫謂之橈，或謂之榜，見涉江。其大者謂之櫂。釋名又謂之札。旌，周禮「析羽爲旌」是也。大水有小口別通曰浦。見風土記。揚靈，謂揚己之靈，欲以通于神也。此章承上往迎神而言。

揚靈兮未極，二十四職。女嬋媛兮爲余太息。二十四職。橫流涕兮潺湲，隱思君兮陫側。二十四職。

【眉批】三章以議論馳騁。

女，謂下女。此章言揚己之神，未至神所，恍若神之侍女爲己太息，于是涕潺湲下，悲痛鬱傷也。「女嬋媛」句，與湘夫人篇「聞佳人兮召余」，同一恍惚之辭。王注以爲女嬃，集注以爲旁觀之人，皆非是。

桂櫂兮蘭枻，十七薛。斲冰兮積雪。十七薛。采薜荔兮水中，搴芙蓉兮木末。十三末。心不同兮媒勞，恩不甚兮輕絶。十七薛。

手持水櫂曰枻。斵冰積雪，王注謂「舉其櫂楫，斵斫冰凍，紛然如積雪」也。

石瀨兮淺淺，二十八獮。飛龍兮翩翩。二僊。交不忠兮怨長，期不信兮告余以不閒。二十八山。

瀨，水流沙上也。水淺則龍不居，情薄則望不至。

鼂騁騖兮江皋，夕弭節兮北渚。八語。鳥次兮屋上，水周兮堂下。户。此章與下章一韻。

【眉批】

遥接「横大江」句，行文斷續之妙。

小洲曰渚。北渚，洞庭之北，南史之三湘浦也。上三章皆怨望之辭，此章承前「横大江」言之，故曰「騁騖江皋」也。終朝往求，至夕而止于北渚，但見鳥與水而已，皆因神不來而賦其事。

捐余玦兮江中，遺余佩兮澧浦。十姥。采芳洲兮杜若，將以遺兮下女。八語。時不可兮再得，聊逍遥兮容與。八語。

判環謂之玦。澧水出武陵充邑歷山，至下雋入沅。充縣，今爲岳州府九谿、永定二衛。下雋故城，在今武昌府通城縣西。杜若，今之高良薑，其實謂之紅豆蔻。本草：「杜若，一名杜衡。」非是。補注云：「杜若，廣雅所謂楚衡者也。」亦非是。

湘君凡七章。

史記：始皇「問博士曰：『湘君何神？』博士對曰：『聞之，堯女，舜之妻，而葬此』」。蓋統言之，則但曰湘君，禮有「小君」之稱是也。分别言之，則娥皇爲正妃，稱君；女英爲次妃，降稱夫人。楚人因其葬此而奉爲湘水神，本民間不經之説。二妃之神，必不因愚民之俗議，而享其褻越之祭也。二歌皆言神不來，其以此意爲之乎？或又以爲舜二女宵明、燭光，黄陵爲癸比墓，皆不足考信。

帝子降兮北渚，八語。目渺渺兮愁余。九魚。嫋嫋兮秋風，洞庭波兮木葉下。户。

【眉批】此歌與湘君章法同，而搆思各别。寫水波，寫木葉，所以寫秋風，皆所以寫神不來，冷韻淒然。

眇眇，遠視貌。此亦託爲巫與神期約，而候之不至，故曰帝子其降此北渚乎？望之愈遠，使我心愁，但見秋風、水波與木葉落，不知神或來否也。

登白蘋兮騁望，四十一漾。與佳期兮夕張。去聲。四十一漾。鳥何萃乎蘋中？罾何爲兮木上？四十一漾。

蘋，佀莎而大，白者謂之白蘋，青者謂之青蘋。相如賦：「薛莎青蘋。」蘋，或謂之苿菜。中折如十字，俗呼四葉菜，五月開白華。罾，撩罟也。言步白蘋之上以縱望之，本與神期以前夕。張設，待其來降也。又因所見，而言鳥與罾之處非其宜。蓋疑此地不足以待神也。

沅有芷兮澧有蘭，二十五寒。思公子兮未敢言。二十二元。荒忽兮遠望，觀流水兮潺湲。二十八山。

言思望之甚，但見流水潺湲，不見神之來也。補注：「遠望楚國。」非是。公子，猶帝子，春秋傳有女公子之稱。補注：「公子，謂子椒、子蘭。」非是。

麋何食兮庭中？蛟何爲兮水裔？十三祭。朝馳余馬兮江皋，夕濟兮西澨。十三祭。聞佳人兮召余，將騰駕兮偕逝。十三祭。築室兮水中，葺之兮荷蓋。古讀若計。

【眉批】

翻空起波，合下二章，皆空中布置。

又言物失其居，以喻事多反側，于是馳江皋、濟西澨以求之。怳若聞神之召己，欲與使者同往，更就水中集衆芳以成室，庶幾神或留止也。舊説屈原願託神明居處，非是。麋，似鹿而大，青黑色，肉蹏。裔，邊也。埤增水邊土，人所止者曰澨。葺，茨也。

荃壁兮紫壇，播芳椒兮成堂。十一唐。桂棟兮蘭橑，辛夷楣兮葯房。十陽。罔薜荔兮爲帷，擗蕙櫋兮既張。十陽。白玉兮爲瑱，疏石蘭兮爲芳。十陽。芷葺兮荷屋，繚之兮杜衡。古讀若航。

紫，紫貝，紫質，黑文。出日南。崇土爲壇，謂築室之基也。古者爲堂，南北五架，正中曰棟，次棟曰楣。棟，或謂之阿。儀禮「當阿」是也。楣，或謂之梁。見爾雅。北楣以北爲房與室。橑，周謂之榱，秦謂之椽，齊、魯之間謂之桷。辛夷，或謂之辛矧，或謂之辛雉。見甘泉賦。疑「雉」即「矧」之譌。本草又名侯桃、房木、木筆。帷，帳也，上覆曰幕，旁繞曰帷。櫋，梠也，亦謂之檐。芷葺，雜芷與荷，葺以蓋屋也。

合百草兮實庭，建芳馨兮廡門。二十三魂。九疑繽兮並迎，靈之來兮如雲。二十文。

此章言欲築室如是，而舜又使九疑之神來迎之去也。堂下至門謂之庭，簷所覆謂之廡。漢已後始以堂下周屋爲廡。

捐余袂兮江中，遺余褋兮澧浦。十姥。搴汀洲兮杜若，將以遺兮遠者。古讀若渚。時不可兮驟得，聊逍遥兮容與。八語。

袂，袖也。南楚謂襌衣曰褋。汀，平也。遠者，即下女，以其從之遠去而言也。不可驟得，以前有「召余」之云，姑俟諸異日也。

湘夫人凡七章。

廣開兮天門，二十三魂。紛吾乘兮玄雲。二十文。令飄風兮先驅，使涷雨兮灑塵。十七真。

言神乘玄雲而行也。集注以「吾」爲主祭者自稱，乘玄雲而往迎，皆非是。爾雅：「暴雨謂之涷。」

君迴翔兮以下，户。踰空桑兮從女。八語。紛總總兮九州，何壽夭兮在余。九魚。

言神來而已往從，因又言司命主生人壽夭，其權徧及九州也。空桑山，在古有莘之地，伊尹所生，漢陳留故莘國也。今河南開封府陳留縣。元和志：「故莘城，在縣東北三十五里。」

高飛兮安翔，十陽。乘清氣兮御陰陽。十陽。吾與君兮齊速，道帝之兮九阬。古讀若康[二]。

言己從神以佐天帝也。九阬，九門也。説文：「阬，閬也。」「閬，門高也。」考工記匠人：「營國，旁三門。」四面凡九門。淮南俶真訓：「道出一原，通九門，散六衢。」高誘注：「九門，天之門。」之九門以治寰宇，即尚書「闢四門」之意。

靈衣兮披披，古讀若玻。玉佩兮陸離。羅。壹陰兮壹陽，衆莫知兮余所爲。古讀若莪。

此又言陰陽循環，司命所爲，衆人莫知也。已上得與司命相從，是其先之合。

折疏麻兮瑤華，古讀若敷。將以遺兮離居。九魚。老冉冉兮既極，不寖近兮愈疏。九魚。

離居，謂前相從而今離隔也。王注：「疏麻，神麻。」補注：「瑤華，麻華也。其色白，故比于瑤。」

乘龍兮轔轔，十七真。高駝兮沖天。古音鉄因切。結桂枝兮延佇，羌愈思兮愁人。十七真。愁人兮奈何，七歌。願若今兮無虧。去何切。固人命兮有當，孰離合兮可爲。我。

言今雖與神離隔，尚未至有虧道相絶也。願若今之無虧，則離而未必不可合爾。皆欲親之之辭。因又言即此離合之不偶，固命有當然，非人所得爲，以結前得相從而後離居之意。

大司命凡七章。

三台，上台曰司命，主壽夭，即九歌之大司命也。文昌宮四曰司命，主災祥，即九歌之少司命也。周禮大宗伯：「以槱燎祀司中、司命。」雖在祀典，然二歌皆非祭辭也。魯論曰：「道之將行也與？命也。道之將廢也與？命也。」蓋道行則命之屬于己，道不行則命之不屬于己。懷王初甚任屈原，而其後疏之，故二歌以與司命離合爲辭，悲其離而思合者，冀道之行也。天之「司命」，亦猶下之居位大臣，所以有「與君齊逮」及「宜爲民正」之語。

秋蘭兮蘼蕪，十虞。羅生兮堂下。户。緑葉兮素枝，芳菲菲兮襲余。九魚。夫人兮自有美子，荃何以兮愁苦？十姥。

【眉批】此歌以問答起，筆法又一變。

秋蘭兮青青，十五青。緑葉兮紫莖。十三耕。滿堂兮美人，忽獨與余兮目成。十四清。

二章皆詩之興體，從今之離憂，而追其始之嘗相合。先設爲人詰己之辭，謂凡人自有所美之子，司命之意，或在彼不在此，汝何以思之愁苦乎？因答其問，謂衆美人之所會，而司命獨與己相視結好也。蓋重知己之感如此。

入不言兮出不辭，七之。乘回風兮載雲旗。七之。悲莫悲兮生別離，樂莫樂兮新相知。五支。

已上三章，皆離憂之辭。

荷衣兮蕙帶，古讀若帝。倏而來兮忽而逝。十三祭。夕宿兮帝郊，君誰須兮雲之際。十三祭。

冀其或須己也。此下一本有「與女遊兮九河，衝風至兮水揚波」二句，古本所無。王逸無注，蓋因河伯文衍誤。

七歌。

與女沐兮咸池，古讀若酡。晞女髮兮陽之阿。七歌。望美人兮未來，臨風怳兮浩歌。七歌。

【眉批】

説出作歌，而以末章爲正文，筆法變。

言欲與神共沐于咸池，晞髮于陽阿，望之不來，怳然長歌，以寄其思，即謂作此歌也。詩「作爲此詩」、「作此好歌」，皆于篇内言之。爾雅：「大陵曰阿。」陽阿，猶書之暘谷，以日出處名之也。

孔蓋兮翠旍，十四清。登九天兮撫彗星。十五青。竦長劒兮擁幼艾，荃獨宜兮爲民正。四十五勁。

孔蓋，以孔雀尾飾車蓋也。孔雀，或謂之孔雉。旍，旌垂鈴也。赤曰翡，青曰翠。左傳謂之鷸。彗星，一名掃星，妖星也。按之使不爲害。幼艾，少艾也，猶之曰美人，欲擁護之也。如此乃神之所以爲民正者。此章蓋言己之愁苦思神而爲離合之感，非有私意干之，特望其爲民正爾。

少司命凡六章。

暾將出兮東方，十陽。照吾檻兮扶桑。十一唐。撫吾馬兮安驅，夜皎皎兮既明。古讀若茫。駕龍輈兮乘雷，十五灰。載雲旗兮委蛇。五支，方音。長太息兮將上，心低佪兮顧懷。古讀若回。羌聲色兮娛人，觀者憺兮忘歸。八微。

一章言日之初出，其神自下而上，于是作樂舞以迎之。而音聲容色之盛，令人忘歸。下章備陳樂舞之事，蓋迎日典禮也。

緪瑟兮交鼓，十姥。簫鐘兮瑤虡。八語。鳴䶵兮吹竽，十虞。思靈保兮賢姱。古讀若枯。翾飛兮翠曾，展詩兮會舞。九麌。應律兮合節，古讀若塈。靈之來兮蔽日。五質。上六句一韻，下二句一韻。

絙，絃急也。簫鐘，補注謂「與簫聲相應之鐘」是也。虡，鐘鼓之跗也。植者爲虡，衡者爲筍。䶵，管樂，大者謂之沂。靈保，謂巫也。翠曾，靈保之舞，輕若翠舉也。

青雲衣兮白霓裳，十陽。舉長矢兮射天狼。十一唐。操余弧兮反淪降，援北斗兮酌桂漿。十陽。撰余轡兮高駝翔，十陽。杳冥冥兮以東行。航。

【眉批】

四句意深而筆馳騁。

青，白，以東、西方色爲飾。天狼一星，弧九星，皆在西宮。北斗七星，在中宮。天官書：「秦之疆也，占于狼、弧。」此章有報秦之心，故舉秦分野之星言之，以是知九歌之作在懷王入秦不反之後，歌此以見頃襄之當復讎，而不可安于聲色之娛也。援北斗以酌桂漿，則施德布澤之喻。

東君凡四章。

日也。祭義曰：「祭日于壇。」又曰：「祭日于東。」祭法曰：「王宮，祭日也。」此歌蓋舉迎日之典賦之。集注以「撫余馬」、「乘雷車」，皆指迎日者言，王注以「聲色娛人」亦指日言，皆非是。

與女遊兮九河，七歌。衝風起兮橫波。八戈。乘水車兮荷蓋，駕兩龍兮驂螭。古音丑戈切。

九河，河之委，在禹貢兖域，與青分界。今直隸河間府交河、東光、阜城三縣，山東濟南府德州，皆九河故地。螭，若龍而黄，北地謂之土螻，説文云。

登崑崙兮四望，四十一漾。心飛揚兮浩蕩。四十一漾。日將暮兮悵忘歸，八微。惟極浦兮寤懷。回。上二句一韻，下二句一韻。

崑崙，河之源。浦，則別通之口。言徧遊之也。

魚鱗屋兮龍堂，紫貝闕兮朱宮，一東。靈何爲兮水中？一東。

此章言復至河之中央。

乘白黿兮逐文魚，九魚。與女遊兮河之渚，八語。流澌紛兮將來下。户。

此章言至洲側觀流冰，將與河伯別也。黿，似鼈而大，橢長。澌，冰解散也。

子交手兮東行，航。與「迎」韻。送美人兮南浦。十姥。波滔滔兮來迎，古讀若昂。魚鄰鄰兮媵余。九魚。此章間句韻法。

言河伯執手送己，將繇南浦以歸也。子，謂河伯。美人，自謂也。河伯與己親，以美人目己，故云。兩司命、河伯皆屈子自言其往交于神，無祭之一語。集注以大司命爲主祭者之辭，少司命與河伯皆爲女巫之辭，于文多不可通。

河伯 凡五章。

河神也。春秋傳：「楚昭王有疾，卜曰：『河爲祟。』王弗祭，曰：『三代命祀，祭不越望。江、漢、睢、漳，楚之望也。不穀雖不德，河非所獲罪也。』」孔子稱其知天道。然則屈子不祭河明矣。楚昭去此時未遠，楚人亦不越境祭河明矣。舊説以九歌爲祭辭，非也。屈子之歌河伯，即思彭咸水遊之意，故曰「靈何爲兮水中」，亦以自嘲也。又曰「波來迎」、「魚媵余」，自傷也。

若有人兮山之阿，七歌。被薜荔兮帶女蘿。七歌。既含睇兮又宜笑，二十五笑。子慕余兮善窈窕。二十九篠。上二句一韻，下二句一韻。

【眉批】

此歌以次第淺深爲章法。

擬山鬼之狀，而因代其語。女蘿，今之松蘿。非菟絲。

乘赤豹兮從文貍，七之。辛夷車兮結桂旗。七之。被石蘭兮帶杜衡，折芳馨兮遺所思。七之。余處幽篁兮終不見天，路險難兮獨後來。釐。

言山鬼之出，而因代其語。上章山鬼謂人慕己，此章則山鬼親人。豹，倡虎，黄質黑文，秦、越謂之程。見列子。東胡謂之失刺孫。貍，黄黑斑文，陳、楚、江、淮之間謂之貅，北燕、朝鮮之間謂之貊，關東西謂之貍，或謂之不來。篁，竹叢也。

表獨立兮山之上，雲容容兮而在下。户。杳冥冥兮羌晝晦，東風飄兮神靈雨。九麌。留靈脩兮憺忘歸，歲既晏兮孰華余。九魚。

【眉批】思玄賦「恃己知而華余」句，本此。

已下四章，皆託爲山鬼之語，曰「靈脩」、曰「公子」、曰「君」，泛以目與之親者。此言人至山鬼之所而留之。華余，猶方俗相謂曰榮我。

采三秀兮于山間，二十八山。石磊磊兮葛蔓蔓。二十五願。怨公子兮悵忘歸，君思我兮不得閒。二十八山。

山中人兮芳杜若，十八藥。飲石泉兮蔭松柏，古讀若博。君思我兮然疑作。十九鐸。

雷填填兮雨冥冥，十五青。猨啾啾兮狖夜鳴。十二庚。風颯颯兮木蕭蕭，古讀若脩。思公子兮徒離憂。十八尤。

三章皆離憂之辭。始望其來，則曰意者君思我而不得閒乎？繼望之不來，則疑信交作，而莫必其思與否矣。終望之甚，則曰我思君而徒爲離別憂擾也。承前所留之人，言其離而相思如此。芝，一歲三華，故謂之三秀，爾雅謂之茵。猨，長臂，性緩。狖，卬鼻長尾，禮謂之蜼。

山鬼

通篇皆爲山鬼與己相親之辭，曰「子」、曰「靈脩」、曰「公子」、曰「君」，皆爲山鬼謂屈原也。亦可以借山鬼自喻。皆爲己謂人。蓋自弔其與山鬼爲伍，又自傷其同于山鬼也。歌辭反側讀之，皆其寄意所在。此歌與涉江篇相表裏，以此知九歌之作在頃襄復遷之江南時也。

操吳戈兮被犀甲，古讀若頰。車錯轂兮短兵接。二十九葉。旌蔽日兮敵若雲，二十文。矢交墜兮士爭先。一先。上二句一韻，下二句一韻。

此章敘其戰。戈，句兵，或謂之句孑戟，或謂之雞鳴，或謂之擁頸。以有胡佀擁頸，又佀雞引脰而鳴。犀佀沈牛，豕首，庳足，足有三蹏。考工記：「犀甲壽百年。」

陵余陣兮躐余行，航。左驂殪兮右刃傷。十陽。霾兩輪兮縶四馬，姥。援玉枹兮擊鳴鼓。十姥。天時懟兮威靈怒，十一暮。嚴殺盡兮棄原野。墅。上二句一韻，下四句一韻。

此章敘其陳亡。

出不入兮往不返，二十阮。平原忽兮路超遠。二十阮。帶長劒兮挾秦弓，古讀若肱。首雖離兮心不懲。十六蒸。誠既勇兮又以武，終剛强兮不可陵。十六蒸。身既死兮神以靈，魂魄毅兮爲鬼雄。古讀若蠅。上二句一韻，下六句一韻。

【眉批】有此造句，纔能壯其武厲。

此章首二句閔其情，已下皆壯其志。

國殤凡三章。

殤之義二：未成人而死者謂之殤，所以别長幼也；在外而死者謂之殤，所以别于内也。皆可哀傷，是以名之。國殤，言其死國事，則所以别于二者之殤也。歌此以弔之，通篇直賦其事。

成禮兮會鼓，十姥。傳芭兮代舞，九麌。姱女倡兮容與。八語。春蘭兮秋菊，長無絶兮終古。十姥。

芭，華也。凡華之初秀曰芭，已發則曰華。

禮魂凡一章。

泛言人鬼之有常祀者，亦直賦其事。歌辭反側讀之，可以知其寄意矣。

【校勘記】

〔一〕中，原作「西」，據精鈔本屈原賦注音義上改。

〔二〕康，原作「阬」，據精鈔本屈原賦注音義上改。

天問

問，難也。天地之大，有非人之智所能測者，設難以疑之。而曲學異書，往往騖爲閎大不經之語，設難以詰之。其稱述人事，備陳三代興亡之迹，皆歸于天命，然天不可知，故冀幸人事之改，而天或爲之轉移，此天問之所以作也。當時如鄒衍之流，著書多怪異，山海經、淮南鴻烈蓋本之。亦有因是篇而傅會者，不足據以爲證也。且怪異之譚，屈子已詰其非，則固有不必存者矣。

曰遂古之初，誰傳道古讀若鏜。之？上下未形，何由考古讀若糗。之？

冥昭瞢闇，誰能極二十四職。之？馮翼惟像，何以識二十四職。之？

【眉批】以「誰」字、「何」字、「孰」字、「焉」字、「安」字、「幾」字、「胡」字，錯綜上下爲章法，皆從一「曰」字生出。

以詰凡言往古不可窮識者皆誕也。淮南天文訓：「天墜未形，馮馮翼翼。」精神訓：「古未有天地之時，惟像無形。」

明明闇闇，惟時何爲？我。陰陽三合，何本何化？貨平聲。

爾雅：「時，是也。」穀梁傳：「獨陰不生，獨陽不生，獨天不生，三合然後生。」此章難以疑之。

圜則九重，孰營度十九鐸。之？惟茲何功，孰初作十九鐸。之？

圜則，天也。九天之謂，以象數明之爾。天之大，莫測其始，故設難疑之。

斡維焉繫？天極焉加？古音居何切。八柱何當？東南何虧？去何切。

斡，主旋運者。維，匡繫也。天極，步算家所謂不動處也。賈逵、張衡、蔡邕、王蕃、陸績皆以北極紐星爲樞，謂之不動處。隋祖暅測不動處離紐星一度有餘，至元郭守敬測，離三度奇。以紐星爲天極者，非也。此皆以理數推測名之，至其所以然之故，則難言之，故以爲疑。地在天之中央，水附于地而行，皆氣之鼓盪。曾子及周髀算經已具地圜之理，不知者但以爲地平，故多謬誕之說，屈子亦詰其不然也。

九天之際，安放安屬？三燭。隅隈多有，誰知其數？十遇。

有所放屬，則有大可言；無所放屬，則無大可言。放，至也。「安放安屬」，亦「焉繫」「焉加」之意，疑之也。既不知其放屬，又焉有隅隈之數乎？詰之也。

天何所沓？十二焉分？二十文。日月安屬？列星安陳？十七真。

江先生曰：「沓，重疊之意，承前『九重』而申問之。」震按：十二，謂十二辰。左傳：「士文伯曰：『日月之會是謂辰。』」是也。今步算家言日月五星各有所行之天，而其行又各有大小高下之輪以載之者，經星之天尤遠，此特以垂象之一成不變者推測知之。至其所以然之故則難言，故設難疑之。

出自湯谷，次于蒙汜。六止。自明及晦，所行幾里？六止。

湯谷，即虞書之暘谷。蒙汜，亦曰蒙谷，即虞書之昧谷，爾雅之大蒙。此就中土賓日餞日之地言之。日所行里數，不考信于六蓺，故以爲疑。淮南天文訓、王充論衡所言里數，説皆謬誕。集注以赤道言，其里數不真，則宋時測法疎爾。

夜光何德，死則又育？一屋。厥利維何，而顧兔在腹？一屋。

夜光，月也。德，常德也。死，即所謂死魄也。育，生也，即所謂生明生魄也。月之行下于日，其體渾圜，常以半圜受日光。日月正相對爲望，人目在地視之，其光全，側對則視之若闕。至于同行爲晦，人目在地視之，無光，光常在向日之半也。謂之死、謂之生者，特據人目所見云然。此言由死而育，疊爲循環，何取于是以爲月之常德乎？設難疑之也。月中有黑影，今步算家謂之月駁，乃其坳突處不受日光爾。靈憲之言，非是。集注地影之説，亦謬。利，宜也。「厥利維何」，猶言何所宜也。此以詰世俗之説。

女歧無合，夫焉取九子？六止。伯强何處？惠氣安在？泚。

皆詰之也。伯强，古人以名厲氣之鬼也。惠，順也。順逆之氣，本無定所，質言之則非也。

何闔而晦？何開而明？古讀若茫。角宿未旦，曜靈安藏？十一唐。

日之運行，循環不已。人所居附于地，有見日不見日之時，是以成晝夜。周髀算經有東方日中、西方夜半之說，解其理者，自不疑爾。角，東方宿。日出東方地上曰旦。曜靈，日也。安藏，明其晝夜不息也。此章以詰陽開爲晝、陰闔爲夜之說。蓋言繇日之行，不繇陰陽開闔也。

不任汩鴻，師何以尚四十一漾。之？僉曰何憂，何不課而行航。之？

疑帝堯之使鯀也。說文：「汩，治水也。」

鴟龜曳銜，鯀何聽四十六徑。焉？順欲成功，帝何刑十五青。焉？

永遏在羽山，夫何三年不施？古音詩歌切。伯禹腹鮌，夫何以變化？貨平聲。

疑帝舜之殛鮌也。「鴟龜曳銜」，蓋古有是語，書闕未聞。「順欲成功」，言順其意計所欲，志在成功也。「三年不施」，言疑而不置諸殺也。公羊説：「古人疑獄，三年而始定」。三年不施，永不施矣。左傳杜注：「施，行罪也。」腹，猶抱也。變化，不測也。屈子之意，蓋以四罪中鮌若可原，又因其生聖子而惜之也。

【眉批】

昭十四年。

纂脩前緒，遂成考功。一東。何續初繼業，而厥謀不同？一東。

禹貢：「既脩太原。」傳稱禹能脩鮌之功，故設難疑之。

洪淵極深，何以寘一先。之？地方九則，何以墳二十文。之？

應龍何畫？二十一麥。河海何歷？二十三錫。鯀何所營？十四清。禹何所成？十四清。康回憑怒，地何故以東南傾？十四清。上二句一韻，下四句一韻。

九州安錯？十一暮。川谷何洿？十一模。東流不溢，孰知其故？十一暮。

禹平水土，其神智非常人所測，而好事者又往往爲謬誕之説，故設難以疑禹之神，因詰凡言怪異者之非也。九則，九州也。康回，即共工氏也。「東流不溢」，非東南虧、東南傾之説所能通矣。王注：「有翼曰應龍。」補注引山海圖云：「夏禹治水，有應龍以尾畫地，即水泉流通。」共工觸不周山，見列子、淮南子，皆好事者謬誕之説。屈子所詰者也。

東西南北，其脩孰多？七歌。南北順橢，其衍幾何？七歌。

圜長曰橢。衍，餘也。今步算家因月食地之影，測地圜周九萬里，亦分爲三百六十度，以配天度，二百五十里而移一度。南北緯度，以北極高下定；東西經度，以月食時刻定。地在東一度，則見食早，其差爲十五分刻之四，節朔同。此以天測地之法，其理前人未知也，故多謬誕之説，屈子已不信矣。呂覽、淮南、靈憲之言，皆非是。

崑崙縣圃，其凥安在？泚。增城九重，其高幾里？六止。四方之門，其誰從二冬。焉？西北闢啓，何氣通一東。焉？

以詰言崑崙所有者之誕也。

日安不到？三十七號。燭龍何照？二十五笑。羲和之未揚，十陽。若華何光？十一唐。

詰之也。燭龍，又名燭陰。若華，若木之華。並見山海經及淮南子，皆誕說。

上二句一韻，下二句一韻。

何所冬煖？何所夏寒？二十五寒。焉有石林？何獸能言？二十二元。

此非身歷目覩，故付之不知也。冬煖夏寒，周髀所謂「北極左右，夏有不釋之冰；中衡左右，冬有不死之草」，蓋日下之地，與幽背之地，寒煖頓殊。今時有石笱成岡者，即石林之謂。曲禮：「猩猩能言，不離禽[二]獸。」

焉有龍虯，二十幽。負熊以遊？十八尤。雄虺九首，四十四有。儵忽焉在？灺。與「死」韻。

何所不死？五旨。長人何守？四十四有。此章隔韻之法。

靡蓱九衢，十虞。枲華安居？九魚。一蛇吞象，厥大何如？九魚。

傳有防風氏長狄之屬，所謂長人也。說文：「巴，食象蛇。」其餘皆不足考信，蓋常物而異言之爾。九衢，補注以爲枝之岐出。招魂：「雄虺九首，往來儵忽。」

黑水玄趾，六止。三危安在？灺。延年不死，五旨。壽何所止？六止。

禹貢有二黑水。梁之黑水，帝繫謂之若水，或謂之瀘水，今之金沙江也，界梁州之南。導川之黑水，則界雍州之西者。三危，或謂之卑羽山，在雍州，左傳之瓜州地，漢爲燉煌也。玄趾，或曰黑水所出。禹貢：「導黑水，至于三危。」則三危，黑水所經也。今無其水以當之。此黑水與三危並稱，指雍之黑水明矣。自戰國時，黑水、三危已失之西裔，不能知其所在，亦可見地之無常。雖禹貢之山川，或至湮没于無聞，又况言其遠乎！

鯪魚何所？八語。鬿堆焉處？八語。羿焉彈日？烏焉解羽？九麌。

亦怪誕不足信也。彈，射也。鯪魚，王注以爲鯪鯉，有四足，出南方。補注引山海經「陵魚」。鬿堆，補注引山海經「鬿雀」。烏，淮南所謂「日中有踆烏」，亦猶「月中顧兔」之説。柳子厚據穆天子傳及山海經「飛鳥解羽」，改「烏」爲「鳥」。凡此等皆怪誕之説，不必深求。

禹之力獻功，降省下土方。十陽。焉得彼塗山女，而通之于台桑？十一唐。閔妃匹合，厥身是繼。十二霽。胡維嗜不同味，而快鼂飽？轉讀如閉，楚方音。

商頌：「禹敷下土方。」虞書：「娶于塗山。」左傳：「嘉耦曰妃。」鼂飽，所謂朝食也。

啓代益作后，卒然離蠥。十七薛。何啓惟憂，而能拘是達？十二曷。皆歸射鞫，而無害厥躳。一東。何后益作革，而禹播降？洪。啓棘賓商，九辯九歌。轉讀如基，方音。何勤子屠母，而死分竟地？六至。

禹以天下授益，啓能代之，有扈不服，啓伐之。禹、益同有平水土之功，其有天下、不有天下各異。啓乃能繼禹治道，用其禮樂。三章設難以明此意。「卒然離孽」，謂有扈氏爲亂，卒起不意而遭之。「能拘是達」，補注謂「能變通而不拘執」是也。「射」、「斁」古字通，斁，厭也。一聲之轉。鞫，窮也。甘誓：「有扈氏威侮五行，怠棄三正，天用勦絶其命。」是其所爲皆天厭之，而自歸窮絶，故不足爲啓之害也。「作革」，補注謂「焚山澤，奏鮮食」是也。「播降」，補注謂「水土平，然後嘉穀可殖」是也。棘，艱棘也。詩「俾民大棘」、「孔棘且殆」。言啓雖遇艱棘，終能用禹禮樂。「賓商」，補注引史記契「封于商」，謂：「待商以賓客之禮。」是也。此言啓賓契後，用禹樂，以起下契、禹始生之異而疑之。「勤子」，勤勞生子也。「屠母」，謂坼剖而産也。「死分竟地」，言死而後得分裂以生子至地也。疑聖人之生不宜有此。干寶云：「前志所傳，脩己背坼而生禹，簡狄胷剖而生契。近魏黄初五年，汝南屈雍妻王氏，生男兒，從左胳下水腹上出，而和平自若，數月創合，母子無恙。」據干寶此言，契、禹雖坼剖而生，未必災害其母。屈子時無是事，故以爲疑。王注：「射，行也。棘，列也。」補注：「凡能取中皆曰射。」「棘，急也。」又皆以「勤子」爲「禹勤勞」。集注以「棘賓商」爲「夢賓天」，傳會山海經「啓上三嬪于天，得九辯、九歌以下」之謬説，但不取其「上三嬪」之謂爾。又以「竟地」爲「化石」，引淮南子虛誕之説，安知山經、淮南非因此篇傳會而失其解者邪？

帝降夷羿，革孽夏民。十七真。胡射夫河伯，而妻彼雒嬪？十七真。

馮珧利決，封狶是射。古讀若芍。何獻蒸肉之膏，而后帝不若？十八藥。浞娶純狐，眩妻是謀。古讀若媒。何羿之射革，而交吞揆之？七之。

有夏方衰，降生夷羿以變亂之，然天實惡亂，不享其祀，故羿雖恃射，卒爲浞所謀殺。三章之意如此。爾雅：「弓以蜃者謂之珧。」若，順也。禮注：「決，猶闓也。以象骨爲之，著大擘指，以鉤弦闓體也。」射革，力能貫革也。

阻窮西征，巖何越十月。焉？化爲黃熊，巫何活十三末。焉？

咸播秬黍，莆雚是營。十四清。何由并投，而鯀疾脩盈？十四清。

鯀投東裔，而曰西征者，阻窮而死，其神猶返中國，祀于夏郊，言其神何以能越巖險西至中國乎？「化爲黃熊」，子產亦言之，屈子則以是爲鯀之疾，言非巫祝所能復生，蓋惜鯀之死也。黑黍謂之秬。莆，莞類。莆，即「蒲」字。雚，荻也。夏小正傳：「雚未秀爲荻。」爾雅謂之亂，亦謂之騅。騅，其色也。雚之小者謂之蒹，吳人謂之薕。雚、荻、荻、亂、蒹、薕一物，葦、蘆、葭一物，説者多溷。此言雚蒲之地，皆可營作以播秬黍。「并投」，謂鯀與共工等並投諸四裔也。禹平水土之功，可以蓋父愆矣，然不能救鯀之投，使長有此疾，盈滿不除，屈子反覆惜之如是。

白蜺嬰茀，胡爲此堂？十一唐。安得夫良藥，不能固藏？十一唐。

天式從横，陽離爰死。五旨。大鳥何鳴，夫焉喪厥體？十一薺。

人者陰陽合而成體，陽離則盡爲陰，所以喪厥體而死。此陰陽交錯之常道，故曰「天式從横，陽離爰死」也。餘皆以詰言仙術變化者之誕。

蓱號起雨，何以興十六蒸。之？撰體脅鹿，何以膺十六蒸。之？

鼇戴山抃，何以安二十五寒。之？釋舟陸行，何以遷二僊之？

皆詰之也。王注：「蓱，蓱翳，雨師名。號，呼也。」相如賦：「召屏翳，誅風伯，刑雨師。」注以「屏翳」爲「天神使」，詞章家隨意所用，不必深求。鼇，大龜也。抃，拊手也。

惟澆在户，何求于嫂？古讀若叟。何少康逐犬，而顛隕厥首？四十四有。

女岐縫裳，而館同爰止。六止。何顛易厥首，而親以逢殆？古讀若以。湯謀易旅，何以厚四十五厚。之？覆舟斟尋，何道取四十五厚之？

澆之淫亂，徒恃其力，終爲夏后少康所滅。三章與前論羿事同意。竹書說：「少康使汝艾諜澆。初，浞娶純狐氏，有子，早死。其婦曰女岐，寡居。澆彊圉，往至其户，陽有所求，女岐爲之縫裳，共舍而宿。汝艾夜使人襲斷其首，乃女岐也。澆既多力，又善害，艾乃畋獵，放犬逐獸，因嗾澆顛隕，乃斬澆以歸于少康。」此晉武詔束皙隨欵所說，今其書不著姓氏。湯，集注謂疑當作「康」，此蓋聲相譌。「康謀易旅」，言其興之易，僅一旅之師。左傳所謂「有田一成，有衆一旅，能布其德而兆其謀」是也。厚，謂天之所厚。斟尋，在禹貢青州。漢北海平壽，故斟尋氏地也。斟灌在北海壽光，今山東青州府，漢之北海郡。竹書：「帝相二十七年，澆伐斟尋，大戰于濰，覆其舟，滅之。」魯論：「奡『澆』同。盪舟。」亦謂此。安國以爲陸地行舟，非也。柳子厚云：「覆舟喻易。」承王逸之誤。集注：「夏后相已傾覆于斟尋之國。」亦非。顧炎武云：「古人以左右衝殺爲盪陳。唐書：『矢石未交，陷堅突衆，敵因而敗者曰跳盪。』」晉書：隴上健兒歌：「十盪十決無當前。」宋書顔師伯傳：「單騎出盪。」據此，則「盪舟」與「覆舟斟尋」，皆以見澆之强力，故言少康何道而能取之？屈子所問，亦猶魯論尚德絀力之指。

桀伐蒙山，何所得二十五德。焉？妹喜何肆，湯何殛二十四職。焉？

夏之亡以妹喜，乃于伐蒙山得之，興亡之伏甚微也。

舜閔在家，父何以鰥？古讀若麐。堯不姚告，二女何親？十七真。

當舜在家憂閔，而父使之鰥，若得妻之難；至其妻帝之二女，若得妻之易且非常也。此所以發問之意。因書傳所略，而後人乃有「不姚告」之説，屈子借以爲言。

厥萌在初，何所億二十四職。焉？璜臺十成，誰所極二十四職。焉？

凡見微知著，不待億度。桀、紂皆有瑤臺、瓊室以至滅亡。桀三年，築傾宫；十四年，伐蒙山得妹喜，置之傾宫，飾瑤臺居之。紂五年，築南單之臺；九年，作瓊室，立玉門。此章泛論亂亡之事，淫侈之極必至亂亡也。王注專以紂言。

登立爲帝，孰道尚四十一漾。之？女媧有體，孰制匠四十一漾之？

女媧氏代虙羲立，列子謂「有非人之狀，而有聖人之德」是也。上章泛言亡國者之由于淫侈，此章泛言帝王之興必有聖德。書傳所聞異狀，每過其實，故連及女媧以言之者尤怪異也。

舜服厥弟，終然爲害。古音胡憩切。何肆犬豕，而厥身不危敗？古讀若備。

言象肆其犬豕之心以害舜，舜服事之，不誅也。

吴獲迄古，南嶽是止；六止。孰期去斯，得兩男子？六止。

衡山，其北則楚，其東則吴。王注：「吴至古公之時，得賢君大伯，陰讓王季，辭之南嶽之下採藥，遂止而不還。」期，會也。誰與期會而得兩男子，謂大伯、仲雍也。

緣鵠飾玉，后帝是饗。三十六養。何承謀夏桀，終以滅喪？四十二宕。

帝乃降觀，下逢伊摯。六至。何條放致罰，而黎服大説？十七薛。

鵠，鴻類，遼人謂之天鵞，可爲羹。内則：「鵠鴞胖。」玉，謂玉鼎。「緣鵠飾玉」，謂因進鵠羹，脩玉鼎之事。史記：「阿衡欲干湯而無由，乃爲有莘氏媵臣，負鼎俎，以滋味説湯，致于王道。或曰：伊尹處士，湯使人聘迎之，五反然後肯往從湯，言素王及九主之事。湯舉任以國政。」據史記存兩説，而此云「緣鵠飾玉」，佀如前説。又云「帝乃降觀，下逢伊摯」，佀如後説。蓋不考信于六蓺，故屈賦、史記皆兩存之。「承謀」，謂承用其所謀。條，鳴條。漢河東安邑北有古鳴條陌。在北三十里南坂口。鳴條戰地，在安邑之西。安邑，今屬山西平陽府。桀奔于鳴條，湯遂放之南巢。服，畿服也。二章言夏之亡與商之興。

簡狄在臺，古讀若題，與「詒」韻。嚳[二]何宜？古音牛何切。玄鳥致詒，七之。女何嘉？古音居何切。顧炎武曰：「今本『嘉』作『喜』，是後人不通古音而妄改之也。」按：後漢禮儀志引此作「嘉」。此章亦閒句韻法。

玄鳥，亦謂之燕。燕，爾雅謂之乙，或謂之鷾鴯。即乙兒二聲也。見莊子。燕、乙，一聲之轉。商頌：「天命玄鳥，降而生商。」此蓋言商之先曾有異兆也。

該秉季德，厥父是臧。十一唐。胡終弊于有扈，牧夫牛羊？十陽。干協時舞，九麌。何以懷古讀若回。之？平脅曼膚，十虞。何以肥八微。之？有扈牧豎，云何而逢？三鍾。擊牀先出，其命何從？三鍾。

啓弊兵革于有扈，禹舞干羽以懷有苗，扈之子孫卒爲牧豎，其先何以列爲諸侯？發問之端或以此。餘皆未聞其所指，不可强通也。有扈，漢扶風鄠邑即其地。今陝西西安府鄠縣北二里，有漢故城。

恒秉季德，焉得夫樸牛？古讀若疑。何往營干禄，不但還來？釐。昏微遵迹，有狄不寧。十五青。何繁鳥萃棘，負子肆情？十四清。

二章事未聞。

眩弟並淫，危害厥兄。古讀若荒。何變化以作詐，而後嗣逢長？十陽。

眩惑之弟，謂象。「後嗣逢長」，王注謂「子孫長爲諸侯也」。

成湯東巡，有莘爰極？二十四職。何乞彼小臣，而吉妃是得？二十五德。

水濱之木，得彼小子。六止。夫何惡之，媵有莘之婦？古音扶委切。

世紀：「湯感夢，有人抱鼎俎，對己而笑。寤而求伊摯于有莘之野。有莘之君留而不進。湯乃求婚于有莘之君，遂嫁女于湯，以摯爲媵臣。」此與史記又異，皆無足考證。呂覽：「有莘氏女採得嬰兒于空桑，後居伊水，命曰伊尹。」按：空桑，本莘之地名，好事者遂爲之説爾。

湯出重淵，夫何辠尤？古讀若飴。不勝心伐帝，夫誰使挑之？七之。

淵，深也。重淵，謂重深之地。桀召湯囚之夏臺是也。或作「重泉」，與前「洪淵」或作「洪泉」，皆唐人避「淵」諱而改之。太公金匱有「置之重泉」之語，乃後世僞書。王注：「湯不勝衆人之心而以伐桀，誰使桀先挑之？」

會朝爭盟，何踐吾期？七之。蒼鳥羣飛，孰使萃之？七之。

盟，河北地名，其地有津，謂之盟津。左傳「王與鄭田」，盟其一也。後屬晉爲河陽，盟津在南。漢屬河內。今河南懷慶府孟縣。言諸侯畢會之朝，各以師爭至盟津，何以能使之踐吾期乎？「盟詛不及三王」，則爲地名明矣。蒼鳥，鷹也。詩曰：「維師尚父，時維鷹揚。」此則通言之。

列擊紂躬，叔旦不嘉。居何切。何親揆發，定周之命以咨嗟？古讀若侳。

言周公不善武王斬紂之事，又親爲之揆定其命，咨嗟盡謀也。

授殷天下，其位安施？古音詩戈切。反成乃亡，其罪伊何？七歌。

施，與也。言與之位以何德，亡之以何罪？反成，謂已成之業忽反覆也。

爭遣伐器，何以行航。之？並驅擊翼，何以將十陽。之？

補注：「争遣伐器，謂羣后以師畢會也。」「六韜云：『翼其兩旁，疾擊其後。』擊翼，蓋兵法也。」

昭后成遊，南土爰底。十一薺。厥利維何，逢彼白雉？五旨。

白雉，爾雅謂之翰雉，亦謂之鷮雉。「逢彼白雉」，事未聞。竹書：「昭王十九〔三〕年，祭公、辛伯從王伐楚，天大曀，雉兔皆震。喪六師于漢。」逢白雉，或其時也。

穆王巧梅，夫何周流？十八尤。環里天下，夫何索求？十八尤。

【眉批】

鍊字之法。

方言：「梅，貪也。」巧梅，傳所謂「欲肆其心」也。江先生曰：「環理，猶還里。謂周流而還，計度天下道里。」竹書紀年：「穆王西征，還里天下，億有九萬里。」是也。穆天子傳亦云：「乃里西土之數，各行兼數，三萬有五千里。」

妖夫曳衒，何號于市？六止。周幽誰誅，焉得夫褒姒？六止。

與桀伐蒙山章意同。說文：「衒，行且賣也。」

天命反側，何罰何佑？古音夷至切。齊桓九合，卒然身弑。七志。
彼王紂之躬，孰使亂惑？二十五德。何惡輔弼，讒諂是服？匐。
比干何逆，而抑沈二十一侵。之？雷開何順，而賜[四]封轉孚金切，方音。之？
何聖人之一德，卒其異方？十陽。梅伯受醢，箕子佯狂。十陽。

四章皆言天命人事之不可以常理論。

稷維元子，帝何竺二沃。之？投之冰上，鳥何燠一屋。之？

爾雅：「竺，厚也。」后稷生而仁賢，是天獨厚之也。

何馮弓挾矢，殊能將十陽。之？既驚帝切激，何逢長十陽。之？

馮執弓矢，將以殊能，疑謂周家得賜弓矢作伯也。西伯戡黎，祖伊奔告，所謂「驚帝切激」也。猶遲之數年，始加兵于殷，故曰「何逢長之」。

伯昌號衰，秉鞭作牧。古音莫逼切。何令徹彼岐社，命有殷國？二十五德。

號衰，集注謂「號令于殷世衰微之際也」；徹彼岐社，「通岐社于天下，以爲太社」也。補注云：「此言文王秉鞭作牧以事紂，而武王伐殷以有天下也。」

遷藏就岐，何能依？八微。殷有惑婦，何所譏？八微。

依，謂使民從之如歸市也。

受賜茲醢，西伯上告。古音居侯切。何親就上帝罰，殷之命以不救？四十九宥。

王注：「紂醢梅伯以賜諸侯；文王祭告，語于上天也。」

師望在肆，昌何識？二十四職。鼓刀揚聲，后何喜？六止。

言文王得呂望之異。然其事則戰國時好事者爲之也。

武發殺殷，何所悒？二十六緝。載尸集戰，何所急？二十六緝。

【眉批】淮南子：「武王伐紂，載尸而行。」注：「尸，文王之木主也。」

尸，主也，謂文王之木主。

伯林雉經，維其何故？十一暮。何感天抑地，夫誰畏懼？十遇。

雉經，縊也。王注：「伯，長也。林，君也。本爾雅。謂晉太子申生。」「感天抑地」，補注引左傳「帝許我罰有罪」。

皇天集命，惟何戒古音訖力切。之？受禮天下，又使至代古音魚既切。之？

補注：「詩云：『天鑒在下，有命既集。』此言何所戒慎而致天命之集也。」「受禮天下，言受王者之禮于天下也。」

初湯臣摯，後茲承輔。九麌。何卒官湯，尊食宗緒？八語。

【眉批】

字法。

集注：「官，如『官卿之適』之『官』。」

勳闔夢生，少離散亡。十陽。何壯武厲，能流厥嚴？二十六嚴。此非韻。江先生曰：「此似因殷武詩『下民有嚴』而誤，今審之詩，本以『監』、『嚴』、『濫』三字爲韻，而『不敢怠遑』爲閒句，非韻也。」

古人謂孫爲生，言自此已下生生不絕也。吳闔廬，壽夢之孫，即吳光也。

彭鏗斟雉，帝何饗？三十六養。受壽永多，夫何長？十陽。

彭鏗，帝繫：陸終氏六子，「其三曰籛，是爲彭祖」是也。

中央共牧，后何怒？十姥。蠭蛾微命，力何固？十一暮。

言居地之中，共牧斯民，列后何以相怒而爭乎？蠭蛾之屬，賦命甚微，乃亦有君長，各相競鬬，其力何堅乎？以明爭亂不已之無謂也。

驚女采薇，鹿何祐？古音夷至切。北至回水，萃何喜？六止。

薇，佀藿，蜀人謂之巢菜。俗呼野豌豆。此章事未聞。

兄有噬犬，弟何欲？三燭。易之以百兩，卒無祿。一屋。

舊説秦伯有齧犬，弟鍼求之，不與。鍼請易以百兩，又不聽。鍼卒出奔晉。

薄暮雷電，歸何憂？十八尤。厥嚴不奉，帝何求？十八尤。

薄暮而遇雷電，則欲歸不得。「歸何憂」，反言之也。蓋明其有甚于此者。臣奉君之威嚴，故曰嚴君。「厥嚴不奉」，言在位者日與之荒淫無度也。帝，謂天帝。求，取之也。

伏匿穴處，爰何云？二十文。荆勳作師，夫何長？悟過改更，我又何言？二十二元。此韻相近而借。吴光争國，久余是勝。何環穿自閭社丘陵，爰出子文？二十文。

「夫何長」，言孰爲長策，因當時兵屢敗而言。吴光嘗破楚入郢。左傳：「鬭伯比淫于邙子之女，生子文。」此借以言敵國可懼，執政無人。

吾告堵敖以不長。十陽。何試上自與，忠名彌彰？十陽。

堵敖立五年，欲殺其弟熊惲。惲奔隨，與隨襲弒堵敖，代立，是爲成王。不長，言無君道長久也。「試上自與」，猶言以君驗吾之智，徒彰其忠名也。已上三章皆隱喻之語。

【校勘記】

〔一〕禽，原作「走」，據阮刻本禮記正義改。

〔二〕嚳，原作「帝」，據精鈔本屈原賦注改。

〔三〕九，原作「三」，據初學記卷七引竹書紀年改。

〔四〕賜，原作「肆」，據精鈔本屈原賦注改。

右寫本戴東原先生屈原賦注一册，得之湖田草堂，疑原出西溪汪氏不疏園。惜至天問止，餘闕。段玉裁撰先生年譜云：「乾隆十七年壬申，先生三十歲，注屈原賦成。先生嘗語玉裁云：『其年家中乏食，與麵鋪相約，取麵爲饔飧，閉户成屈原賦注。』蓋先生之處困而亨如此。」此書但有汪梧鳳刻本，先生是年館梧鳳家，見程讓堂五友記，與梧鳳跋語合。此爲初稿，前無盧抱經序，「恐美人之遲莫」下亦不引紀曉嵐説，正文與刻本異者數十事，刻本多勝。蓋先生後據各本校正者也。其中亦有出先生改定者，如天問「焉有虯龍」，此本作「龍虯」，與下協韻；「環理天下」，此本從江慎修先生説作「環里」，刻本則皆仍舊文。可見先生著書體例之謹嚴矣。注文亦互有詳略異同，如離騷經，刻本作「離騷」，訓「離」爲「隔」，此本從王逸章句，有「經」字，謂「離、牢一聲之轉，猶今人言牢騷」。又謂「經之名起于周末」，「如音之凡首，織之有經」，不取洪興祖「後世尊之爲經」之説。他如説蘭、蕙，説啓，説蕭鐘，二本皆異，且此本駁正舊注，皆直斥其非，刻本則詞較簡渾，但申己見而已。先生之治學矜慎，不護前如此。音義三卷，段氏謂先生所自爲，託名汪君。此本音義、通釋尚未析出，知段説不謬。汪跋殆亦先生自作，檢松溪文集無之也。因附印此本于刻本後，俾覽者得參證焉。丙子冬許承堯記。

圖書在版編目(CIP)數據

屈原賦注 /（清）戴震撰；孫曉磊點校. —上海：上海古籍出版社，2018.11
（楚辭要籍叢刊）
ISBN 978-7-5325-8957-9

Ⅰ.①屈… Ⅱ.①戴… ②孫… Ⅲ.①楚辭-注釋 Ⅳ.①I222.3

中國版本圖書館 CIP 數據核字(2018)第 178517 號

楚辭要籍叢刊

屈原賦注

［清］戴震　撰

孫曉磊　點校

上海古籍出版社出版發行

（上海瑞金二路 272 號　郵政編碼 200020）

（1）網址：www.guji.com.cn

（2）E-mail：guji1@guji.com.cn

（3）易文網網址：www.ewen.co

上海展强印刷有限公司印刷

開本 850×1168　1/32　印張 10.875　插頁 4　字數 170,000

2018 年 11 月第 1 版　2018 年 11 月第 1 次印刷

印數：1—3,100

ISBN 978-7-5325-8957-9

I·3311　定價：45.00 元

如有質量問題，請與承印公司聯繫